Immensee
Der Schimmelreiter

고려대학교 청소년문학시리즈 010

Immensee
Der Schimmelreiter

테오도어 슈토름
이은희 옮김

임멘 호수
백마의 기사

고려대학교출판부
KOREA UNIVERSITY PRESS

차례

임멘 호수

노인

어느 늦가을 오후 옷을 잘 차려입은 노인이 천천히 길을 따라 내려가고 있었다. 산책을 갔다가 집으로 돌아가는 길인 듯했다. 유행이 지난 버클이 달린 구두에 먼지가 뽀얗게 쌓여 있었기 때문이었다. 둥근 금빛 손잡이가 달린 길고 가느다란 대나무 지팡이를 팔 아래 끼고 있었다. 잃어버린 젊은 시절이 아직 느껴지는 검은 눈동자는 눈처럼 흰 머리카락과 유독 대조를 이루고 있었는데, 그는 주변을 조용히 둘러보며 도시를 향해 내려갔다. 저녁 햇살 속에 피어나는 아지랑이 너머로 도시가 펼쳐져 있었다. 그는 마치 이방인 같아 보였다. 거리를 지나가는 많은 사람들이 무심결에 노인의 진지한 눈과 마주치게 되더라도 인사를 건네는 사람은 몇 명밖에 되지 않았기 때문이었다. 이윽고 그는 높은 합각머리 지붕이 있는 집 앞에 멈춰 서서 다시 한 번 도시를 돌아보고는 현관으로 들어갔다. 문에 달려 있던 종이 울리자 집 안에서 현관 쪽으로 나 있는 작은 창문의 녹색 커튼이 걷히고 늙수그레한 아낙네의 얼굴이 나타났다. 노인은 지팡이를 들고 손짓을 했다. "아직 불을 켜지 마!" 그의 말에는 남부 악센트가 좀 섞여 있었다. 가정부는 커튼을 다시 쳤다. 노인은 널찍한 현관을 지나 거실로 갔다. 벽에는 커다란 떡갈나무 장이 세워져 있었고, 그 위에 도자기로 만든 꽃병이 놓여 있었다. 그는 맞은편 문으로 가서 작은 복도를 지나갔는데, 좁은 계단을 올라가면 뒤채의 위층 방으로 연결되어 있었다. 느릿느릿 계단을 올라가서 위층에 있는 문을 열고는 제법 큰 방으로 들어갔다. 아늑하고 조용했다. 한쪽 벽은 거지반 서가와 책장으로 덮여 있었다. 다른 쪽 벽에는 인물화과 풍경화가 걸려 있었다. 녹색 커버가 덮인 책상 위에는 책들이 여기저기 펼쳐진 채 놓여 있었고, 책상 앞에는 붉은색 비로드 방석이 깔린 묵직한 안락의자가 있었다. 노인은 지팡이를 구석에 세워 놓고 모자를 그 위에 걸었다. 그러고는 안락의자에 앉아 손을 포개는 것이 산책의 피로를 푸는 것처럼 보였다. 그렇게 앉아 있는 동안 사방이 서서히 어두워졌다. 이윽고 달빛이 창문을 통해 벽에 걸린 그림을 비추었고, 노인의 눈은 밝은 달빛이 차츰 방 안으로 밀려 들어오는 것을 무심코 지켜보고 있었다. 그러다가 소박한 검은 액자에 끼워 있는 작은 그림에 시선이 멈추었다. "엘리자베트!" 노인은 나지막이 말했다. 이 말을 하는 순간 시간을 거슬러 젊은 시절로 되돌아갔다.

아이들

자그마한 여자 아이의 앙증맞은 모습이 그에게 다가왔다. 이름은 엘리자베트였고 다섯 살쯤 되었던 것 같다. 그는 열 살이었다. 여자 아이는 목에 붉은색 비단 숄을 두르고 있었는데 갈색 눈과 썩 잘 어울렸다.

"라인하르트!" 여자 아이가 소리쳤다. "우리는 자유야, 자유! 하루 종일 수업도 없고 내일도 아무 일도 없어."

라인하르트는 팔 아래 끼고 있던 주판을 잽싸게 대문 뒤에 세워 놓았다. 그러고 나서 두 아이들은 집을 가로질러 정원으로 달려가서, 정원 문을 통해 풀밭으로 나갔다. 뜻밖의 방학이 그들에게는 유용한 시간이 되었다. 라인하르트는 풀밭에서 엘리자베트와 함께 잔디 뗏장으로 집을 지어 놓았다. 그 안에서 두 아이는 여름밤을 보내려 했지만 앉을 의자가 없었다. 그래서 그는 의자를 만들기 시작했다. 못과 망치 그리고 필요한 널빤지는 이미 마련되어 있었다. 라인하르트가 의자를 만드는 동안 엘리자베트는 담장을 따라 가면서 야생 아욱의 둥근 씨앗을 앞치마에 모았다. 그것을 꿰어 팔찌와 목걸이를 만들려는 것이었다. 못을 잘못 쳐서 구부러진 것들도 많기는 했지만, 라인하르트가 의자를 다 만들고 나서 다시 밖으로 나왔을 때, 여자 아이는 이미 풀밭의 저쪽 끝 멀리까지 가 있었다.

"엘리자베트!" 라인하르트는 소리쳤다. "엘리자베트!" 그러자 여자 아이가 곱슬머리를 휘날리며 뛰어왔다. "어서 와." 사내아이는 말했다. "이제 우리 집이 다 완성됐어. 엄청 덥지. 어서 들어와, 새로 만든 의자에 앉자. 너한테 얘기를 들려줄게."

그러고 나서 두 아이들은 뗏장으로 만든 집으로 들어가서 새 의자에 앉았다. 엘리자베트는 앞치마에서 둥근 씨앗을 골라 하나씩 긴 줄에 꿰었다. 라인하르트는 이야기를 시작했다. "옛날 옛날에 물레질을 하는 세 명의 여자가 있었어…"

"아," 엘리자베트가 말했다. "나 그거 다 알아. 항상 똑같은 얘기만 하지 마."

그래서 라인하르트는 물레를 돌리는 세 여자 얘기는 그만두고 그 대신 사자 소굴에 빠진 불쌍한 남자 이야기를 해주었다. "밤이었어." 사내아이는 말했다. "알겠니? 아주 깜깜하고 사자는 잠을 자고 있었어. 하지만 잠을 자면서 가끔 하품도 하고 붉은 혀를 밖으로 내밀기도 했지. 그때 그 남자는 소름이 돋아서 아침이 곧 올 거야라고 말했어. 그런데 갑자기 주변에 환한 빛이 비쳐서 올려다봤더니 앞에 천사가 서 있는 게 아니겠어. 천사는 손짓을 하더니 이

내 바위 속으로 들어가 버렸대."

엘리자베트는 주의 깊게 귀를 기울이고 있었다. "천사가?" 여자 아이는 물었다. "날개도 있었어?"

"이건 그냥 이야기야." 라인하르트는 대답했다. "천사는 사실 없어."

"쳇, 라인하르트!" 여자 아이는 이렇게 말하고 사내아이의 얼굴을 뚫어지게 쳐다보았다. 하지만 라인하르트가 언짢게 노려보자 엘리자베트는 의심스럽다는 듯 물었다. "사람들은 도대체 왜 항상 그렇게 말하는 거야? 엄마도, 이모도 그리고 학교에서도 그렇게 얘기 했어."

"나도 몰라." 라인하르트는 대답했다.

"그럼," 엘리자베트가 말했다. "사자도 없어?"

"사자? 물론 있지! 인도에 있어. 그곳에서는 우상을 섬기는 성직자들이 사자를 마차 앞에 묶고 사막을 달려. 내가 크면 언젠가 한번 인도에 갈 거야. 우리가 사는 여기보다 천 배는 더 아름다울 거야. 거기에는 겨울도 없대. 너도 나랑 갈 거지?"

"응." 엘리자베트는 말했다. "하지만 엄마가 같이 가야

해. 그리고 너희 엄마도."

"아니야." 라인하르트가 말했다. "엄마들은 그때쯤이면 너무 나이가 들어서 같이 갈 수 없을 거야."

"나는 혼자서는 못 가."

"가도 될걸. 나중에 내 부인이 될 거니까. 그러면 아무도 너에게 명령을 하지 못할 거야."

"하지만 그러면 엄마가 울 텐데."

"우리는 다시 돌아올 텐데 뭐." 라인하르트는 다급하게 말했다. "솔직히 얘기해 봐. 너 나랑 같이 여행할 거지? 안 그러면 나는 혼자 가서 다시는 돌아오지 않을 거야."

자그마한 여자 아이는 거의 울상이 되었다. "그렇게 무서운 눈 하지 마." 엘리자베트가 말했다. "같이 인도로 갈게."

라인하르트는 즐거운 마음으로 여자 아이와 손을 잡고 거침없이 풀밭으로 나왔다. "인도로, 인도로!" 노래를 부르며 엘리자베트와 함께 원을 그리며 돌자 그녀의 목에 감겨 있는 붉은색 숄이 나부꼈다. 하지만 갑자기 엘리자베트의 손을 놓고는 진지하게 말했다. "그렇게는 안 될 거야. 너는 용기가 없으니까."

"엘리자베트! 엘리자베트!" 정원 문 쪽에서 부르는 소리가 들렸다. "여기 있어요! 여기요!" 아이들은 대답을 하고 손을 잡고 집으로 뛰어갔다.

숲속에서

그렇게 아이들은 함께 지냈다. 여자 아이는 그에 비하면 너무 조용했고, 사내아이는 여자 아이에 비해 종종 너무 성급했다. 하지만 그렇다고 서로 떨어져 있지는 않았다. 시간이 날 때면 거의 함께 시간을 보냈다. 겨울에는 엄마의 좁은 방에서, 여름에는 덤불숲과 들판에서 같이 놀았다. 언젠가 엘리자베트가 라인하르트가 보고 있을 때 학교 선생님에게 꾸중을 들은 적이 있었다. 사내아이는 화가 나서, 선생님의 주의를 자기에게 돌리기 위해 책상을 주판으로 꽝 내리쳤다. 하지만 선생님은 알아채지 못했다. 그러나 라인하르트는 지리 수업 시간 내내 도통 집중할 수가 없었다. 그래서 공부를 하는 대신에 긴 시를 하나 지었다. 시 속에서 자신을 어린 독수리에, 선생님을 잿빛 까마귀에 비유했고, 엘리자베트는 흰 비둘기였다. 독수리는 날개가 자라자마자 잿빛 까마귀에게 복수할 것을 맹세했다. 어린 시인의 눈에 눈물이 글썽거렸고 자신이 아주 고귀하게 느껴졌다. 집에 돌아와서 겉이 양피지로 된 두툼한 작은 공책을 얻을 수 있었다. 첫 번째 페이지에 조심스럽게 첫 번째 시를 적었다. 라인하르트는 얼마 안 있어 다른 학교로 전학을 갔다. 이곳에서 같은 또래의 남자 아이들과 친구가 되었다. 하지만 이로 인해 엘리자베트와의 관계가 방해를 받지는 않았다. 옛날에 엘리자베트에게 이야기하고 또 이야기해 주었던 동화 중에서 그녀가 가장 좋아했던 동화들을 베껴 쓰기 시작했다. 그러다가 자기 자신의 생각대로 꾸며 넣고 싶은 욕구에 종종 사로잡혔다. 이유는 알 수 없었지만 언제나 그렇게 할 수는 없었다. 그래서 들었던 대로 정확하게 적어 넣고는 했다. 그러고 나서 동화를 적은 종이들을 엘리자베트에게 주었고 그녀는 그것을 보석함 서랍에 소중하게 간직했다. 라인하르트는 어머니에게서 얻은 노트에 그가 적은 이야기들을 어쩌다 밤에 엘리자베트가 낭독하는 소리를 들을 때면 고상한 만족감 같은 것을 느꼈다.

칠 년이 흘렀다. 라인하르트는 학업을 위해 그 도시를 떠나야만 했다. 하지만 엘리자베트는 라인하르트 없이 홀로 지내야 하는 시간을 받아들일 수 없었다. 어느 날 그가 옛날처럼 그녀를 위해 동화를 적어 주겠다고 말하자 그녀는 자못 기뻐했다. 동화를 편지와 함께 그의 어머니 편에 보내겠다고 했다. 그러면 그녀는 동화들이 어땠는지 다시 그에게 답장을 써야만 한다고 했다. 떠날 날이 다가왔다. 하지만 떠나기 전에 라인하르트는 많은 운문시를 양피지 노트에 적었다. 서서히 흰 양피지의 거의 반을 채워 갔던 대부분의 노래와 노트가 바로 엘리자베트를 위한 것이었지만 그녀에게만은 비밀이었다.

때는 유월이었다. 라인하르트는 내일이면 도시를 떠나야 했다. 그래서 떠나기 전에 사람들과 함께 즐거운 하루를 보내고자 했다. 꽤 많은 친지들과 함께 근처에 있는 숲속으로 소풍을 가기로 했다. 숲의 변두리까지 마차를 타고 몇 시간을 갔다. 그러고 나서 마차에서 내려 음식 바구니는 들고 계속해서 걸어갔다. 우선 전나무 숲을 지나갔는데 숲속은 싸늘하고 어스름했고 바닥에는 군데군데 가늘고 뾰족한 전나무 잎들이 널려 있었다. 삼십 분 정도 가자 어두운 전나무 숲에서 신선한 너도밤나무 숲으로 이어졌다. 너도밤나무 숲은 사방이 밝았으며 녹색으로 빛나고 있었다. 때때로 햇살이 잎이 무성한 가지 사이로 뚫고 들어왔고, 다람쥐 한 마리가 머리 위에서 이 가지에서 저 가지로 뛰어다녔다. 오래된 너도밤나무들의 수관이 서로 맞닿아 둥근 천정을 만든 장소에 멈춰 섰다. 나뭇가지 사이로 햇살이 비쳐 들고 있었다. 엘리자베트의 어머니는 바구니 하나를 열었다. 한 나이 많은 남자가 음식 담당으로 자처하고 나섰다. "자, 젊은이들, 모두들 내 옆으로 모이게." 그는 소리쳤다. "내가 하는 말을 잘 듣게나. 아침으로는 모두들 빵 두 개를 받을 것이네. 버터는 집에 두고 왔으니, 곁들여 먹을 것은 스스로 찾아야 되네. 숲속에는 딸기가 얼마든지 있다네. 물론 그것을 찾아낼 수 있는 사람에게만 해당하는 말이네만. 찾아낼 재주가 없는 사람은 빵을 그냥 먹어야겠지. 인생이란 그런 거야. 자 내 말을 알아들었나?"

"네." 젊은이들은 큰 소리로 대답했다.

"자." 노인은 말했다. "아직 끝나지 않았네. 우리 노인네들은 인생을 지내면서 정처 없이 떠돌아다녔지. 그러니 우리는 여기 널찍한 나무 밑에 앉아서 감자나 깎고 불을 지피고 음식 장만을 하겠네. 열두 시가 되면 계란이 다 삶아질 거네. 그 대신 자네들은 딸기를 따서 반을 우리에게 주게. 그러면 우리가 후식을 줄 테니. 그럼 어서 사방으로 흩어져 열심히 찾아보게!"

젊은이들은 온갖 종류의 장난기 어린 표정을 지었다. "잠깐!" 노인은 다시 한 번 소리를 쳤다. "아무 것도 찾지 못한 사람은 내놓을 것도 없다는 것은 말할 필요도 없겠지. 하지만 그러면 우리한테 아무 것도 받을 수 없다는 것을 명심하게나. 오늘은 인생에 좋은 교훈이 될 걸세. 게다가 딸기를 얻게 된다면 오늘이라는 삶을 헤쳐 나간 셈이지."

젊은이들은 동의했고 두 사람씩 짝을 지어 흩어졌다.

"이리 와, 엘리자베트." 라인하르트는 말했다. "딸기가 자라는 데를 내가 잘 알아. 그러니까 너는 맨 빵을 먹지 않아도 돼."

엘리자베트는 밀짚모자에 달린 녹색 리본을 묶어서 모

자를 팔에 걸었다. "그럼 가자." 그녀는 말했다. "바구니도 준비됐어."

두 사람은 숲속으로 차츰 깊숙이 들어갔다. 앞을 내다볼 수 없는 축축한 나무 그늘을 지나갔다. 사방이 고요했고 하늘에는 보이지는 않았지만 매가 울부짖는 소리가 들렸다. 다시 빽빽한 덤불을 지나갔다. 너무 빽빽해서 라인하르트는 앞서 가며 길을 만들고 가지를 치고 덩굴을 옆으로 꺾어야만 했다. 그런데 곧이어 뒤에서 엘리자베트가 그의 이름을 부르는 소리가 들렸다. 그는 뒤돌아섰다. "라인하르트!" 그녀는 소리쳤다. "기다려, 라인하르트!" 그녀가 보이지 않았다. 마침내 얼마 떨어지지 않은 곳에서 덤불을 빠져나오려고 애쓰고 있는 모습이 보였다. 그녀의 작은 머리는 풀숲 위로 보일락 말락 아른거렸다. 그래서 라인하르트는 다시 돌아가서 뒤엉켜 있는 풀숲과 관목을 헤치고 그녀를 탁 트인 곳으로 데리고 나왔다. 푸른색의 나비들이 호젓하게 피어 있는 들꽃 사이를 팔랑거리며 날아다니고 있었다. 라인하르트는 달아오른 작은 얼굴에서 젖은 머리를 떼어 쓸어 올렸다. 그러고 나서 밀짚모자를 씌우려 했는데 그녀는 쓰지 않으려고 했다. 하지만 라인하르트가 다시 한 번 권하자 마지못해 모자를 썼다.

"도대체 네가 말한 딸기는 어디 있는 거야?" 이윽고 그녀는 멈춰 서서 숨을 길게 몰아쉬며 물었다.

"여기 있었는데." 그는 말했다. "두꺼비가 우리보다 먼저 왔었나 봐. 아니면 담비인가, 아마 요정이 왔다 갔을지도 몰라."

"그래." 엘리자베트는 말했다. "잎사귀는 아직 남아 있어. 하지만 요정 얘기는 그만 해. 자 가자. 나는 아직 하나도 안 지쳤어. 더 찾아보자."

두 사람 앞에 작은 시냇물이 흐르고 있었다. 저 너머에는 다시 숲이 시작되고 있었다. 라인하르트는 엘리자베트를 팔에 안고 시냇물을 건너갔다. 잠시 후 두 사람은 그늘진 나뭇잎 사이를 지나 숲속의 넓은 빈터로 나왔다. "여기 딸기가 있나 봐." 엘리자베트가 말했다. "달콤한 냄새가 나."

두 사람은 햇살이 밝게 비치는 들판을 뒤졌다. 하지만 아무 것도 찾아낼 수 없었다. "없어." 라인하르트는 말했다. "그건 그냥 에리카 꽃 향기였나 봐."

나무딸기 덤불과 가시나무가 도처에 엉켜 있었다. 짧은 풀들과 번갈아서 들판을 뒤덮고 있는 에리카 꽃의 강렬한 향기가 진동했다. "여기는 너무 외졌어." 엘리자베트가 말했다. "다른 사람들은 어디에 있는 거지?"

돌아가는 길을 라인하리트는 생각해 두지 않았었다. "기다려 봐. 바람이 어디에서 불어오지?" 그는 이렇게 말하며 손을 높이 들었다. 하지만 바람 한 점 불지 않았다.

"조용히 해 봐." 엘리자베트가 말했다. "사람들이 말하는 소리가 들리는 거 같아. 저 밑에 대고 한번 소리쳐 봐."

라인하르트는 손을 입에 둥글게 모으고 소리쳤다. "여기예요!"—"여기예요!" 소리가 메아리쳐 돌아왔다.

"대답했어!" 엘리자베트가 이렇게 말하며 손뼉을 쳤다.

"아니야. 아무 것도 아니야. 그냥 메아리야."

엘리자베트는 라인하리트의 손을 잡았다. "나 무서워!" 그녀는 말했다. "무서워 할 거 없어. 이곳은 멋있잖아. 저기 풀숲 사이 그늘에 앉아서 좀 쉬자. 곧 다른 사람들을 찾을 수 있을 거야."

엘리자베트는 가지가 드리워진 너도밤나무 아래에 앉

아서 주의 깊게 사방으로 귀를 기울였다. 라인하르트는 몇 발짝 떨어진 나무 그루터기에 앉아 잠자코 그녀 쪽을 바라다 보았다. 태양이 두 사람 바로 위에 있었다. 대낮의 열기가 이글거렸다. 푸르스름한 금빛으로 빛나는 작은 파리들이 날개를 진동하며 공중에 떠 있었다. 미세하게 윙윙거리는 소리와 붕붕거리는 소리가 주위로 퍼졌고 이따금 숲 깊숙한 곳에서는 딱따구리가 쪼아 대는 소리와 다른 산새들이 지저귀는 소리가 들렸다.

"들어 봐." 엘리자베트는 말했다. "종소리가 들려."

"어디서?" 라인하르트는 물었다.

"우리 뒤에서. 들려? 정오야."

"그러면 우리 뒤에 도시가 있다는 거야. 이 방향으로 쭉 가면 다른 사람들을 만나겠다."

그렇게 두 사람은 귀로에 들어섰다. 엘리자베트가 지쳐 있었기 때문에 딸기 찾는 일은 포기해야만 했다. 이윽고 나무들 사이를 뚫고 사람들의 웃음소리가 들려 왔다. 그러자 바닥에 흰 보자기가 아른거리는 것이 보였다. 식탁이었다. 그 위에 딸기가 풍성하게 놓여 있었다. 노인은 냅킨을

단춧구멍에 꽂고 젊은이들에게 교훈적인 이야기를 계속 하면서 열심히 구운 고기를 썰어 주었다.

"저기 낙오자들이 오네." 젊은이들은 라인하르트와 엘리자베트가 나무 사이로 나타나는 것을 보자 소리쳤다.

"이리 오게!" 노인은 큰 소리로 말했다. "보자기를 비우고 모자를 뒤집어서 자네들이 찾은 걸 보여 주게."

"배고픔과 갈증뿐이에요!" 라인하르트는 말했다.

"그것이 전부라면." 노인은 이렇게 대답하고 나서 음식이 가득한 그릇을 그들 앞에 높이 쳐들어 보였다. "그것밖에 받을 것이 없네. 약속은 잘 알고 있겠지. 이곳에서 게으른 사람은 음식을 얻을 수 없다네."

결국 두 사람은 애원을 해서 겨우 식사를 할 수 있게 되었다. 노간주나무 숲에서는 개똥지빠귀가 지저귀는 소리가 들려 왔다.

그렇게 하루가 저물었다. 하지만 라인하르트는 그날 아무 것도 찾지 못한 것은 아니었다. 딸기를 찾지는 못했지만 역시 숲속에서 움튼 어떤 것을 발견했던 것이다. 그래서 집으로 돌아와서 낡은 양피지 노트에 이렇게 적었다.

여기 산비탈
바람도 잠잠한데,
나뭇가지들이 늘어져 있는
그 아래 아이가 앉아 있구나.

여자 아이는 사향초 가운데 앉아서
순수한 향기에 취해 있네.
푸르스름한 파리들이 윙윙거리며
공중에서 반짝이는구나.

숲은 그리도 묵묵히 있고
여자 아이는 영민한 눈으로 숲속을 들여다보네.
갈색 곱슬머리 근처로
햇살이 흘러내리는구나.

먼 곳에서 뻐꾸기 지저귀는 소리가 들리고
내 마음에 불현듯 떠오르네.
여자 아이는 숲속 여왕의

황금빛 눈을 가졌구나.

엘리자베트는 그가 보호해야 할 대상만이 아니었다. 막 떠오르는 그의 인생에 있어 온갖 사랑스러움과 경이로움의 상징이었다.

저기 길가에 아이가 서 있었네

크리스마스이브가 다가왔다. 아직 오후였는데 라인하르트는 다른 학생들과 함께 시청 지하 식당의 떡갈나무 탁자에 앉아 있었다. 벽에 달린 램프는 벌써 켜져 있었다. 이곳 지하는 벌써 어둑어둑했기 때문이었다. 손님들이 별로 없어서, 웨이터들은 게으름을 피우며 기둥에 기대 있었다. 둥근 천정으로 된 주점의 한 모퉁이에 바이올린 악사와 멋진 집시풍의 치터(독일, 오스트리아에서 널리 애용되고 있는 민족적 발현 악기—옮긴이) 타는 소녀가 앉아 있었다. 그들은 악기를 무릎 위에 올려놓고 무심히 앞만 보고 있는 것 같았다.

대학생들이 모여 앉아 있는 탁자에서 샴페인 코르크 마개가 펑 하고 터졌다. "마셔, 사랑스런 보헤미아 여인이여!" 귀족풍의 젊은 남자는 가득 찬 술잔을 소녀에게 건네주며 소리쳤다.

"저는 술을 좋아하지 않아요." 그녀는 자세도 바꾸지 않고 말했다.

"그럼 노래 해!" 젊은 귀족은 소리를 지르고 그녀 무릎에 은화 한 냥을 던졌다. 바이올린 악사가 그녀의 귀에 대고 무언가 속삭이는 동안 소녀는 손가락으로 천천히 검은 머리카락을 쓸어 올리고는 머리를 뒤로 젖히고 턱을 치터에 받치고 앉아 있었다. "저 남자를 위해서는 연주하지 않겠어요." 그녀가 말했다.

라인하르트는 손에 술잔을 들고 일어나 그녀 앞에 섰다. "무슨 일이죠?" 그녀는 반항하듯 물었다.

"네 눈을 보려고."

"내 눈이 당신하고 무슨 상관이죠?"

라인하르트는 눈을 반짝이며 그녀를 내려다봤다. "그 눈이 거짓이라는 걸 알아!" 그녀는 뺨에 손바닥을 대고 그를 적의에 차서 쳐다보았다. 라인하르트는 술잔을 입으로 가져갔다. "너의 아름답고 죄악에 찬 눈동자를 위해!" 그는 이렇게 말하고는 술을 마셨다.

그녀는 웃으면서 머리를 돌렸다. "술을 줘!" 그녀는 이렇게 말하고 검은 눈동자로 그의 눈을 뚫어지게 쳐다보고는 천천히 남은 술을 마셨다. 그러고 나서 삼화음을 연주하며 깊고 정열적인 목소리로 노래를 불렀다.

오늘, 오늘만은
너무도 아름다운 나,
내일은, 아 내일은
모든 것이 사라지네!
단지 이 시간
그대만이 나의 것.
죽어 가네, 아 죽어 가네
홀로 죽어 가네.

바이올린 악사가 빠른 템포로 후렴구를 시작하는 동안

새로운 손님이 그 그룹에 합류했다.

"너를 데리러 왔어, 라인하르트." 그는 말했다. "너 먼저 가 버렸더라. 크리스마스 선물이 너에게 왔던데."

"크리스마스 선물이라고?" 라인하르트는 말했다. "그런 게 나에게 올 리 없는데."

"무슨 소리야! 네 방에 전나무 냄새와 구운 쿠키 냄새가 진동하던데."

라인하르트는 술잔을 내려놓고 모자를 집어 들었다.

"뭐하려고?" 소녀는 물었다.

"다시 올게."

그녀는 이맛살을 찌푸렸다. "가지 마!" 나직하게 소리치며 그를 친근하게 바라보았다.

라인하르트는 머뭇거렸다. "그럴 수 없어." 그가 말했다.

그녀는 웃으면서 발부리로 그를 찼다. "가!" 그녀가 말했다. "당신은 쓸모가 없어. 당신들 모두 쓸모가 없어." 그녀가 등을 돌리자 라인하르트는 천천히 지하 계단을 올라갔다.

바깥 거리는 벌써 황혼이 깊었다. 라인하르트는 뜨거운

이마에 신선한 겨울 공기가 닿는 것을 느꼈다. 여기저기 창가에서 불을 켜 둔 전나무의 밝은 빛이 비쳤다. 간간이 집 안에서 작은 피리 소리와 호른 소리가 들렸고 사이사이 환호하는 아이들의 목소리도 들렸다. 구걸하는 아이들의 무리가 이집 저집 돌아다니거나, 계단 난간에 기어 올라가 방 안의 멋진 모습을 창문을 통해 훔쳐보려 했다. 때때로 문이 갑자기 확 열리더니 욕을 하면서 그런 어린 손님들을 밝은 집 안에서 어두운 길거리고 내쫓고는 했다. 어디선가 현관에 서서 부르는 옛 크리스마스 노래 소리가 들렸다. 그 가운데에는 청아한 소녀들의 목소리도 있었다. 라인하르트는 노랫소리를 듣지 않고 재빨리 이 거리에서 저 거리로 발걸음을 재촉했다. 집으로 왔을 때는 거의 완전히 어두워진 후였다. 비틀거리며 계단을 올라가 방으로 들어가자 달콤한 냄새가 풍겨 와서 아늑한 느낌을 주었다. 어머니 집에 크리스마스 장식을 해 놓은 방 같은 냄새가 났다. 떨리는 손으로 불을 켰다. 탁자 위에 커다란 소포 뭉치가 놓여 있었다. 그것을 풀어 보자 눈에 익은 갈색의 딱딱한 쿠키가 나왔다. 쿠키 몇 개에는 그의 이름의 첫 글자가 설탕으로 뿌려져 있었다. 엘리자베트 말고는 어느 누구도 그것을 할 수 없을 것이다. 작은 꾸러미에는 수놓은 고운 셔츠와 수건, 커프스가 나왔다. 마지막으로 어머니와 엘리자베트의 편지도 들어 있었다. 라인하르트는 먼저 편지를 뜯어 보았다. 엘리자베트의 글씨가 보였다.

"예쁜 설탕 글씨를 보면 누가 이 쿠키를 구웠는지 알 수 있을 거야. 바로 그 사람이 너를 위해 커프스에 수도 놓았어. 우리는 이제 크리스마스이브를 아주 적막하게 보내게 될 거 같아. 어머니는 항상 아홉 시 반쯤이면 물레를 모퉁이로 치워 놓으시지. 네가 없는 이곳 겨울은 너무 외로워. 네가 보내 준 홍방울새도 지난 일요일에 죽었어. 그래서 나는 몹시 울었지. 항상 새를 정성껏 돌봐 줬거든. 새는 태양이 비치는 오후면 늘 노래를 하곤 했지. 목청껏 노래를 하면, 새를 조용히 시키시려고 어머니가 종종 그 위에 수건을 덮으셨다는 걸 너도 알고 있지. 그러면 집안은 더 적막해져. 다만 너의 옛 친구인 에리히가 우리를 이따금 찾아와. 언젠가 너는 에리히가 그의 갈색 외투를 닮았다고 했지. 에리히가 문으로 들어올 때마다 나는 그 말이 떠올라서 너무 웃겨. 하지만 어머니에게는 그런 말 하지 마. 좀 싫어하실 거 같아. 그런데 내가 너의 어머니에게 크리스마스 때 무얼 선물했는지 한번 맞혀 봐! 맞힐 수 없을걸. 바로 나야! 에리히가 나를 검은색 목탄으로 그려 줬어. 나는 벌써 모델을 세 번 섰어. 매번 한 시간씩이나. 낯선 사람이 내 얼굴을 그렇게 샅샅이 들여다보는 게 너무 싫어. 그래서 하지 않으려고 했는데 엄마가 하라고 나를 설득하셨어. 베르너 부인이 몹시 좋아하실 거라고 말이야.

하지만 너는 약속을 지키지 않았어, 라인하르트. 동화를 하나도 보내 주지 않았잖아. 그래서 이따금 너의 어머니께 불평을 했지. 그러면 항상 네가 이제는 그런 애들 장난 말고도 할 일이 많다고 말씀하셨어. 하지만 나는 그렇게 생각하지 않아. 뭔가 다른 일이 있었겠지."

그 다음에 라인하르트는 어머니의 편지를 읽었다. 두 편지를 모두 다 읽고 천천히 다시 접어서 내려놓자 향수가 물밀듯이 몰려왔다. 잠시 동안 방 안을 서성대다가 나직이 자기만 들리도록 혼잣말을 했다.

그는 길을 잃은 것 같았다.
어떻게 빠져나가야 하는지도 알 수 없었다.
그때 길가에 아이가 서서
집으로 오라고 손짓을 했다.

그러고 나서 라인하르트는 책상으로 가서 돈을 좀 꺼내서 다시 거리로 나갔다. 거리는 그동안 더 고요해졌다. 크리스마스트리에는 불이 꺼지고 아이들의 행렬도 사라졌다. 바람이 호젓한 거리를 휩쓸고 지나갔다. 노인들과 젊은 사람들은 집에서 가족끼리 모여 앉았다. 크리스마스이브의 다음 단계가 시작된 것이다.

라인하르트가 시청 지하 주점 근처에 왔을 때 지하에서 바이올린 켜는 소리와 치터 소녀의 노랫소리가 들려 왔다. 지하로 연결된 문의 초인종이 울리자, 검은 형체가 빛이 아스라이 비치는 널찍한 계단을 흔들거리며 올라왔다. 라인하르트는 건물 그림자 안으로 숨은 다음 재빨리 그곳을 지나쳤다. 잠시 후 불이 밝혀진 보석상에 도착했다. 그 가게에서 붉은 산호로 만든 작은 십자가를 산 후에 왔던 길을 다시 돌아갔다.

집에 거의 다 왔을 때 라인하르트는 자그마한 여자 아이가 남루한 옷차림을 하고 커다란 문 앞에 서서 문을 열려고 애쓰는 모습을 보았다. "도와줄까?" 그는 말했다. 아이는 아무런 대꾸를 하지 않고 묵직한 문 손잡이를 돌렸다. 라인하르트가 이미 문을 열었기 때문이다. "아니야." 그는 말했다. "너를 쫓아낼지도 몰라. 나와 함께 가자! 너에게 크리스마스 쿠키를 줄게." 그러고 나서 문을 다시 닫고 작은 소녀의 손을 잡았다. 아이는 그를 따라 잠자코 그의 집으로 갔다.

라인하르트는 집을 나올 때 불을 켜 두었다. "여기 과자를 가져가거라." 그는 이렇게 말하고 귀중한 과자를 반이나 아이의 앞치마에 담아 주었다. 하지만 설탕으로 글씨가 새겨진 과자는 주지 않았다. "이제 집으로 가서 어머니에게 드려라." 아이는 부끄러워하는 눈빛으로 그를 올려다보았다. 그런 친절에 익숙하지 않아 뭐라 대답을 해야 할지 모르는 것 같았다. 라인하르트는 문을 열고 아이에게 불을 비춰 주었다. 작은 숙녀는 마치 한 마리 새가 날아가

듯 과자를 가지고 계단을 뛰어 내려가 집으로 향했다.

라인하르트는 난로의 불을 휘저어 불꽃을 살리고 나서 먼지가 앉은 잉크병을 책상 위에 올려놓았다. 그 다음에 자리에 앉아 편지를 썼다. 밤새도록 어머니와 엘리자베트에게 편지를 썼다. 나머지 크리스마스 쿠키는 손도 대지 않고 옆에 두었다. 엘리자베트가 만든 소맷부리를 하얀색 모직 재킷에 달자 이상하게 어색했다. 그는 그렇게 앉아 있었다. 겨울 햇살이 꽁꽁 언 창유리를 비추자 건너편에 있는 유리에 창백하고 진지한 얼굴이 보였다.

고향

부활절이 다가오자 라인하르트는 고향으로 갔다. 그리고 고향에 도착한 날 아침에 엘리자베트를 찾아갔다. "얼마나 컸나." 아름다고 가냘픈 소녀가 미소를 지으며 그를 마중하자 그는 이렇게 말했다. 그녀는 얼굴을 붉혔지만 아무런 대꾸도 하지 않았다. 라인하르트가 반갑게 손을 잡자 그녀는 살며시 손을 빼려 했다. 그는 이상하다는 듯 그녀를 바라보았다. 옛날에는 그러지 않았던 것이다. 두 사람 사이에 어떤 낯선 감정이 끼어든 것 같았다. 언제부터인가 그가 오래전에 그녀를 찾아왔을 때, 그리고 그 이후로 매일 매일 찾아왔었어도 그랬다. 두 사람만 있을 때 말이 끊기면 그는 어쩔 줄 몰라 했고 그렇게 될까 봐 두려워서 선수를 치곤 했다. 방학 동안 재미 삼아 그는 엘리자베트에게 식물학을 가르쳐 주기 시작했다. 대학생활의 처음 몇 달 동안 식물학에 심취했던 경험이 있었던 것이다. 대체로 엘리자베트는 그의 말을 잘 들었고 게다가 배우기를 좋아해서 흔쾌히 받아들였다. 그래서 일주일에 몇 번씩 들판이며 황야로 소풍을 갔다. 정오가 되면 풀과 꽃으로 초록 채집 병을 가득 채워 집으로 가져왔다. 라인하르트는 그렇게 몇 시간 만에 다시 돌아와서 엘리자베트와 같이 채집한 식물을 정리하고 분류했다.

어느 날 오후 채집한 식물을 분류하려고 라인하르트가 방으로 들어섰을 때 엘리자베트는 창가에 서 있었다. 그런데 예전에는 그 자리에 없었던 금빛 새장이 신선한 별꽃

풀로 뒤덮여 있었다. 새장에는 카나리아 한 마리가 앉아서 날개를 퍼덕거리며 엘리자베트의 손가락을 쪼아 대고 있었다. 전에는 라인하르트가 보낸 새가 그 자리에 있었던 것이다. "내 가엾은 홍방울새가 죽은 다음에 노란 새로 변신했나?" 그는 명랑하게 물었다.

"홍방울새는 카나리아가 될 수 없지." 어머니가 팔걸이의자에 앉아 실을 짜며 말했다. "네 친구 에리히가 농장에서 오늘 정오에 엘리자베트한테 그 새를 보냈단다."

"어떤 농장이요?"

"자네는 모르고 있었나?"

"도대체 뭘요?"

"한 달 전에 에리히가 임멘 호수에 있는 아버지의 농장을 넘겨받았다는 걸 말일세."

"하지만 저에게는 아무 말도 하시지 않았잖아요."

"에이," 어머니가 말했다. "자네가 친구에 대해 아무 말도 묻지 않았잖나. 그 친구는 정말 상냥하고 이해심이 많은 젊은 친구지."

어머니는 커피를 준비하기 위해 밖으로 나갔다. 엘리자

베트는 라인하르트에게 등을 돌리고 아직도 작은 정자를 만드는 일에 열중하고 있었다. "잠깐만," 그녀는 말했다. "곧 끝나." 라인하르트가 평소와는 달리 아무런 대꾸를 하지 않자 그녀는 뒤를 돌아보았다. 그녀가 예전에는 본 적이 없었던 걱정스런 기미가 그의 눈에 불현듯 스치고 지나갔다. "무슨 일이야, 라인하르트?" 그녀는 그에게 다가가며 물었다.

"나?" 그는 무심코 말하고 꿈꾸듯이 그녀와 눈을 맞췄다.

"슬퍼 보여서."

"엘리자베트." 그는 말했다. "저 노란 새가 싫어."

그녀는 놀라 그를 바라보았다. 그를 이해할 수가 없었다. "너는 정말 특이해." 그녀가 말했다.

라인하르트가 그녀의 두 손을 잡자 엘리자베트는 살며시 손을 놓았다. 이내 어머니가 다시 방 안으로 들어왔다.

커피를 마신 후 어머니는 물레에 앉아 일을 했다. 라인하르트와 엘리자베트는 옆방으로 가서 식물을 분류했다. 꽃실을 세고, 잎사귀와 꽃잎을 조심스럽게 펼쳐서 말리기 위해, 각각 두 개씩 커다란 책의 책장 사이에 끼웠다. 햇살이 빛나는 고요한 오후였다. 옆에서 어머니의 물레 소리만이 윙윙거렸다. 그리고 간간이 식물의 목과 강을 일러 주거나 엘리자베트의 어색한 라틴어 식물명의 발음을 고쳐 주는 라인하르트의 낮은 목소리가 들렸다.

"요즘 은방울꽃이 보고 싶어." 그녀는 채집한 식물을 확인해서 분류하고 난 다음에 이렇게 말했다.

라인하르트는 가방에서 작고 하얀 양피지 노트를 꺼냈다. "여기 너에게 주려고 수집한 은방울꽃이 있어." 그는 반쯤 건조된 식물을 꺼내면서 말했다.

엘리자베트는 글씨가 적혀 있는 종이를 보자 물었다. "다시 동화를 지은 거야?"

"동화가 아니야." 그는 이렇게 대답하며 노트를 건네주었다.

순전히 시들이었는데 대부분 기껏해야 한 페이지를 채우고 있었다. 엘리자베트는 노트를 한 장 한 장씩 넘겼다. 제목만 읽는 것 같았다. "그녀가 선생님에게 꾸중을 들었던 날", "그들이 숲속에서 길을 잃었던 때", "부활절 동화와 함께", "그녀가 처음으로 나에게 편지를 썼을 때." 거의 대부분 이런 식의 제목들이었다. 라인하르트는 그녀를 유심히 바라보았다. 엘리자베트가 계속 책장을 넘길 때, 투명한 안색에 부드러운 홍조가 감돌더니 서서히 얼굴 전체로 번져 가는 모습을 그는 바라보았다. 그녀의 눈을 보려 했지만 엘리자베트는 그를 올려다보지 않고 끝까지 노트를 본 후 잠자코 그의 앞에 내려놓았다.

"돌려줄 필요 없어!" 그는 말했다.

그녀는 양철 채집통에서 갈색 잔가지를 하나 꺼냈다. "네가 제일 좋아하는 풀을 넣어 줄게." 그녀는 이렇게 말하고 그의 손에 노트를 쥐어 주었다.

이윽고 떠나야 할 마지막 날 아침이 되었다. 엘리자베트는 어머니에게 애원을 해서 우편배달부의 마차를 타고 친구를 배웅해도 된다는 허락을 받았다. 우편 마차 정류장은 그녀의 집에서 몇 블록 떨어진 곳에 있었다. 엘리자베트가 대문 앞으로 나오자 라인하르트가 팔을 내밀었다. 그렇게 그는 가냘픈 처녀 옆에 서서 말없이 그녀와 함께 걸었다. 목적지가 가까워질수록 그토록 긴 이별을 하기 전에 꼭 해야 할 말이 있을 것 같았다. 가장 가치 있고 가장 행복한,

앞으로의 삶과 관련된 그 무엇에 대하여 말을 해야만 할 것 같았다. 하지만 어떤 말을 해야 할지 떠오르지 않았다. 그런 생각 때문에 그는 불안해졌고 그래서 발걸음이 점점 더 더뎌졌다.

"너무 늦었어." 그녀는 말했다. "성모 마리아 교회 종이 벌써 열 시를 쳤어."

그렇다고 그는 서둘러 가지는 않았다. 이윽고 더듬거리며 말했다. "이 년 동안 못 볼 거야. 내가 다시 오면 지금하고 똑같이 나를 좋아해 줄래?"

그녀는 고개를 끄덕이고는 그의 얼굴을 친근하게 바라보았다. "나는 네 편을 들었어." 그녀는 잠깐 멈췄다가 말했다.

"내 편을 들었다고? 누구한테 그랬다는 거야?"

"어머니한테. 어제 저녁에 네가 간 후에 너에 대해서 오랫동안 얘기를 나누었거든. 어머니는 네가 예전 같지 않다고 말씀하셨어."

라인하르트는 잠시 침묵하고 나서 그녀의 손을 자기 손으로 감쌌다. 그녀의 아이 같은 눈을 진지하게 바라보면서 말했다. "나는 예전과 똑같아. 나를 믿어. 나를 믿을 수 있지, 엘리자베트?"

"응." 그녀는 대답했다. 그는 그녀의 손을 놓고 그녀와 함께 서둘러 마지막 길을 걸어갔다. 이별이 다가올수록 그의 얼굴은 기쁨에 넘쳤다. 그의 발걸음은 그녀에게는 너무 빨랐다.

"왜 그래, 라인하르트?" 그녀는 물었다.

"비밀이 하나 있어. 아름다운 비밀이!" 그는 이렇게 말하고 눈을 반짝이며 그녀를 쳐다보았다. "내가 이 년 뒤에 돌아오면 알게 될 거야."

그러는 사이 우편 마차에 다다랐다. 시간은 충분했다. 라인하르트는 다시 한 번 그녀의 손을 잡았다. "잘 지내!" 그는 말했다. "잘 있어, 엘리자베트. 내 말 잊지 마."

그녀는 머리를 흔들었다. "잘 가!" 그녀가 이렇게 말하자 라인하르트는 마차를 탔고 말들이 마차를 끌기 시작했다.

마차가 길모퉁이를 돌 때, 그는 다시 한 번 그녀의 사랑스러운 모습을 보았다. 엘리자베트는 천천히 왔던 길을 돌아가고 있었다.

편지

거의 이 년이 지난 후에 라인하르트는 책들과 서류 사이에 세워져 있는 램프 앞에 앉아, 같이 공부를 했던 친구를 기다리고 있었다. 누군가 계단을 올라오는 소리가 들렸다. "들어오세요!" 집 주인 아줌마였다. "베르너 씨, 편지 왔네요!" 그러고 나서 아줌마는 다시 돌아갔다.

라인하르트는 고향을 방문한 이후로 엘리자베트에게 편지를 쓰지 않았고, 그녀에게서도 편지가 오지 않았다. 이 편지 역시 엘리자베트의 것이 아니라 어머니한테서 온 것이었다. 라인하르트는 편지 봉투를 뜯어서 편지를 읽었다.

"사랑하는 아들아, 너 같은 나이에는 한 해 한 해가 특별하겠지. 젊은 시절은 결코 빈곤함을 모르기 때문이란다. 이곳에서는 많은 변화가 있었단다. 너의 심정을 내가 제대로 짐작하고 있다면, 이 소식을 들으면 당장에는 네가 마음 상해 할지도 모르겠다. 에리히가 지난 삼 개월 동안 엘리자베트에게 두 번이나 청혼했지만 거절당했단다. 그런데 드디어 어제 엘리자베트의 승낙을 얻어 냈지. 엘리자베트는 내내 결심을 할 수 없었는데 이제 마침내 결단을 내린 거다. 아직 젊은 처녀니까. 결혼식을 곧 올릴 예정이고 그 후 어머니와 함께 고향을 떠난다고 한다."

임멘 호수

그렇게 몇 해가 흘렀다. 따사로운 어느 봄날 오후 건강하게 그을린 한 젊은 남자가 그늘진 오솔길을 거닐며 내려오고 있었다. 단조로운 길이 이제는 좀 달라지겠지 하는 기대감에 부푼 듯이 진지한 회색 눈으로 먼 곳을 바라보았다. 그런 지루한 길을 걷고 싶지는 않았다. 이윽고 나귀가 끄는 짐수레가 느릿느릿 올라오고 있었다. "이봐요." 나그네가 옆을 지나가는 농부에게 소리쳤다. "이리 가면 임멘 호수가 나옵니까?"

"곧장 가시오." 농부는 대답하며 둥근 모자를 만지작거렸다.

"거기까지는 아직 멉니까?"

"거의 다 왔어요. 파이프 담배를 반도 태우기 전에 호수에 도착할 겁니다. 지주의 저택은 호수 바로 옆에 있소."

농부는 이렇게 말하고 길을 계속 갔다. 나그네는 나무가 우거진 길을 따라 발길을 서둘렀다. 십오 분 정도 가자 왼쪽에 드리워졌던 그늘이 싹 걷히면서 비탈길로 이어졌다. 위에서 보면 백 년은 됨 직한 떡갈나무 꼭대기가 언덕 위로 살짝 솟아 있었다. 그 너머로 드넓고 햇살 가득한 풍경이 펼쳐졌다. 저 아래에 고요하고 짙은 푸른색 호수가 있었고 호수 주변으로는 햇살이 눈부신 녹색 숲이 있었다. 오직 한 장소만 숲이 트인 곳이 있어서, 멀리 전경을 즐길 수 있었는데, 저 끝으로 푸른 산이 가로막고 있었다. 저 건너편 녹색 잎사귀가 무성한 숲 한 가운데는 흰 눈 같은 것으로 뒤덮여 있었다. 사실은 꽃이 만발한 과일 나무들이었다. 호숫가의 높은 지대에 하얗고 붉은 벽돌로 지은 지주의 집이 나무들 사이에 우뚝 솟아 있었다. 황새 한 마리가 굴뚝에서 날아올라 느긋하게 호수 위를 맴돌았다. "임멘 호수다!" 나그네는 소리쳤다. 이제 여행의 목적지에 도착한 듯했다. 미동도 하지 않고 산비탈에 서서 내려다보이는 나무 꼭대기 너머 건너편 호숫가를 바라보았다. 지주의 저택이 수면 위에 비쳐 고요히 흔들거려서 마치 헤엄치고 있는 듯했다. 그는 갑자기 가던 길을 계속 재촉했다.

이제 가파른 산을 거의 다 내려오자, 발치에 서 있던 나무들이 다시 그늘을 만들었다. 하지만 호수는 나무에 뒤덮여 보이지 않았고, 간간히 가지들 사이로 언뜻언뜻 나타날 뿐이었다. 다시 완만한 길을 올라갔다. 양쪽에 서 있던 수목들이 사라지고 그 대신 잎사귀가 무성한 포도밭 언덕이 길을 따라 뻗어 있었다. 양편으로는 꽃이 만발한 과일 나무들이, 윙윙거리며 꿀을 찾는 벌들로 뒤덮여 있었다. 갈색 코트를 입은 풍채가 좋은 남자가 나그네에게 다가왔다. 거의 가까이 오자, 모자를 흔들며 밝은 목소리로 소리쳤다. "어서 오게, 어서 와, 라인하르트! 임멘 호수 농장에 온 걸 환영하네!"

두 사람은 서로 다가와 손을 내밀었다. "자네 맞나?" 학창 시절 옛 친구의 진지한 얼굴을 가까이에서 들여다보며 에리히는 말했다.

"물론 나지, 에리히. 자네도 여전하구먼. 옛날보다 더 밝아 보이는데."

이 말을 듣자 에리히는 기쁘게 미소를 지었고 소박한 인상이 훨씬 더 밝아 보였다. "그래, 라인하르트." 다시 한 번 그에게 손을 내밀며 말했다. "엘리자베트와 결혼한 건 내게 행운이었어. 자네도 알지." 그러고 나서 손을 비비며 즐겁게 소리쳤다. "깜짝 놀랄 거야. 자네가 오는지 모르거든. 아마 꿈에도 생각 못했을걸!"

"모른다고?" 라인하르트가 물었다. "누구 말인가?"

"엘리자베트."

"엘리자베트라고! 내가 온다고 말하지 않았나?"

"한 마디도 안 했네, 라인하르트. 자네가 오는 걸 비밀에 부쳤네. 그래야 기쁨이 더 커지지. 자네도 알다시피, 나는 항상 뭘 은밀하게 계획하지."

라인하르트는 골똘히 생각에 잠겼다. 집에 가까워질수록 숨을 쉬기가 힘들어졌다. 길 왼편에는 이제 포도밭이 끝나고 널찍한 텃밭이 나타났는데 거의 호숫가까지 닿아 있었다. 그새 황새는 내려앉아서 위엄 있게 채소밭 사이를 거닐었다. "워이!" 에리히는 손뼉을 치며 소리쳤다. "저

다리 긴 이집트 놈이 또 내 어린 완두콩을 훔쳐 먹고 있군!" 새는 느릿느릿 날아올라 새 건물의 지붕 위로 날아갔다. 건물은 텃밭 끝에 있었는데 담장에는 묶어 놓은, 복숭아나무와 살구나무 가지가 서로 얽혀 드리워져 있었다. "저것은 증류소네." 에리히가 말했다. "이 년 전에 저 건물을 지었지. 돌아가신 아버지는 농장 관리동을 세우셨지. 집은 할아버지가 지어 놓으셨고. 그렇게 조금씩 넓혀 가는 거지."

두 사람은 이런 말들을 하면서 넓게 트인 장소로 걸어왔다. 옆으로는 농장의 관리동과 뒤로는 지주의 저택이 있었다. 저택에 달린 양쪽 건물은 정원의 높은 담장과 이어져 있었다. 그 뒤로는 검은 주목 울타리가 보였고 이따금 라일락 나무가 만개한 가지를 마당으로 떨어뜨리고 있었다. 태양과 노동으로 얼굴이 벌겋게 달아오른 사네들이 마당을 지나, 두 친구에게 인사를 했다. 에리히는 한 사람 한 사람씩 일을 시키고 작업에 관해 질문을 했다. 이윽고 두 사람은 집에 도착했다. 천장이 높고 서늘한 현관이 그들을 맞이했고, 현관 끝에서 두 사람은 좀더 어두운 옆 복도로 꺾어졌다. 에리히가 문을 열고, 두 사람은 널따란 정원으로 통하는 홀로 들어갔다. 맞은 편 창문들을 뒤덮고 있는 나뭇잎 덤불로 인해 홀은 사방으로 녹색 어스름이 깃들어 있었다. 그중에 활짝 열린 높은 창문을 통해 봄 햇살의 광채가 쏟아져 들어왔다. 창문 밖에는 가지런한 꽃밭과 높게 치솟은 나뭇잎 담장이 있는 정원이 내다보였는데, 정원 중앙에는 곧고 널찍한 길이 나 있어서 호수와 그 너머 맞은편에 있는 숲까지 볼 수가 있었다. 두 친구가 들어오자 공기에 섞여 꽃향기가 실려 왔다.

정원 문 앞 테라스에 마치 소녀 같은 여인이 흰 옷을 입고 앉아 있었다. 이내 일어나서는 그들 쪽으로 다가왔다. 하지만 중간쯤 오다가 바닥에 뿌리를 박은 듯 꼼짝 않고 서서 낯선 사람을 뚫어져라 쳐다보았다. 그는 미소를 지으며 그녀에게 손을 내밀었다. "라인하르트!" 그녀는 소리쳤다. "라인하르트! 맙소사, 당신이군요! 오랜만이야."

"오랫동안 보지 못했지." 그는 이렇게 말하고는 더 이상 말을 잇지 못했다. 왜냐하면 그녀의 목소리를 듣자 가슴이 아파 오는 것을 느꼈기 때문이었다. 그녀를 보자 몇 해 전 고향에서 작별 인사를 했던 바로 그 가냘프고 정겨운 모습이 앞에 서 있었기 때문이었다.

에리히는 기쁨에 넘치는 얼굴로 문쪽으로 물러나 있었다. "자, 엘리자베트." 그는 말했다. "그가 올 거라고 꿈에도 생각하지 못했지, 그렇지 않아?"

엘리자베트는 누이 같은 시선으로 그를 바라보았다. "당신은 정말 자상해요, 에리히!" 그녀는 말했다.

그는 자기 손으로 그녀의 여윈 손을 쓰다듬듯이 잡았다. "이제야 라인하르트를 보게 되었어." 그가 말했다. "그러니 이번에는 빨리 놔주지 말자고. 너무 오랫동안 타지에 있었으니 다시 고향같이 편하게 만들어 줍시다. 얼마나 낯설고 세련되어 보이는지 봐."

엘리자베트는 부끄러운 듯 라인하르트의 안색을 살폈다.

"너무 오랫동안 떨어져 있어서 그렇겠지." 그는 말했다.

이때 어머니가 열쇠 바구니를 팔에 걸고 문으로 들어왔다. "베르너 씨!" 라인하르트를 보자 이렇게 말했다. "아이, 생각했던 것보다 더 반가운 손님이네." 묻고 대답하는 그런 대화가 평범하게 계속되었다. 여인들은 앉아서 일을 했고 라인하르트는 그를 위해 마련한 다과를 먹었다. 에리히는 딱딱한 해포석으로 만든 파이프에 불을 붙이고 담배를 뻐끔뻐끔 피우면서 옆에 앉아서 담소를 나누었다.

다음 날 라인하르트는 그와 함께 경작지와, 포도밭, 홉 재배지와 증류소를 둘러보았다. 모든 것이 잘 돌아가고 있었다. 들이나 양조용 탱크에서 일하는 사람들은 모두들 건강하고 만족하고 있는 듯했다. 정오에는 가족 모두 정원 홀에 모였다. 주인 내외는 여유가 있는 대로 길든 짧든 함께 시간을 보냈다. 저녁 식사를 하기 전 몇 시간과 오전 몇 시간 동안은 라인하르트는 자기 방에서 일을 하며 지냈다. 민중들이 즐겨 부르는 시와 노래를 몇 해에 걸쳐 수집했는데 주로 그것을 정리하고 주변에서 얻을 수 있는 새로운 자료를 기록하면서 시간을 보냈다. 엘리자베트는 줄곧 부드럽고 친절했다. 그리고 항상 변함없는 에리히의 관심을 겸허하게 감사하며 받아들였다. 라인하르트는 예전의 명랑했던 아이가 어떻게 저토록 조용한 부인이 되었는지 가끔 의구심이 들 정도였다.

이곳에 도착한 두 번째 날부터 라인하르트는 밤에 호숫가로 산책을 가곤 했다. 정원을 지나 아래로 걸어가야 했다. 정원의 끄트머리에 누각이 세워져 있었고 앞으로 불거져 나온 곳에 벤치가 하나 놓여 있었는데 그 위로는 커다란 자작나무가 늘어져 있었다. 어머니는 그것을 저녁 벤치라고 불렀는데 왜냐하면 저녁때쯤 해지는 모습을 보기에 가장 적절한 자리였기 때문이었다. 이 길에서 산책을 하고 돌아오던 어느 날 저녁 라인하르트는 소나기를 만났다. 그래서 호숫가에 서 있는 보리수나무 아래에 피할 자리를 찾고 있었는데, 무거운 빗방울이 이내 나뭇잎 사이를 뚫고 내리쳤다. 흠뻑 젖어서 포기하고 천천히 돌아가던 길을 계속 걸어갔다. 벌써 어둑어둑해졌고 비는 점점 더 세차게 내렸다. 저녁 벤치에 가까이 왔을 때 어른거리는 자작나무 사이에 흰 옷을 입은 여인의 모습이 보이는 것 같았다. 꼼짝도 하지 않고 서 있었는데 그가 가까이 다가가자 마치 누군가를 기다리는 듯 그에게로 몸을 돌리는 것 같았다. 엘리자베트라고 생각했다. 같이 정원을 지나 집으로 돌아가기 위해 서둘러 그녀에게 다가가자 엘리자베트는 천천히 몸을 돌려 어두운 옆길로 사라졌다. 그는 이해할 수가 없었다. 엘리자베트에게 거의 화가 났다. 그럼에도 그 여자가 정말 엘리자베트였는지 의심스럽기도 했다. 하지만 그녀에게 직접 물어보기는 꺼려졌다. 그래서 정원 홀로 돌아가지 않았다. 정원 홀에 있다가 엘리자베트가 혹시 정원 문으로 들어오는 것을 보고 싶지 않았기 때문이었다.

어머니의 뜻이었어요

며칠이 지나서 밤에, 이 시간쯤이면 언제나 그렇듯이 가족들은 정원 홀에 함께 모여 있었다. 정원 쪽 문은 열려 있었고 태양은 이미 호수 너머 숲 뒤로 넘어갔다.

라인하르트는 오후에 시골에 사는 한 친구에게서 민요 몇 곡을 받았는데 가족들이 이 민요를 한번 들어 보고 싶다고 청했다. 그래서 그는 자기 방으로 가서 곧바로 종이 두루마리를 가지고 돌아왔다. 두루마리는 깔끔하게 정서된 몇 개의 낱장으로 되어 있는 것 같았다.

탁자에들 앉아 있었는데 엘리자베트는 라인하르트 옆자리였다. "되는 대로 읽어 보겠습니다." 그는 말했다. "나도 아직 다 못 읽어 봤거든요."

엘리자베트는 두루마리 원고를 풀었다. "여기 있어요." 그녀는 말했다. "노래해야 해요, 라인하르트."

그는 우선 티롤 지방의 요들송을 읽었는데 읽다가 간간히 낮은 목소리로 흥겨운 멜로디를 섞어 불렀다. 누구나 공감할 수 있는 쾌활한 분위기가 모여 있는 몇 안 되는 사람들을 사로잡았다. "누가 이렇게 아름다운 민요를 만들었죠?" 엘리자베트가 물었다.

"아, 들어 보면 알 수 있지. 재단사, 이발사, 뭐 그런 유쾌한 녀석들이지."

라인하르트가 말했다. "이 노래들은 만들어진 게 아니라 공중에서 떨어지고 자란 것인데, 공중에 걸려 있는 거미줄처럼 전국을 돌며 이리로 저리로 옮겨 다니면서 수많은 곳에서 동시에 불린답니다. 이런 노래들에는 우리에게 친숙한 모습과 고뇌가 담겨 있습니다. 그러니 우리 모두가 그 노래를 만든 셈이죠."

그는 다른 페이지를 펼쳤다. "높은 산 위에 서 있었네…"

"그 노래 전 알아요!" 엘리자베트는 소리쳤다. "음을 잡으세요, 라인하르트. 같이 불러요." 두 사람은 신비로운 멜로디를 노래했다. 사람이 만든 것이라고 생각할 수 없을 정도였다. 엘리자베트는 약간 낮은 알토 목소리로 테너에 보조를 맞추고 있었다.

어머니는 그새 부지런히 그들 가까이에 다가앉았다. 에리히는 두 손을 깍지 끼고 주의 깊게 귀를 기울였다. 노래가 끝나자 라인하르트는 들고 있던 종이를 잠자코 옆으로 치워 놓았다. 호숫가에서 밤의 적막을 뚫고 목동의 종소리가 들려왔다. 그들은 무심결에 귀를 기울였다. 그러자 청아한 소년의 목소리가 부르는 노랫소리가 들려왔다.

> 높은 산 위에 서서
> 깊은 골짜기를 바라보았네…

라인하르트는 미소를 지었다. "들리죠? 저렇게 입에서 입으로 전해지는 거예요."

"이 고장에서도 종종들 부르죠." 엘리자베트가 말했다.

"그래요." 에리히가 말했다. "저건 카스파라는 목동인데 양떼를 몰고 돌아가는 겁니다."

그들은 노랫소리가 저 위 관리동 뒤로 사라질 때까지 귀 기울여 들었다. "저것은 원초적인 소리예요." 라인하르트가 말했다. "그 소리는 숲속의 땅 깊숙이 잠을 자고 있었는데 누가 그것을 발견했는지 누가 알겠어요."

라인하르트는 다른 종이를 끄집어내었다.

밖은 벌써 어두워졌다. 초저녁의 붉은 석양이, 호수 저 너머 숲속에 떠 있는 거품처럼 보였다. 라인하르트는 종이를 펼쳐 들었고 엘리자베트는 종이 한 쪽을 잡고 함께 들여다보았다. 그러고 나서 라인하르트는 이렇게 읽어 내려갔다.

어머니의 뜻이었어요,
내가 다른 사람을 택해야 한다고,
예전에 내가 품었던 것을
내 심장이 잊어야 한다고,
하지만 내 마음은 원치 않았죠.

어머니가 원망스러워요,

그녀는 잘못을 저지른 거예요,
예전에 고결했던 것이
이제는 죄악이 되어 버렸어요.
어찌 해야 하나요!

긍지와 기쁨 대신
고통을 얻었어요.
아, 이것이 현실이 아니라면
황량한 들판에서
구걸이라도 할 수 있으련만!

읽는 동안 라인하르트는 보일락 말락 종이가 떨리는 것을 느꼈다. 다 읽고 나자 엘리자베트는 조용히 의자를 밀어 놓고 잠자코 정원으로 내려갔다. 어머니의 시선이 그녀를 따라갔다. 에리히가 뒤따라가려 했다. 하지만 어머니는 "엘리자베트가 밖에 볼 일이 있네"라고 말했다. 이렇게 모임이 중단되었다.

바깥에는 정원과 호수 위로 밤이 점점 더 짙게 내려앉고 있었다. 나방은 윙윙거리며 열려 있는 문가에서 쏜살같이 날아다녔고, 꽃과 관목의 향내가 문을 통해 밀려 들어왔다. 호수에서는 개구리 울음소리가 들리고, 창 아래와 정원 깊숙이에서 나이팅게일이 지저귀고 있었다. 달이 나무들을 고요히 내려다보고 있는 동안, 라인하르트는 엘리자베트의 고운 자태가 나뭇잎이 울창한 샛길로 사라진 자리를 잠시 쳐다보았다. 그러고 나서 원고를 돌돌 말고는 사람들에게 인사를 하고 집을 나와 호수로 내려갔다.

숲은 말없이 서서 어두움을 호수까지 드리우고 있었고, 호수 한가운데는 희미한 달빛이 촉촉하게 비추고 있었다. 간간이 나무 사이로 나지막하게 살랑거리는 소리에 소름이 돋았다. 그것은 바람 소리가 아니었다. 단지 여름밤의 숨소리였다. 라인하르트는 계속 호숫가를 따라 걸었다. 돌을 던지면 닿을 수 있는 거리에 하얀 수련이 피어 있었다. 가까이에서 수련을 보고 싶다는 충동이 갑자기 생겼다. 그는 옷을 벗어 던지고 물로 뛰어들었다. 수심이 낮았지만 납작하고 뾰족한 수초와 돌에 발이 베었다. 호수는 수영을 할 만한 깊이는 되지 못했다. 그런데 갑자기 발밑이 꺼지면서 물이 머리 위로 소용돌이쳤다. 그가 다시 수면으로 떠오르기까지는 상당한 시간이 걸렸다. 손과 발을 살살 움직이며 주변을 헤엄치다가 들어온 곳을 찾아냈다. 이내 수련도 다시 눈에 들어왔다. 수련은 커다란 매끄러운 잎들 사이에 호젓하게 피어 있었다. 그는 천천히 헤엄쳐 나오고 있었는데, 팔을 수면 밖으로 들면 물방울이 튀어 달빛에 반짝반짝 빛났다. 하지만 그와 수련 사이의 거리는 좀처럼 가까워지지 않는 것 같았다. 주변을 둘러보자 등 뒤에 있는 호숫가는 여전히 알 수 없는 향기에 젖어 있었다. 하지만 그는 자신의 계획을 포기하지 않고 같은 방향으로 계속 힘껏 헤엄쳐 갔다. 이윽고 수련 가까이 오자, 은빛 꽃잎을 달빛 속에서 또렷하게 구별할 수 있었지만 느닷없이 그물에 걸린 것 같았다. 만질만질한 수초의 줄기가 호수 바닥에서 올라와 벌거벗은 팔다리를 칭칭 휘감았다. 깊이를 가늠할 수 없는 물이 시커멓게 주위를 감쌌고, 뒤에서는 물고기가 뛰어오르는 소리가 들렸다. 그런 낯선 환경에 불현듯 으스스해져서, 얽힌 수초를 겨우 끊고는 숨을 몰아쉬며 서둘러 뭍으로 헤엄쳐 나왔다. 그러다 호수를 뒤돌아보니 수련은 좀 전처럼 멀리 어두운 수면 위에 호젓하게 피어 있었다. 그는 옷을 입고 천천히 집으로 돌아왔다. 정원에서 홀 안으로 들어서니, 에리히와 어머니가 출장 준비를 하고 있었다. 다음 날 사업차 길을 나서야 했던 것이다.

"도대체 이렇게 늦은 밤에 어디에 있었나?" 어머니가 목청을 높여 물었다.

"저요?" 그는 대답했다. "수련을 찾으려고 했어요. 하지만 허탕 쳤습니다."

"아무도 이해 못 할 걸세!" 에리히가 말했다. "도대체 수련하고 무슨 인연이 그렇게 많은가?"

"예전에는 수련에 대해서 잘 알았었네." 라인하르트가 말했다. "하지만 이미 오래전 일이라네."

엘리자베트

다음 날 오후 라인하르트와 엘리자베트는 호수 너머로 산책을 갔다. 숲을 지나 살짝 둔덕을 이룬 호숫가에 도착했다. 에리히가 자기와 어머니가 없는 동안 라인하르트에게 근처에 있는 아름다운 풍경을, 그러니까 다른 쪽 호숫가에서 농장에 이르는 지역을 구경시켜 주라고 엘리자베트에게 부탁했기 때문이었다. 두 사람은 이리저리 거닐었다. 그러다 엘리자베트는 피곤을 느껴서 나뭇가지가 드리워진 그늘에 앉게 되었다. 라인하르트는 그녀의 건너편 나무 기둥에 몸을 기대고 서 있었다. 그때 숲속 깊은 곳에서 뻐꾸기 울음소리가 들려왔고 불현듯 모든 것이 옛날과 똑같다는 생각이 들었다. 그는 어색한 미소를 지으며 그녀를 쳐다보았다. "우리 딸기 찾아볼까?" 그는 물었다.

"딸기 철이 아닌데." 그녀는 말했다.

"하지만 곧 딸기가 열릴 거야."

엘리자베트는 잠자코 고개를 흔들었다. 그러고 나서 일어나서 함께 산책을 계속했다. 옆에서 그녀가 걸어가는 모습을 그는 자꾸 흘깃흘깃 쳐다보았다. 엘리자베트는 마치 옷이 그녀를 날라다 주듯이 사뿐히 걸어갔기 때문이었다. 라인하르트는 그녀를 온전히 눈에 담기 위해 무심코 뒤로 한 발짝 물러났다. 그러다가 두 사람은 에리카로 뒤덮인 탁 트인 장소에 도착했는데 전망이 환하게 펼쳐져 있었다. 라인하르트는 허리를 숙이고 바닥에서 자라는 풀을 조금 꺾었다. 고개를 들자 얼굴에 지난날에 대한 열정의 고통이 묻어났다. "이 꽃 알아?" 그는 물었다.

그녀는 무슨 말인지 모르겠다는 듯 그를 빤히 쳐다보았다. "에리카잖아. 숲속에서 내가 종종 꺾었었는데."

"집에 오래된 노트가 있어." 그는 말했다. "예전에 여러 가지 노래와 시를 그 노트에 써넣곤 했지. 하지만 오랫동안 손대지 않았어. 책장 사이에 에리카가 꽂혀 있어. 하지만 시들었지. 누가 그것을 나한테 주었는지 기억해?"

그녀는 말없이 고개를 끄덕였다. 하지만 눈을 내리깔고 그가 손에 들고 있는 풀잎만 쳐다볼 뿐이었다. 두 사람은 그렇게 오래도록 서 있었다. 그녀가 고개를 들어 그를 바라보았을 때 눈에 눈물이 가득 고여 있었다.

"엘리자베트," 그는 말했다. "저 푸른 산 뒤에 우리의 젊은 시절이 있었어. 그 시절은 어디로 간 걸까?"

그녀는 아무 말도 하지 않았다. 두 사람은 말없이 나란히 호수로 내려왔다. 공기는 후덥지근했고 서쪽에서는 시커

먼 구름 떼가 몰려들었다. "폭풍이 오려나 봐." 엘리자베트는 걸음을 재촉하면서 말했다. 라인하르트도 잠자코 고개를 끄덕이고는 함께 서둘러 호숫가를 따라 걸어서 작은 배에 당도했다.

호수를 건너는 동안 엘리자베트는 배의 언저리에 손을 내려놓고 있었다. 그는 노를 저으며 그녀를 넘겨다봤다. 하지만 엘리자베트는 그를 피해 먼 곳을 바라보고 있었다. 그의 시선이 미끄러져 그녀의 손에 머물렀다. 표정이 애써 숨기고 있는 것을 이 창백한 손이 말해 주는 듯했다. 라인하르트는 그녀의 손에서 아무에게도 말하지 못하는 고통의 희미한 흔적을 볼 수 있었다. 고통이 어려 있는 아름다운 여인의 손은 밤마다 아린 가슴 위에 포개질 것이다. 엘리자베트는 그의 시선이 자기 손에 머물고 있다는 것을 느끼자 천천히 손을 물속에 미끄러지듯 담갔다.

앞마당에 도착하자 두 사람은 저택 앞에 서 있는 칼 가는 사람의 수레와 마주쳤다. 늘어진 검은 곱슬머리를 한 한 사내가 열심히 숫돌을 갈면서 집시의 멜로디를 흥얼거리고 있었다. 그 옆에서는 개 한 마리가 묶인 채 킁킁거렸다.

넝마를 걸친 한 예쁘장한 여자 아이가 더러운 모습으로 현관에 서서 구걸을 하며 손을 엘리자베트에게 내밀었다. 라인하르트가 주머니를 뒤졌지만 엘리자베트가 먼저 여자 아이에게 가서 지갑에 있던 돈을 여자 아이의 벌린 손에 황급히 쏟아 부었다. 그러고 나서 재빨리 몸을 돌렸고 라인하르트는 그녀가 흐느끼며 계단을 올라가는 소리를 들었다.

라인하르트는 그녀를 잡으려 했지만 곰곰이 생각하고 나서 계단에 멈춰 섰다. 여자 아이는 아직 현관에 서서 받은 돈을 손에 쥔 채 꼼짝도 하지 않았다. "더 원하는 게 있니?" 라인하르트는 물었다.

그 아이는 "아니에요"라고 말하며 갔다. 고개를 돌려 당황한 눈으로 그를 뚫어지게 보면서 현관 문 쪽으로 느릿느릿 걸어갔다. 라인하르트가 아이를 불렀지만 아이는 듣지 않았다. 고개를 떨어뜨리고 팔짱을 낀 채 마당을 지나 내려갔다.

죽을 것이네, 아 죽을 것이네
나 홀로!

옛날 노래가 그의 귓가에 울려 퍼지자 그는 숨이 멎는 것 같았다. 잠시 그렇게 서 있다가 몸을 돌려 자기 방으로 올라갔다.

그는 일을 하기 위해 앉았지만 도무지 생각을 할 수가 없었다. 한 시간 동안 일을 해 보려 애쓰다가 결국 정원 홀로 내려왔다. 정원 홀에는 아무도 없었고 단지 서늘한 녹색 어스름만이 깃들어 있었다. 엘리자베트의 재봉대 위에는 오후에 목에 묶었던 빨간 리본이 놓여 있었다. 그는 그것을 집어 들었지만 아픔이 느껴져 다시 내려놓았다. 마음이 진정되지 않아 호수로 내려가서 묶어 둔 배를 다시 풀었다. 노를 저어 호수를 건너 다시 한 번 좀 전에 엘리자베트와 갔던 길을 걸어갔다. 다시 집으로 왔을 때는 이미 어두워진 후였다. 마당에서 마부를 만났는데 그는 말을 데리고 풀을 뜯으러 가려 하고 있었다. 여행을 떠났던 식구들이 막 돌아온 것이다. 현관으로 들어오면서 그는 에리히가 정원 홀에서 왔다 갔다 하는 소리를 들었다. 하지만 그에게 가지 않고 잠시 서 있다가 소리를 내지 않고 계단을 올라 자기 방으로 갔다. 창가에 있는 팔걸이의자에 앉았다.

마치 주목나무 담장 아래서 지저귀고 있는 나이팅게일의 울음소리에 귀를 기울이는 것 같았다. 하지만 심장의 고동소리만이 들렸다. 아래층은 이미 조용해졌고 밤은 깊었지만 그는 그것조차 눈치 채지 못했다. 그렇게 몇 시간 동안 앉아 있었다. 이윽고 일어나서 열린 창 밖으로 몸을 내밀었다. 밤이슬이 나뭇잎 사이로 흩뿌리고 있었고, 나이팅게일이 지저귀는 소리도 멈췄다. 밤하늘의 짙은 푸른색도 서서히 동쪽으로부터 밝아 오는 엷은 노란색의 아침 어스름 때문에 희미해져 갔다. 시원한 바람이 일어나서 라인하르트의 뜨거운 이마를 쓰다듬었다. 아침 일찍 일어난 종달새가 환성을 지르며 공중으로 날아올랐다. 라인하르트는 불현듯 돌아서서 책상으로 갔다. 더듬거리서 연필을 찾아 앉아서 하얀 편지지에 몇 줄 적었다. 편지를 다 쓴 후에 모자와 지팡이를 들고 편지를 남겨둔 채 조심스럽게 문을 열고 복도로 내려왔다. 아침 여명이 사방으로 퍼져 있었다. 몸집이 큰 고양이가 멍석 위에서 몸을 늘이고 있다가 그가 아무 생각 없이 손을 대자 등을 곧추 세웠다. 바깥 정원에서는 벌써 참새들이 나뭇가지에 앉아 노래를 하며 밤이 지나갔다고 모두에게 말하는 것 같았다. 그때 위층에서 문이 열리는 소리가 들렸다. 계단을 내려오는 소리가 나서 그가 올려다보자 엘리자베트가 앞에 서 있었다. 그녀는 손을 그의 팔에 올려놓고 입술을 우물거렸는데 아무 말도 들리지 않았다. "다시는 안 올 거지." 이윽고 그녀는 말했다. "다 알아, 거짓말 하지 마. 다시는 안 올 거지."

"그래 안 와." 그는 말했다. 그녀는 손을 떨어뜨리고 아무 말도 하지 않았다. 라인하르트는 복도를 지나 문으로 갔다. 그러고 나서 다시 한 번 뒤를 돌아보았다. 그녀는 꼼짝하지 않고 그 자리에 서서 멍한 눈으로 그를 쳐다보았다. 라인하르트는 한 걸음 앞으로 내딛으며 그녀에게 팔을 뻗었다. 그러다가 돌연히 몸을 돌려 문으로 나갔다. 바깥세상은 신선한 아침 햇살로 가득했고 거미줄에 걸린 이슬방울은 이른 햇빛을 받아 반짝이고 있었다. 그는 뒤를 돌아보지 않고 발걸음을 재촉했다. 등 뒤로는 고요한 농장이 점점 모습을 감췄고 그의 앞에는 넓은 세상이 떠오르고 있었다.

노인

달빛이 이제 창 안으로 비치지 않아 사방이 어두컴컴해졌다. 하지만 노인은 여전히 두 손을 포갠 채 안락의자에 앉아 혼자서 멍하니 앞을 바라보고 있었다. 그를 둘러싸고 있던 어두운 어스름이 걷히면서 눈앞에 넓게 펼쳐진 호수가 어슴푸레하게 드러났다. 검은 물결이 연달아 더 깊고 더 멀리 퍼져나갔다. 노인의 눈길이 거의 닿지 않는 곳에 널찍한 잎사귀 사이에 하얀 수련이 호젓하게 피어 있었다.

방문이 열리고 밝은 빛이 방으로 비쳐들었다. "브리기테, 마침 잘 왔네." 노인은 말했다. "등을 책상 위에 세워 두게나."

그러고 나서 그는 의자를 책상으로 당겨 앉아, 펼쳐진 책을 한 권 집어 들고, 일찍이 젊은 시절 온 힘을 쏟았던 연구에 몰두했다.

백마의 기사

여기서 전하려는 이야기는 오십여 년 전, 시의원 페테르젠의 부인이었던 증조할머니의 집에서 알게 된 것이다. 나는 그 당시 안락의자에 앉아서 푸른색 표지로 장정된 잡지를 읽고 있었다. 《라이프치히 선집》을 읽고 있었는지 아니면 《파페의 함부르크 선집》을 읽고 있었는지는 분명치 않다. 하지만 여든 살이 넘었던 할머니가 잔잔한 손길로 증손자의 머리를 미끄러지듯 쓰다듬어 주셨던 기억은 아직도 너무 생생해서 전율이 느껴질 정도이다. 그러나 증조할머니도 그리고 그 시절도 이미 오래전에 세월 속에 묻히고 말았다. 그 후에도 나는 그런 잡지들을 찾아보았지만 허사였다. 그래서 누군가 이 이야기가 사실이 아니라고 반박한다면, 내가 아무리 사실이라고 우기고 싶어도, 그 진실 여부는 장담할 수 없다. 다만 분명한 것은 이 이야기가 개인적으로 새삼 곱씹어 볼 별다른 기회가 없었음에도 불구하고, 사라지지 않고 기억 한 켠에 선명하게 남아 있다는 것이다.

*

1830년대 시월 어느 날 오후였다—그 당시의 화자는 이렇게 이야기를 시작했다—악천후에도 불구하고 나는 북프리슬란트의 둑길을 따라 말을 달리고 있었다. 왼쪽으로는 한 시간도 전에 가축들이 집으로 돌아가서 텅 비어 있는 황량한 습지가 계속되었고, 오른쪽으로는 북해의 갯벌이 불안할 정도로 가깝게 펼쳐져 있었다. 둑길에 서면 만조 때 물에 잠기는 작은 섬들과 인근의 섬들도 바라볼 수 있었다. 하지만 내 눈에 들어오는 것은 단지 거무튀튀한 누런색의 파도뿐이었다. 파도는 마치 연신 분노로 으르렁대듯이 둑길을 후려치며, 말을 타고 있는 나에게 더러운 거품을 뿌리곤 했다. 그 너머로는 황량한 저녁 어스름이 몰려와 땅과 하늘조차 구별하기 힘들었다. 더욱이 이제 높이 뜬 반달도 몰려드는 먹구름에 거지반 가려졌기 때문이었다. 매서운 추위 덕분에 손이 곱아 고삐조차 거의 잡을 수가 없었다. 그러니 까마귀와 비둘기 떼가 까악까악, 끼룩끼룩거리며 폭풍에 밀려 육지로 날아드는 것을 탓할 수는 없었다. 어스름이 깊어지자 말굽조차 분간하기 힘들 지경이 되었다. 사람이라고는 종적도 찾아볼 수 없었고, 새들은 긴 날개로 충직한 암말과 나를 스치고 지나갔다. 귓가에 들려오는 것은 새들의 울부짖음과 미쳐 날뛰는 바람과 파도 소리뿐이었다. 이런 상황에서 이따금 안진힌 거처가 그리워짐은 두말할 나위도 없었다.

악천후가 삼 일째 계속되었다. 나는 내게 특별한 호감을 가지고 있었던 친척집에 이미 지나치다 싶을 정도로 오래 머물고 있었다. 그는 북쪽 지방에 농장을 소유하고 있었지만, 나는 이제 더 이상 머물 수가 없었다. 남쪽으로 몇 시간 떨어진 도시에 일도 있고 해서, 사촌과 친절한 그의 부인이 만류하고, 내가 손수 키운 페리네트 사과와 그랜드 리처드 사과를 아직 맛보지 못했음에도 불구하고, 오후에 말을 타고 길을 나섰다.

"바다까지만 가 봐." 아직 대문 앞에 서서 사촌이 내 등 뒤에 대고 소리를 쳤다. "다시 돌아오게 될걸. 네 방은 그대로 둘게!"

정말이었다. 검은 구름층으로 주위가 칠흑처럼 어두워지고, 일제히 포효하는 돌풍이 나와 내 암말을 둑길에서 끌어내릴 듯한 기세로 달려들자, 이런 생각이 머릿속을 스치고 지나갔다. "바보 같은 짓 하지 마! 어서 따뜻한 보금자리로 돌아가자." 하지만 돌아갈 길이 앞으로 가야 할 길보다 더 오래 걸릴 거라는 생각이 불현듯 들었다. 그래서 나는 외투 깃을 귀까지 세우고 쉴 새 없이 말을 달렸다.

그때 둑길에서 어떤 물체가 나를 향해 다가오고 있었다. 아무 소리도 들리지 않았지만 반달이 어슴푸레한 빛을 비추자 점점 또렷해졌다. 어떤 검은 형체가 보이는 것 같았다. 차츰 가까워지자 말 위에 누군가 앉아 있는 것이 보였다. 긴 다리에 야윈 백마를 타고 있었다. 검은 외투자락이 어깨에서 펄럭거리고 있었는데, 쏜살같이 내 옆을 지나가면서 창백한 얼굴에서 이글거리는 두 눈이 나를 쏘아보았다.

누구야? 뭘 하려는 거지? 바로 그때 말발굽 소리도, 말의 헐떡거리는 숨소리도 들리지 않았다는 생각이 문뜩 떠올랐다. 말과 기사가 바짝 내 옆으로 지나갔는데도 말이다!

그런 생각을 하면서 나는 연신 말을 달렸다. 하지만 오래 생각할 틈도 없이 무언가 뒤에서 달려와서 내 옆을 지나갔다. 마치 외투자락을 날리며 나를 스친 것 같았다. 좀 전처럼 그 모습은 소리 없이 나를 스쳐 지나간 것이다. 그러고 나서 멀리 보이더니 점점 더 멀어져 갔다. 언뜻 그 그림자가 둑의 안쪽으로 내려가는 것을 본 것 같았다.

잠시 망설이다가 나는 뒤를 따라갔다. 그림지를 본 지점에 다다랐을 때 둑에 인접한 저 아래 간척지에서 커다란 물웅덩이에 고인 물이 반짝이는 것이 보였다. 해일이 육지를 할퀴고 들어와 만들어 놓은 것으로, 사람들은 그것을 늪지라 불렀는데 대부분 작았지만 깊은 못을 이룬 곳도 있었다.

물은 기이하게도 미동도 하지 않았다. 둑이 바람을 막아주기는 했다고는 해도, 기사가 지나간 미미한 움직임도 남아 있지 않았다. 그의 흔적이라고는 전혀 찾아볼 수 없었던 것이다. 하지만 다른 것이 나를 기쁘게 맞이했다. 저쪽 간척지에서 무수한 불빛들이 흩어져 내 앞에 어른거렸다.

다소 높은 둔덕 위에 드문드문 일렬로 늘어선 프리슬란트식 집들에서 빛이 새어 나오는 것 같았다. 하지만 내 바로 앞, 둑 안쪽의 한 가운데에 같은 풍의 커다란 집이 한 채 서 있었다. 대문 오른쪽으로 남쪽에 난 모든 창문에 불이 켜져 있는 것이 보였다. 창 안에는 사람의 인기척이 있었고 폭풍에도 불구하고, 사람들이 말하는 소리도 들리는 것 같았다. 말은 시키지 않았는데도 둑길을 내려와서, 그 집의 대문 앞으로 나를 데려왔다. 보아하니 주점이었다. 창문 앞에 소위 '시렁'이 설치되어 있었기 때문이었다. 두 개의 말뚝을 박고 그 사이에 들보를 얹은 것으로, 이곳에 머무르기 위해 들른 사람들이 가축과 말을 묶어 둘 수 있도록 커다란 철고리가 달려 있었다.

나는 말을 쇠고리에 묶고 현관으로 들어가서, 나를 맞이하는 하인에게 말을 맡겼다. 사람들 목소리와 잔 부딪치는 소리가 방문 틈으로 또렷하게 들려서 나는 그에게 물었다.

"여기 모임이 있느냐?"

"예, 그런데유." 머슴은 저지 독일어〔북부 및 북서부 독일에서 쓰는 독일어 방언—옮긴이〕로 대꾸했다. 나중에 안 사실이지만 저지 독일어는 이 지방에서 프리슬란트어 말고도 백여 년 전부터 사용되었다고 했다. "제방 감독관 나리와 위원님들, 게다가 제방 관계자분들도 오셨는데유! 바닷물이 높아져서유!"

내가 들어서자 대략 열두 명의 남자들이 창 아래 줄지어 놓인 탁자에 앉아 있는 것이 보였다. 펀치 잔이 탁자 위에 놓여 있었고 유난히 위풍당당한 한 사내가 명령을 내리고 있는 것 같아 보였다.

나는 그들에게 인사를 하고 같이 합석해도 되냐고 묻자 흔쾌히 그러라고들 했다. "이곳에서 제방 감독을 하시는 거군요!" 나는 그 사내에게 고개를 돌리며 물었다. "밖의 날씨가 사나워서 제방이 문제가 될 듯합니다!"

"그렇소." 그는 대답했다. "우리가 사는 여기 동쪽은 위험하지 않으리라 생각하오. 하지만 저 건너편은 안전하지가 않소. 그곳 제방은 대개 옛날식으로 지어져서요. 하지만 우리 중앙 제방은 이미 지난 세기에 보강되었소. 당신도 아시겠지만 좀 전부터 바깥 날씨가 몹시 추워졌소." 그는 덧붙여 말했다. "하지만 여기서 몇 시간 동안 버텨야 하오. 밖에 믿을 만한 사람들을 보냈으니 기별이 있을 것이요." 내가 주인에게 주문을 하기 전에 벌써 김이 모락모락 나는 잔이 내 앞에 놓여 있었다.

나는 옆에 앉아 있는 친절한 남자가 제방 감독관이라는 사실을 이내 알게 되었다. 그래서 둑에서 있었던 기이한 만남을 이야기하기 시작했다. 그는 귀기울여 들었는데 나는 주위의 대화가 갑작스레 일시에 잠잠해졌다는 것을 알아챘다. "백마의 기사다!" 모임의 한 사내가 소리치자 다른 이들도 경악해서 술렁거렸다.

제방 감독관은 일어섰다. "놀랄 거 없소." 그는 탁자 너머에 있는 사람들을 향해 말했다. "이 일은 단지 우리에게만 있는 일은 아니오. 1817년에는 저 건너편 사람들에게도 해당되었던 일입니다. 그 사람들은 모든 것을 미리 예상했을 것이오!"

뒤늦게야 나는 전율을 느꼈다. "죄송합니다만!" 나는 말했다. "백마의 기사가 무슨 문제가 됩니까?"

난로 저 뒤편에 왜소하고 야윈 한 사내가 낡아 해진 검은 외투를 입고 좀 구부정하게 앉아 있었다. 한쪽 어깨가 곱

사등처럼 기형적으로 툭 튀어나와 있었다. 그는 다른 사람들의 대화에 한 마디도 끼어들지 않았다. 하지만 숱이 적은 잿빛 머리에 검은 속눈썹이 두드러지는 눈을 보면, 그가 여기에서 졸고 앉아 있었던 것은 아니라는 사실을 짐작할 수 있었다.

제방 감독관이 그 사내를 가리키며 목청을 높여 말했다. "선생님이 여기 있는 우리 중에서 가장 잘 이야기를 해주실 수 있을 거요. 물론 내 집에서 늙은 하녀 안테 폴머스처럼 제대로는 아니지만 당신 방식대로 말입니다."

"농담을 하시는구려, 제방 감독관!" 선생의 좀 골골한 목소리가 난로 뒤에서 들려왔다. "나와 멍청한 여편네를 비교하시다니!"

"예, 예, 선생님!" 다른 사내가 대꾸했다. "하지만 그런 이야기는 말하기 좋아하는 아낙네들이 제일 실감나게 전하는 법이지요!"

"그럼요!" 체구가 작은 선생이 말했다. "여기 있는 우리 모두가 같은 생각은 아니지만요." 우쭐해 하는 듯한 미소가 곱상한 얼굴에 스쳐 지나갔다.

"곧 아시게 될 겁니다." 제방 감독관은 내 귀에 대고 낮게 중얼거렸다. "선생은 항상 좀 거만하거든요. 젊은 시절 신학을 공부했었는데 약혼자와 파혼하는 바람에 고향인 여기에 눌러앉아 선생 노릇을 하며 산답니다."

선생은 그사이 난로 모퉁이에서 걸어 나와 내 옆에 있는 기다란 탁자에 앉았다. "얘기해 주세요, 얘기해 주세요, 선생님." 모임의 몇몇 젊은이들이 외쳤다.

"물론," 늙수그레한 선생은 나에게 고개를 돌리며 말했다. "정 원한다면 하겠소. 하지만 그중에는 미신도 많이 있습니다만 미신을 빼고 얘기하기란 어려울 듯하오."

"그런 것도 빼지 말고 말씀해 주십시오." 나는 대꾸했다. "저도 옥석을 가릴 줄 아는 사람이니까요!"

늙은 선생은 이해심 많은 미소를 띠며 나를 바라보았다. "그럼!" 그는 말했다. "지난 세기 중반에, 더 정확히 얘기하자면 그 전이나 그 후일 수도 있는데 이 지방에 한 제방 감독관이 살았답니다. 그는 제방이며 수문에 관한 일에 대해서는 죄다 꿰고 있었고, 농부나 농장주로서 다른 일들도 능숙하게 처리하곤 했답니다. 하지만 그것으로는 충분하지 않았소. 공부를 한 전문가들이 제방과 수문에 관해 쓴 글들을 그는 거의 읽지 않았기 때문이지요. 그러니까 제방 일에 관한 지식을 코흘리개 시절부터 알았다고는 해도 혼자 생각해 낸 것들이었답니다. 프리슬란트 사람들이 계산에 능하다는 얘기는 이미 들었을 것이오. 게다가 파레토프트의 한스 몸젠이라는 사람에 대해 하는 말들도 아마 들으셨겠지요. 그는 농부였지만 나침반과 크로노미터, 망원경과 파이프 오르간을 만든 장본인이었소. 그런데 나중에 제방 감독관이 된 그 사람의 아버지가 그런 부류의 사람이었던 거요. 물론 일부분이었지만 말이오. 그의 부친은 소택지를 좀 가지고 있었는데 그곳에 유채꽃과 콩을 심고 소 한 마리 정도는 풀을 먹일 수 있었소. 가을과 봄에는 이따금씩 토지를 측량하러 가고 겨울에 외부에서 북서풍이 불어와서 덧문을 뒤흔들어 놓을 때면 거실에 앉아 선을 긋고 컴퍼스를 찍으며 소일을 했소. 이럴 때면 사내아이는 대부분 옆에 앉아서 금발 머리를 두 손에 파묻고는 입문서나 성경 너머로 아버지가 측량을 하고 계산을 하는 것을 바라보았소. 어느 날 밤 아이는 늙은 부친에게 그가 지금 막 써넣은 것이 왜 그래야만 하고 달리는 안 되는 것인지 묻고는 자기의 의견을 내놓았다고 합니다. 하지만 어떻게 대답을 해야 할지 몰랐던 부친은 고개를 설레설레 젓고는 이렇게 말했습니다. '너한테 뭐라고 설명을 할 수가 없구나. 하지만 그냥 그래. 네가 잘못 계산한 게지. 더 알고 싶다면 내일 다락방에 있는 상자에서 책을 찾아 보거라. 유클리드라는 사람이 쓴 책인데 아마 너에게 도움이 될 게다!'"

——아이는 그 다음 날 다락방으로 달려가서 이내 책을 찾아냈다. 집에 있는 책이라고는 몇 권 되지 않았기 때문이었다. 하지만 아이가 부친이 앉아 있는 책상 위에 책을 올려놓자 부친은 껄껄 웃었다. 네덜란드어로 쓰인 유클리드였다. 네덜란드어가 독일어와 거지반 비슷하다 해도 둘 다 네덜란드어를 읽지 못했기 때문이었다. "그래, 그래." 그는 말했다. "이 책은 할아버지의 것이란다. 할아버지는 네덜란드어를 읽으셨지. 독일어로 쓰인 것은 거기 없든?"

별로 말이 없던 아이는 부친을 물끄러미 쳐다보면서 말했다. "이 책을 제가 가져도 돼요? 독일어로 된 것은 거기 없었어요."

늙은 부친이 고개를 끄덕이자 아이는 낡아서 너덜너덜한 작은 책자를 가리키며 재차 물었다. "이것도 가져도 돼요?"

"둘 다 가지렴!" 테데 하이엔은 말했다. "별다른 도움이 되겠느냐만."

두 번째 책은 자그마한 네덜란드어 문법책이었다. 겨울이 지루하게 계속되었던 덕분에, 정원에 구즈베리 나무가 다시 꽃을 피울 무렵 아이는, 그 당시 많이 회자되었던 유클리드를 거의 대부분 이해할 수 있게 되었다.

선생은 여기에서 말을 끊었다. "한스 몸젠에 대해서도 이런 이야기가 전해져 오고 있다는 것을 모르는 바는 아닙니다. 하지만 그가 태어나기 전에 이미 우리 지방에서 하우케 하이엔—그 사내아이의 이름이지요—의 이야기들을 하곤 했답니다. 아시다시피, 사람들은 위대한 인물이 한 번쯤은 나타나기를 바라는 법이지요. 그래서 농담 반 진담 반, 이전 사람들이 한 일들이 죄다 그가 한 일처럼 갖다 붙여 버린 거지요."

사내아이에게 소나 양을 치우는 일 같은 것은 안중에도 없었고, 늙은 아버지는 콩이 꽃을 피워도 습지에서 농사를 짓는 사람이면 누구나 가질 법한 기쁨을 아이가 느끼지 못한다는 것을 눈치 챘다. 그래서 농부나 젊은이에게는 출세할 여지가 있지만, 먹물이 들다 만 선무당이나 하인에게는 기회가 없다는 것을 곰곰이 생각하다가, 자기 자신도 그런 식으로 살다가 출세하지 못했다는 데 생각이 미쳤다. 그래서 아들을 제방으로 보내 다른 일꾼들과 함께 부활절부터 성 마르틴 축제 때까지 흙을 짐수레로 나르게 시켰다. "그러면 유클리드를 잊어버리겠지." 그는 혼잣말을 했다.

사내아이는 짐수레를 날랐다. 하지만 늘 유클리드의 책을 주머니에 넣고 다녔다. 일꾼들이 아침 식사나 새참을 할 때면 손수레를 뒤집어 놓고 올라앉아 책을 읽었다. 가을에 만조가 점점 높아져서 때때로 작업이 중단되면, 다른 일꾼들과 함께 집으로 돌아가지 않고 두 손을 무릎 위에 포갠 채 바다가 보이는 제방의 비탈길에 앉아 있었다. 그렇게 몇 시간 동안 희뿌연 북해의 파도가, 둑을 뒤덮고 있는 풀들을 차츰 높이 후려치는 모습을 지켜보곤 했다. 발 끝자락이 파도에 씻기고 거품이 얼굴에 튀면 서너 걸음 뒤로 물러나 다시 앉았다. 파도의 철썩거리는 소리도 갈매기와 물새들의 울음소리에도 귀를 기울이지 않았다. 새들은 그의 주변에서 아니면 머리 위로 날아다니며 날개로 거의 몸을 스칠 듯이 지나갔는데, 새까만 눈으로 그의 눈을 번뜩이며 쳐다보았다. 눈앞에 펼쳐진 드넓고 황량한 망망대해에 밤의 어스름이 퍼져 나가는 것도 눈에 들어오지 않았다. 오로지 부딪쳐서 거품이 이는 파도의 끝자락만을 보고 있었다. 파도가 솟구쳐 오르면서 같은 사리를 반복해서 거칠게 쳐 대고 가파른 둑을 뒤덮고 있는 풀들을 씻겨 내고 있었다.

한동안 물끄러미 바라본 후에 사내아이는 천천히 고개를 끄덕이거나 고개를 들지 않고 손으로 허공에 부드러운 선을 그리곤 했다. 마치 둑의 경사를 완만하게 만들려는 것 같았다. 너무 어두워져서 모든 것이 눈앞에서 사라지고 파도 소리만이 귓전에서 우레 같은 소리를 내자 그는 일어나서 거의 젖은 채로 집으로 달려갔다.

아이가 어느 날 밤 그렇게 아버지가 있는 거실로 들어오자 측량 기구를 닦고 있던 아버지가 버럭 화를 냈다. "밖에서 뭘 하다 오는 거냐? 물에 빠져 죽고 싶으냐. 오늘 같은 날은 파도가 둑을 집어삼키는데."

하우케는 아버지를 고집스럽게 쳐다보았다.

"내가 하는 말 안 들리니? 네가 물에 빠져 죽었을 수도 있단 말이다."

"네." 하우케는 대답했다. "하지만 물에 빠져 죽지 않았잖아요!"

"죽지 않았지." 잠시 후에 늙은 아버지는 이렇게 대꾸를 하고 정신이 나간 듯한 아들의 얼굴을 바라보았다. "이번에는 아니지."

"하지만," 하우케는 거듭 말했다. "우리 제방은 아무런 쓸모가 없어요!"

"뭐라고 하는 거냐, 얘야?"

"둑 말이에요!"

"둑이 뭐라고?"

"쓸모가 없다고요, 아버지!" 하우케가 대답했다.

늙은 아버지는 아들의 얼굴에 대고 껄껄 웃었다. "도대체 무슨 말이냐, 얘야? 네가 아마도 뤼베크 출신의 천재〔크리스티안 하인리히 하이네켄(1721-1725)—옮긴이〕라도 되는 모양이구나!"

하지만 아이는 조금도 동요하지 않았다. "바다 쪽이 너무 가팔라요." 그는 말했다. "예전에 여러 번 있었던 그런 큰 폭풍이 한 번 더 오면 여기 둑 뒤편에 있는 우리도 익사하고 말 거예요!"

아버지는 씹는담배를 주머니에서 꺼내 한 조각 비틀어 끊어서는 입에 밀어 넣었다. "오늘 수레는 몇 번이나 밀었냐?" 그는 화가 나서 물었다. 제방 일로도 아이의 머릿속에서 골똘히 생각하는 버릇을 쫓아내지 못했다는 것을 짐작했기 때문이었다.

"모르겠어요. 아빠." 아이가 대답했다. "다른 일꾼들이 한 것만큼은 했어요. 아마 대여섯 번은 했을 거예요. 하지만 어쨌든 둑을 다시 쌓아야 해요."

"그래." 늙은 아버지는 말하고 나서 웃음을 터트렸다. "네가 어쩌면 제방 감독관이 될 수 있겠구나. 그러면 둑을 다시 쌓으렴!"

"네, 아버지!" 아이는 대답했다.

아버지는 아이를 빤히 쳐다보다가 서너 차례 마른 침을 삼키고는 문밖으로 나갔다. 아이에게 어떤 말을 해주어야 할지 알 수가 없었기 때문이었다. 시월 말에 제방 일이 다 끝나고도 북쪽 바닷가로 산책 가는 일은 하우케 하이엔에게는 가장 즐거운 오락거리였다. 모든 성인 대축일 무렵에는 추분에 부는 폭풍이 세차게 몰아치는 것이 보통이라, 사람들은 이것을 프리슬란트가 대축일을 애도하는 것이라고들 말했다. 이런 대축일을, 요즘 어린이들이 크리스마스 축제를 기다리듯이 아이는 고대하고 있었다. 한사리가 임박하면 폭풍과 악천후에도 불구하고 저 멀리 둑에 혈혈단신 나가 있을 게 분명했다. 갈매기가 끼룩끼룩거리고, 파도가 둑에 부딪쳐 부서졌다 쓸려 내려가면서 둑을 덮고 있는 풀을 군데군데 낚아채서 바다로 돌아갈 때면, 하우케의 성난 듯한 웃음소리를 들을 수 있었을 것이다. "너희들은 아무 것도 할 수 없을걸." 아이는 파도에 대고 소리쳤다. "사람들도 아무 것도 할 수 없듯이 말야!" 이윽고 아이는 종종 어둠 속 드넓은 황야에서 둑을 따라 집까지 달려가곤 했다. 이제 훌쩍 자란 아이의 모습이 아버지의 갈대지붕 아래 난 야트막한 문에 당도해서는 자그마한 방으로 미끄러져 들어갔다.

이따금 그는 한 주먹 가득 습지의 진흙을 가져오기도 했다. 그러고 나서는 이제 그를 내버려 두는 늙은 아버지 옆에 앉아서 수지로 만든 가느다란 촛불 아래에서 온갖 제방 모형을 반죽했다. 편평한 그릇에 물을 담고 거기에 모형을 놓고는 파도의 쓸림을 흉내 내어 보거나, 석판을 가져다가 바다 쪽 제방의 측면도를 자기가 생각하는 방식대로 그려 보았다.

학교에서 같이 앉아 공부했던 급우들과 사귀는 것에는 관심도 없었다. 몽상가에게는 아무 것도 중요하지 않은 듯 보였다. 다시 겨울이 되어서 추위가 돌연 밀어닥치자 예전에는 가지 않았던 둑에까지 가 보았다. 얼음으로 뒤덮인 광대한 모래톱이 이윽고 앞에 펼쳐졌다.

이월 추운 날씨가 계속되는 가운데 시체들이 해변가로 밀려와 발견되었다. 탁 트인 드넓은 바닷가 얼어붙은 모래톱에 시체들이 널브러져 있었다. 그 자리에 있었던 젊은 아낙네를 마을로 데려오자 그녀는 늙은 하이엔 앞에서 수다를 떨기 시작했다. "사람 같지가 않더라고요." 그녀는 외쳤다. "당연히 아니죠. 물귀신 같았어요! 머리는 불어서 어찌나 커다랗던지." 그녀는 손가락을 쫙 펴서 쳐들고는, "검다 못해 번쩍거리고 매끈매끈한 것이 막 구운 빵 같더라고요! 게다가 게가 시체를 뜯어 먹었더라고요. 아이들이 그걸 보고 꽥 소리를 지르고 난리였죠!"라고 말했다.

늙은 하이엔에게 그런 일은 새로운 것도 아니었다. "시체들은 아마 십일월부터 바다를 떠다녔겠지!" 그는 태연하게 말했다.

하우케는 잠자코 그 옆에 서 있었다. 하지만 틈이 나자 이내 둑으로 슬쩍 사라졌다. 다른 시체를 찾으러 간 것인지, 버려진 개펄을 짓누르고 있는 공포와 전율이 그를 끌어당긴 것인지는 알 수 없었다. 그는 달리고 또 달려서 홀로 황야에 섰다. 바람만이 둑 위를 스치고 있었고, 쏜살같이 날아다니는, 슬피 우는 커다란 새들의 울음소리만이 들려왔다. 왼쪽으로는 텅 빈 드넓은 습지가, 오른쪽으로는 얼음으로 뒤덮여 어슴푸레 빛을 발하는 모래톱이 펼쳐진 광활한 바닷가가 이어져 있었다. 마치 온 세상이 하얀 죽음 속에 있는 것 같았다.

하우케는 위쪽 둑길에 서 있었고 날카로운 눈은 멀리 사방을 배회했다. 하지만 시체 이외에는 아무 것도 찾아볼 수 없었다. 밑에서 보이지 않게 여울물이 밀려드는 곳에서만 빙판이 물결을 그리며 오르내릴 뿐이었다.

그는 집으로 달려왔다. 하지만 다음 날 저녁 다시 둑에 가 있었다. 그 자리에 얼음이 금이 가 있었다. 틈 사이로 연기구름 같은 것이 올라와 모래톱에 온통 연기와 안개가 거미줄을 치듯이 펴져 가더니, 밤의 어스름과 기이하게 뒤섞였다. 하우케는 그 광경을 뚫어져라 쳐다보았다. 안개 속에서 거무스름한 형체가 이리저리 서성였는데 크기를 보아하니 사람 같았기 때문이었다. 우아하지만 기이하고 으스스한 움직임이었다. 그는 목을 쭉 빼고 멀리 빙판의 틈 사이로 연기가 뿜어져 나오는 곳에서 이리저리 거니는 것을 보고 있었다. 형체들은 마치 강시들처럼 섬뜩하게 이리저리 뛰기 시작했는데 커다란 형체가 자그마한 형체 위로 뛰어오르고 자그마한 형체가 커다란 형체로 달려들다가 서로 쫙 퍼지더니 아스라이 사라졌다.

'저것들은 뭐지? 익사한 사람들의 혼령인가?' 하우케는 생각했다. "훠이!" 외치는 소리가 밤공기를 가르며 울렸다. 하지만 혼령들은 그의 외침소리에 몸을 돌리지 않고 기괴하고 이상하게 쉴 새 없이 이리저리 서성거렸다.

그때 노르웨이의 끔찍한 바다유령이 떠올랐다. 한 나이 든 선장이 언젠가 얘기해 준 것인데 바다유령들은 얼굴 대신에 해초 덩어리를 목에 달고 다닌다고 했다. 하지만 그는 달아나지 않고 장화 뒷굽으로 둑의 진흙땅을 깊이 파고 있었다. 그러면서 눈앞에 돌연 닥쳐온 밤의 어스름 속에서 연신 펼쳐지는 우스꽝스러운 난동을 뚫어져라 쳐다보았다. "너희들 여기 사는 우리한테까지 왔니?" 그는 엄한 목소리로 말했다. "나를 쫓아내진 못할 거다!"

어둠이 사방을 뒤덮자 그는 경직된 걸음걸이로 천천히 집으로 돌아왔다. 하지만 마치 날개 퍼덕거리는 소리와 쩌렁쩌렁 울리는 비명소리가 등 뒤에서 따라오는 것 같았다. 그는 주위를 둘러보지 않았지만 그렇다고 걸음을 재촉하지도 않았다. 그래서 늦게서야 집에 도착할 수 있었다. 하지만 아버지나 다른 어느 누구에게도 이 이야기를 하지 않았다. 몇 년이 지난 후에 신이 점지해 준 백치 딸을, 비슷한 계절, 비슷한 시간에 둑으로 데리고 나가서, 그때 갯벌에 있었던 똑같은 것을 보여 주었다. 하지만 아이에게 무서워할 필요가 없다고, 그것들은 단지 얼음 틈에서 나오는 물고기를 잡으러 온 학이나 까마귀가 안개 속에서 그렇게 커다랗고 섬뜩하게 보이는 것뿐이라고 말했다.

"정말이지." 선생은 잠시 말을 멈췄다. "세상에는 독실한 기독교인들의 마음을 혼란스럽게 하는 온갖 일들이 있습니다. 하지만 하우케는 바보도 천치도 아니었습니다."

내가 아무 대꾸도 하지 않자 그는 계속 이야기를 이어가려 했다. 하지만 지금까지 자욱한 담배 연기로 천장이 낮은 방을 빽빽하게 채우며, 잠자코 듣고 있던 다른 손님들 가운데 갑작스런 동요가 일어났다. 처음에는 서너 명이, 나중에는 거의 모든 이들이 창문 쪽을 쳐다보았다. 밖에는—덧문으로 가리지 않은 창문을 통해 보였는데—폭풍이 구름 떼를 몰고 와서 빛과 어두움이 서로 앞을 다투어 뒤섞였다. 하지만 나는 백마를 탄 수척한 기사가 휙 지나가는 것을 본 것만 같았다.

"잠깐 기다리시오, 선생!" 제방 감독관은 나지막하게 말했다.

"두려워할 필요가 없습니다, 제방 감독관!" 체구가 작은 선생은 대꾸했다. "나는 그를 욕한 적도 없고 그럴 이유도 없소." 그리고 그는 작고 명민해 보이는 눈으로 감독관을 올려다보았다.

"그래요, 그래." 다른 이가 말했다. "한 잔 더 드시오." 그 일이 있고 사람들이 대부분 좀 얼빠진 얼굴로 다시 그에게 몸을 돌리자 그는 이야기를 계속했다.

그렇게 혼자서, 기껏해야 바람과 파도, 그리고 고독한 풍경을 벗 삼아서 하우케는 키가 크고 호리호리한 청년으로 성장했다. 하지만 견진성사를 받은 지 일 년이 훌쩍 넘어가던 무렵에 그가 돌연 달라졌다. 이 일의 사단은 늙은 하얀 앙고라 고양이였다. 나중에 사고를 당한 아들이 트린 얀스 노파에게 옛날에 스페인 여행에서 가져다 준 고양이였다. 트린은 멀찌감치 떨어진 둑 위에서 자그마한 오두막에 살고 있었다. 노파가 집에서 이런저런 일을 하는 동안 이 꼴사나운 고양이는 대문 앞에 앉아서 여름 날 스쳐 날아가는 푸른 도요새를 눈을 껌벅거리며 쳐다보고 있었다. 하우케가 지나가면 고양이는 그를 보고 야옹거렸고 하우케는 고양이에게 고갯짓을 했다. 둘은 서로 무엇을 원하는지 잘 알고 있었다.

하지만 봄이 되면 하우케는 습관적으로 종종 둑 위에 갯솔과 향기 나는 바다쑥 사이에 누워서 강렬한 햇빛에 몸을 맡기곤 했다. 벌써 저 밑에서는 파도가 몰려오고 있었다. 전날 고지대에서 모아 온 자갈이 주머니에 가득했다. 썰물 때 갯벌이 드러나고 작은 잿빛의 짧은다리도요새가 갯벌 위를 새된 소리를 내며 휙 지나가는 순간, 그는 별안간 돌 하나를 집어서 새를 향해 던졌다. 코흘리개 시절부터 그것을 연습했었기 때문에 대개 새 한 마리가 개펄에 죽어 누워 있기 마련이었다. 하지만 죽은 새를 가져오지 않는 경우도 많았다. 하우케는 고양이를 데려와서, 노획물을 찾아 물어 오는 사냥개로 훈련시켜야겠다고 벌써 생각하고 있었다.

하지만 군데군데 굳은 땅과 모래층이 있어서 그런 경우 그가 손수 달려가 노획물을 집어 왔다. 돌아오는 길에 고양이가 문지방에 앉아 있다가 숨길 수 없는 탐욕을 드러내며 날카로운 소리로 울부짖으면, 결국 하우케는 사냥한 새를 던져 주곤 했다.

오늘도 그는 어깨에 재킷을 걸치고, 깃털에 푸른빛이 도는 비단처럼 오색영롱한 이름 모를 새를 한 마리 들고 집으로 돌아가는 길이었다. 여느 때처럼 고양이는 그가 오는 것을 보자 야옹거렸다. 하지만 하우케는 이번에는 노획물을 내주지 않을 셈이었기 때문에 짐승의 탐욕에 아랑곳하지 않았다. "번갈아서 갖자!" 그는 고양이게 소리쳤다. "오늘은 내가, 내일은 네가. 그러니까 이건 고양이 먹이가 아니야." 하지만 고양이는 조심스레 살금살금 다가왔다. 하우케는 손에 새를 든 채 서서 고양이를 노려보았고 고양이는 앞발을 쳐들고 새를 낚아채려는 듯 일어서 있었다. 청년은 고양이 친구를 속속들이는 몰랐던 모양이었다. 등을 돌리고 막 앞으로 걸어가려는데 순식간에 노획물이 낚아채지는 것을 느꼈다. 뿐만 아니라 날카로운 발톱이 살을 파고들었다. 마치 한 마리 맹수처럼 분노가 젊은 청년의 핏속에서 솟구쳐 그를 사로잡았다. 그는 약탈자의 목덜미를 움켜잡았다. 몸부림치는 짐승을 손아귀에 쥐고 높이 쳐들어 거친 털 사이로 두 눈이 튀어나올 정도로 목을 졸랐다. 억센 뒷발로 그의 팔에 생채기를 내는 것도 아랑곳하지 않았다. "에잇!" 그는 소리를 지르고 더 힘껏 목을 졸랐다. "우리 둘 중 누가 오래 버티는지 한번 두고 보자!"

돌연 커다란 고양이의 뒷발이 축 늘어지며 떨어졌다. 하우케는 몇 걸음 뒤로 물러나더니 고양이를 노파의 오두막으로 던졌다. 고양이가 꼼짝도 하지 않자 그는 돌아서서 집으로 가던 길을 계속 갔다.

하지만 앙고라 고양이는 노파에게는 보배였다. 벗이자 뱃사람이었던 아들이 유일하게 남겨 놓은 것이었기 때문이다. 아들은 폭풍 속에서 게를 잡는 어머니를 도우려 하다가 이곳 해안에서 불의의 죽음을 맞이했다. 하우케가 상처에서 흐르는 피를 수건으로 막으면서 채 백 보도 가지 못했을 때, 오두막에서 울부짖으며 호통 치는 소리가 벌써 귀에 쟁쟁하게 들렸다. 그가 돌아보자 노파가 바닥에 드러

누워 있는 것이 보였다. 잿빛 머리카락은 붉은색 두건 주변으로 바람에 날리고 있었다. "죽었어!" 그녀는 외쳤다. "죽었다고!" 그리고 깡마른 팔을 그에게 높이 쳐들고 협박했다. "천벌을 받을 놈아! 네가 고양이를 때려죽였어. 이 해안이나 서성거리는 쓰잘 데 없는 놈 같으니라고. 고양이 꼬리 쓰다듬을 주제도 못 되는 것이!" 노파는 죽은 짐승 위로 몸을 던져 아직도 코와 주둥이에서 흘러나오고 있는 피를 앞치마로 정성스럽게 하염없이 닦아 주었다. 그러고 나서 고양이를 쳐들고 새삼 호통을 쳤다.

"다 끝났어요?" 하우케는 소리쳤다. "그러면 나도 얘기 좀 합시다. 고양이를 한 마리 주겠소. 쥐만 잡아먹고 사는 놈으로요!"

그는 보기에는 아무 것도 개의치 않는다는 듯 이내 걸어갔다. 하지만 죽은 고양이가 머릿속을 어수선하게 했던 게 틀림없었다. 그는 마을에 도착하자 아버지의 집과 다른 집을 지나쳐서 멀찌감치 있는 남쪽 둑으로 갔다.

그동안 트린 얀스 역시 같은 방향에 있는 둑을 배회하고 있었다. 푸른색 체크무늬가 들어간 낡은 베갯잇에 싼 짐을 팔에 들고 있었다. 마치 어린아이를 안듯 조심스레 감싸들고 있었다. 하얗게 센 머리카락이 가벼운 봄바람에 흩날렸다. "뭘 가져가는 겁니까, 트리나?" 마주 오던 농부가 물었다. "오두막과 농장을 합한 것보다 더 귀한 거야." 노파는 대꾸했다. 그러고 나서 바삐 가던 길을 갔다. 저 밑에 있는 늙은 하이엔의 집에 가까이 오자 비탈길을 따라 마을로 내려갔다. 이 고장에서는 둑길 옆으로 마을로 비스듬히 오르내리는 길을 목장길이나 오솔길이라고 불렀다.

나이 든 테데 하이엔은 문 바로 앞에 서서 날씨를 살펴보고 있었다. "어, 트린!" 노파가 가쁜 숨을 몰아쉬며 그의 앞에 서서 T자형 지팡이를 땅에 꽂자, 그는 말했다. "보자기에 무얼 싸 가지고 왔소?"

"먼저 방으로 들어갑시다, 테데 하이엔! 그러면 알게 될 거요!" 두 눈이 기이하게 반짝이며 그를 바라보았다!

"그럼 들어갑시다!" 노인은 말했다. 무지렁이 할망구의 눈초리가 그와 무슨 상관이 있겠는가.

두 사람이 안으로 들어가자 그녀는 말을 계속했다. "구식 담배 상자하고 연필 나부랭이 좀 탁자에서 치우쇼. 허구한 날 뭘 그리 쓸 것이 있소? 그럼, 자 싹 치우쇼!"

호기심이 발동한 노인은 그녀가 말하는 대로 다 했다. 그러고 나자 노파는 푸른색 베갯잇의 양쪽 끄트머리를 잡아 당겨 풀었고 커다란 고양이 시체가 탁자 위로 쏟아졌다. "자, 보시오!" 그녀는 언성을 높였다. "당신 하우케가 고양이를 때려죽였소." 그러고는 이내 구슬프게 울기 시작했다. 그러면서 죽은 짐승의 뻣뻣한 털을 쓰다듬고 앞발을 가지런히 놓아 주었다. 그리고 뾰족한 코를 짐승의 머리 위에 대고 알아들을 수 없는 부드러운 말을 속삭였다.

테데 하이엔은 그 광경을 바라보고 있다가 말했다. "그러니까 하우케가 고양이를 때려죽였다고요?" 울부짖는 할망구를 어찌해야 할지 난감했다.

노파는 격분해서 고개를 끄덕였다. "그래요, 그래. 하느님 맙소사, 하우케가 한 짓이라니까요!" 그러고는 관절염으로 굽은 손으로 눈에서 흐르는 눈물을 훔쳤다. "아이도 없고, 살아 있는 것이라고는 하나도 없소!" 그녀는 애통해했다. "모든 성인 대축일이 지나, 우리 같은 늙은이들은 밤에 침대에 누우면, 두 발이 꽁꽁 얼어붙고 잠은 안 오지, 북서풍에 덧문이 덜커덩거리는 소리만 들린다는 걸 당신도 잘 알 게요. 나는 그 바람 소리가 싫소. 테데 하이엔. 내 아들이 빠져 죽은 개펄에서 불어오는 바람이잖소."

테데 하이엔은 고개를 끄덕였고 노파는 죽은 고양이의 털을 쓰다듬었다. 노파는 다시 말을 이어갔다. "겨울에 베틀에 앉아 있으면 내 옆에 앉아서 같이 실을 잣고 초록색 눈으로 나를 빤히 바라보았었는데! 그러다 한기가 들어 침대로 기어 들어가면 냉큼 달려와 언 다리 위에 누워서, 마치 아직 내 새끼가 살아 있는 것처럼 우리는 함께 몸을 녹이며 따뜻하게 잠을 잤다오!" 노파는 기억을 더듬으면서, 마치 동의라도 구하듯 눈을 반짝이며, 탁자 옆에 서 있는 노인을 쳐다보았다.

하지만 테데 하이엔은 신중하게 말했다. "제안을 하나 하겠소, 트린 얀스." 그는 돈궤로 가서 은화를 서랍에서 꺼냈다. "하우케가 당신 고양이를 죽였다고 했소. 그리고 당신이 거짓말을 하는 것이 아니란 것을 잘 아오. 여기 크리스티안 4세의 은화가 있소. 이것으로 시린 다리를 녹여 줄 무두질한 양가죽을 하나 사시오! 우리 고양이가 다음 번에 새끼를 낳으면 그중 가장 큰 놈으로 골라 주리다. 그러면 아마 늙어 빠진 앙고라 고양이를 대신할 수 있을 거요! 그러니 당장 이 물건을 치우고 시장에 있는 무두장이한테나 가져가시오. 그리고 여기 내 정갈한 탁자에 올려놓았다는 소리는 입에 담지도 마쇼!"

얘기를 하는 동안 노파는 벌써 은전을 집어서 치마 속에 달고 다니는 자그마한 주머니에 넣었다. 그러고 나서 고양이를 다시 베갯잇에 집어넣고는 앞치마로 탁자의 핏자국을 닦고서 삿대질을 하며 문으로 나갔다. "고양이 새끼를 준다는 거 잊지 마슈!" 그녀는 재차 뒤를 돌아보며 소리쳤다.

잠시 후 늙은 하이엔이 좁은 방에서 이리저리 서성이고 있었는데 하우케가 들어와서 오색영롱한 새를 탁자 위에 던졌다. 하지만 깨끗이 닦은 탁자 위에 남아 있는 핏자국을 보고는 지나가는 말로 물었다. "도대체 무슨 일이에요?"

아버지는 그대로 서 있었다. "네가 흘리게 한 피다!"

청년의 얼굴이 화끈 달아올랐다. "트린 얀스가 고양이를 가지고 여기 왔었나요?"

노인이 고개를 끄덕였다. "왜 고양이를 때려죽였니?"

하우케는 피나는 팔을 걷어 올렸다. “이래서요.” 그는 말했다. “고양이가 새를 낚아채 갔어요!”

노인은 이에 아무런 대꾸도 하지 않았고 잠시 가만히 있다가 다시 이리저리 서성거리기 시작했다. 그러고 나서 젊은이 앞에 서서 잠깐 동안 얼빠진 듯이 그를 바라보았다. “고양이 일은 내가 처리했다.” 그는 말했다. “하지만 봐라, 하우케. 여기 오두막은 두 사내가 함께 지내기엔 너무 비좁단다. 이제 너도 일을 할 때가 된 듯하구나!”

“네, 아버지.” 하우케는 대납했다. “저도 같은 생각을 했어요.”

“왜?” 노인은 물었다.

“제대로 된 일거리에서 감정을 해소하지 못하니까 화병이 생기는 거 같아요.”

“그래?” 노인이 말했다. “그래서 고양이를 때려죽였구나? 그럼 더 고약해지겠는걸?”

“아버지 말이 맞아요. 그런데 제방 감독관이 작은 머슴을 쫓아냈다던데 제가 그 일을 할 수 있을 거예요!”

노인은 다시 서성거리면서 검은 담뱃진을 뱉었다. “제

방 감독관은 바보야. 뒤룩뒤룩 살찐 거위처럼 멍청하다고! 그치가 제방 감독관이 된 것은 순전 아버지와 할아버지가 제방 감독관이었고 스물아홉 군데에 소택지를 가졌기 때문이었지. 성 마르틴 축제가 다가오고 그 후에 제방과 수문 정산을 해야 될 때가 오면, 그 작자는 선생에게 거위 구이와 꿀술, 밀 롤빵을 먹이지. 그러고는 그 옆에 앉아서 선생이 펜대를 들고 계산을 하면, 고개를 끄덕이면서 말하지. 네, 네, 선생님. 이것 좀 드세요! 계산도 참 잘 하시네! 하지만 한번은 선생이 계산을 하려 하지 않자, 별수 없이 손수 앉아서 썼다 지웠다 썼다 지웠다 하느라 커다란 멍청한 얼굴이 울그락불그락해지고, 두 눈은 그나마 조금 있는 지능마저 빠져나가려는 듯 유리알처럼 튀어나왔지."

청년은 아버지 바로 앞에서 일어섰는데 아버지가 하는 얘기가 자못 의아해서였다. 아버지는 다른 사람에 대해 그런 식으로 얘기를 한 적이 한 번도 없었기 때문이었다. "천만에요!" 그는 말했다. "제방 감독관은 멍청한지 몰라도 딸 엘케는 계산도 곧잘 해요!"

노인은 아들을 날카롭게 쏘아보았다. "오호, 하우케."

그는 소리쳤다. “엘케 폴커츠에 대해 무얼 알고 있지?”

“아는 것 없어요, 아버지. 선생이 나에게 얘기해 준 것뿐이에요.” 노인은 아무런 대꾸도 하지 않았다. 다만 생각에 잠긴 채 입담배 한 조각을 이쪽 뺨에서 저쪽 뺨으로 밀어 넣었다.

그러고 나서 그는 말했다. “그러니까 너는 그곳에서 계산도 할 수 있을 거라고 생각하는 거냐?”

“네, 아버지. 그럴 수 있을 거예요.” 아들이 이렇게 대답했는데 긴장한 듯 입가에 경련이 일었다.

노인은 고개를 설레설레 저었다. “자, 그럼 나는 상관하지 말고 한번 잘 해 봐라!”

“고마워요, 아버지!” 라고 하우케는 말하고 나서, 다락방에 있는 잠자리로 올라갔다. 침대 모서리에 걸터앉아서 왜 아버지가 엘케 폴커츠에 대해 물어봤는지 곰곰이 생각해 보았다.

물론 그녀를 알고는 있었다. 나긋나긋한 열여덟 살 소녀는 까무잡잡한 얼굴에 짙은 눈썹을 가지고 있었는데 갸름한 코, 고집스런 눈과 잘 어우러졌다. 하지만 이야기를 나

눠 본 적은 없었다. 이제 늙은 테데 볼커츠네 집에 가서 그 소녀가 도대체 어떤 사람인지 살펴볼 요량이었다. 다른 이가 일자리를 빼앗아 가기 전에 당장 가 볼 것이다. 아직 저녁이 되기 전이었다. 그는 가장 좋은 옷과 가장 좋은 장화를 신고 기분 좋게 길을 나섰다.

제방 감독관의 길게 뻗은 집은 높은 둔덕에 자리 잡기도 했지만 특히 마을에서 가장 키가 큰 나무인 어마어마한 물푸레나무 덕분에 멀리에서도 눈에 잘 띄었다. 집안에서 첫 번째 제방 감독관이었던, 지금 제방 감독관의 할아버지가 젊은 시절 대문 동쪽에 이 나무를 옮겨 심었다. 하지만 처음 두 번 심은 나무는 다 죽었고, 결혼식 날 아침에 이 세 번째 나무를 심었다고 했다. 나무는 해가 갈수록 무성해지는 수관을 뽐내며, 예나 지금이나 쉴 새 없이 부는 이 고장의 바람결에 나뭇잎을 살랑거리고 있었다.

잠시 후, 키가 부쩍 자란 하우케는 양쪽으로 무와 양배추가 심겨 있는 높은 둔덕을 올라갔다. 야트막한 대문 옆에 집주인의 딸이 서 있는 것이 보였다. 그녀의 좀 야윈 듯한 팔은 맥없이 늘어져 있었고, 다른 손은 등 뒤에서 쇠고리를 잡고 있는 것처럼 보였다. 문 양쪽에 달린 쇠고리 중 다른 하나는, 집에 말을 타고 오는 사람이 말을 묶어 두기 위한 것이었다. 처녀는 시선을 둑 너머 바다로 던지고 있는 듯 보였다. 적막한 저녁 해가 막 바다 속으로 가라앉으면서 마지막 노을이 까무잡잡한 소녀를 황금빛으로 물들이고 있었다.

하우케는 다소 느릿느릿 둔덕을 오르면서 혼자 생각했다. '저 아가씨는 그렇게 멍청하지 않아!' 그러다 보니 벌써 둔덕 위에 도착했다. "안녕!" 그는 그녀에게 다가서며 말했다. "눈을 동그랗게 뜨고 도대체 뭘 쳐다보고 있는 거야, 엘케 아가씨?"

"이곳에서 밤마다 일어나는 광경을 보고 있지." 그녀는 대꾸했다. "하지만 매일 밤 보이는 건 아니야." 쇠고리를 손에서 놓자 소리를 내며 벽에 부딪혔다. "무슨 일이야, 하우케 하이엔?" 그녀는 물었다.

"네 기분에 거슬리지 않는 일이었으면 해." 그는 말했다. "네 아버지가 작은 하인을 쫓아내셨다는데, 내 생각에 너희 집에서 일을 했으면 해서."

그녀는 그를 아래위로 훑어보았다. "너는 아직 좀 힘이 약해 보이는데. 하우케!" 그녀는 말했다. "하지만 힘쓰는 일꾼보다는 머리를 쓸 줄 아는 일꾼이 우리한테 더 필요한지도 모르지!" 그러면서 그를 마뜩지 않은 듯 쳐다보았다. 하지만 하우케는 기가 죽지 않고 용감하게 맞섰다. "자, 이리와." 그녀는 말을 이었다. "아버지는 거실에 계셔. 들어가자!"

다음 날 테데 하이엔은 아들과 함께 제방 감독관의 널찍한 방에 찾아갔다. 벽에는 니스 칠한 타일을 붙여 놨는데 돛을 활짝 편 배 한 척과 강가에서 낚시하는 사람, 농가에 쪼그리고 앉아 있는 소 한 마리가 군데군데 그려져 있어서 보는 사람을 즐겁게 했다. 타일 벽이 끝나는 곳에 육중한 벽침대를 접어 넣은 자리가 보였고, 벽장에는 양쪽 유리문을 통해 온갖 종류의 도자기 그릇과 은그릇이 보였다. 옆에 있는 객실로 통하는 문 옆에는 네덜란드산 괘종시계가 움푹 파인 유리벽 안에 걸려 있었다.

뚱뚱하고 뇌졸중 낌새가 있을 것 같은 주인이 반짝반짝

닦인 탁자 끄트머리에 화려한 양모 방석을 깔고 안락의자에 앉아 있었다. 손은 배 위에 포개고, 둥그런 눈으로 만족스러운 듯 다 먹어 치운 기름진 오리의 뼈다귀를 바라보고 있었다. 포크와 칼은 앞에 있는 접시 위에 가지런히 놓여 있었다.

"안녕하십니까, 감독관님!" 하이엔이 말하자 감독관은 천천히 고개를 돌려 그를 보았다.

"자네들이 왔군, 테데?" 그는 대꾸했다. 목소리가 마치 막 먹어치운 오리처럼 느끼하게 들렸다. "이쪽으로 와서 앉게나!"

"제가 왔습니다. 감독관님." 테데 하이엔은 한쪽에 앉아 있는 감독관을 마주 보고, 벽을 따라 있는 긴 의자에 앉으며 말했다. "작은 하인 때문에 언짢은 일이 많았나 봅니다. 그 자리에 제 자식을 앉히면 도움이 되실 겝니다!"

제방 감독관은 고개를 끄덕였다. "그래, 그래. 테데. 하지만 언짢다니 무슨 말인가? 다행히도 우리 습지 사람은 골치 아픈 일이 있을 때 위로가 될 만한 먹을거리가 있지!" 그렇게 말하고서 앞에 놓여 있는 칼을 들어 불쌍한 오리의 뼈를 애무하듯이 톡톡 건드렸다. "내가 가장 아끼던 놈이었지." 기분 좋게 웃으며 이렇게 덧붙였다. "내 손으로 직접 키운 놈이야."

"제 생각에는." 늙은 하이엔은 마지막 말을 흘려들으며 말했다. "그 녀석이 외양간에서 말썽을 일으켰을 텐데요."

"말썽이라고? 그래, 테데. 물론 말썽이라고 할 만하지! 뚱뚱한 게으름뱅이가 송아지들에게 물을 주지 않았어. 그러고도 자기는 만취해서 건초더미 위에서 곯아떨어졌지. 가축들은 목이 말라 밤새도록 울어 대고. 덕분에 나는 정오까지 부족한 잠을 보충해야 했네. 그렇게는 농장이 유지가 안 되지!"

"안 되지요. 감독관님. 하지만 그 대신 제 아들을 쓰시면 그런 염려는 없을 겁니다."

하우케는 문설주에 기대서서 목을 뒤로 젖힌 채 건너편 창틀을 유심히 살펴보고 있었다.

제방 감독관은 고개를 들어 그를 보고는 고개를 끄덕였다. "그렇겠군, 테데." 이제 노인에게도 고개를 끄덕이며 말했다. "자네 아들 하우케는 내 밤잠을 설치게 하지는 않겠군. 선생이 전에 내게 한 얘기가 있네. 저 청년이 브랜디보다 주산하기를 더 즐겨한다고 말일세."

하우케는 이런 칭찬을 귀담아 듣지 않았다. 엘케가 방으로 들어와 가냘픈 손으로 남은 음식을 식탁에서 치우고 검은 눈동자로 그를 쓰윽 훑어보았기 때문이었다. 그때 그의 시선도 그녀를 보고 있었다. "천만에." 그는 혼자 중얼거렸다. "그렇게 멍청해 보이지 않는데!"

소녀는 밖으로 나갔다. "자네도 알겠지만, 테데." 제방 감독관은 다시 말을 시작했다. "하느님이 내게 아들을 주시지 않았다네!"

"네, 감독관님. 하지만 걱정하지 마십시오." 노인은 대답했다. "가문의 영광은 원래 삼대를 넘기기 힘든 법입니다. 감독관님의 조부님이 우리 마을을 지켰다는 것은 마을 사람이면 누구나 다 알고 있는 사실 아닙니까!"

제방 감독관은 잠시 생각에 잠기는 듯 했는데 자못 혼란스러워 보였다. "그게 무슨 말인가, 테데 하이엔?" 그렇게 말하고 나서 안락의자에 앉았다. "그럼 내가 그 삼대가 아닌가!"

“그렇긴 하죠. 하지만 언짢게 생각하진 마십쇼. 말들이 그렇다는 거지요!” 야윈 테데 하이엔은 늙은 고위 관리를 좀 심술궂은 눈으로 쳐다보았다.

하지만 감독관은 개의치 않고 이렇게 말을 했다. “죄다 멍청한 할망구들이 지껄이는 말들일랑 믿지 말게! 자네가 내 딸을 모르나 본데. 그 아이는 나보다 세 배는 계산을 잘 한다네! 자네 아들 하우케는 들판에서가 아니라, 내 방에서 펜대나 석필을 들고 많은 것을 배울 수 있을 걸세. 그게 그에게도 해가 되지는 않겠지!”

“그럼요, 감독관님. 그럴 겁니다. 지당하신 말씀입니다!” 늙은 하이엔은 이렇게 말하고 나서 고용 계약을 할 때 몇 가지 특전을 조건으로 요구하기 시작했다. 지난밤에 아들은 미처 생각지도 못한 것들이었다. 그래서 가을에 아마로 된 셔츠 외에도 양모로 짠 여덟 켤레의 양말을 추가로 받을 수 있게 되었다. 또한 봄에는 여덟 날 동안 아들이 자기 일을 돕게 해 달라는 것 등등 몇 가지가 더 있었다. 하지만 제방 감독관은 모든 것을 쾌히 승낙했다. 하우케 하이엔은 작은 하인으로서는 안성맞춤으로 보였다.

"자. 걱정하지 마라, 아들아." 막 집을 나서면서 노인은 말했다. "감독관이 너에게 세상일을 가르쳐 줄 게다!"

하지만 하우케는 조용히 대꾸할 뿐이었다. "그만 하세요, 아버지. 모두 다 잘 될 거예요."

하우케의 말은 틀리지 않았다. 세상과 세상의 의미가 이 집에서 오래 지내면 지낼수록 더 분명해졌다. 뛰어난 판단력이 도움이 되지 않았으며, 예전부터 그랬듯이 자기 자신의 힘에만 의지해야 하면 할수록 더 그런 것 같았다. 그를 마땅치 않게 보는 것 같은 사람이 물론 그 집에 한 사람 있었다. 그것은 올레 페터스라는 상급 하인으로 일에 능숙하고 말재간도 있는 녀석이었다. 그에게는 게으르지만 멍청하고 옹골찬 데가 있는 이전 하인이 더 구미에 맞았다. 귀리 일 톤을 등에 지고 아무렇지도 않게 날랐고 그런 그를 자기 마음대로 부릴 수도 있었기 때문이었다. 그런데 말수가 적지만 지적으로는 그를 능가하는 하우케에게는 그런 방식으로는 맞설 수가 없었다. 그를 바라보는 눈빛이 만만치 않았다. 그럼에도 상급 하인은 아직 여물지 않은 작은 하인의 몸에 해가 될 만한 일들을 족집게처럼 찾아내서 시켰다. 상급 하인이 "네가 뚱보 닉스 녀석을 봤어야 했는데. 그 녀석이었다면 벌써 끝내고 손을 털었을 텐데!" 라고 말하면 하우케는 젖 먹던 힘을 다해 가까스로이기는 하지만 일을 해내고야 말았다. 엘케가 손수 아니면 아버지를 시켜 이런 일을 대부분 막아 줄 수 있었던 것은 그에게는 행운이었다. 간혹 전혀 다른 이 두 사람을 엮어 주는 것이 무엇인지 의구심이 들지도 모르겠다. 아마도 두 사람은 계산에 타고난 재주가 있었고, 소녀는 동년배가 거친 일로 몸을 망치는 걸 보고 싶지 않았을 것이다.

성 마르틴 축제가 지나고 겨울에 여러 가지 제방 업무가 회계 감사 단계에 들어갔을 때에도 상급 하인과 하급 하인 사이의 알력은 풀어지지 않았다.

오월의 어느 날 밤이었다. 하지만 날씨는 마치 십일월 같았다. 제방 뒤로 파도가 부딪히면서 내는 천둥 같은 소리를 집 안에서도 들을 수 있었다. "이봐, 하우케." 집주인이 말했다. "이리 들어와서 계산을 잘 하나 한번 보여 다오!"

"네, 어르신." 하우케는 대꾸했다—이 지방에서는 고용

주를 그렇게 불렀다—"하지만 우선 새끼 가축에게 여물을 주어야 하는데요."

"엘케야!" 제방 감독관은 소리쳤다. "어디 있니, 엘케!—올레에게 가서 새끼 가축에게 여물을 주라고 해라. 하우케는 계산을 해야 하니까!"

엘케는 서둘러 마구간으로 가서 상급 하인에게 말을 전했다. 그는 하루 종일 쓴 마구를 다시 제자리에 걸려던 참이었다.

올레 페터스는 일하던 곳 옆에 세워져 있는 말뚝에 마치 박살을 내려는 듯이 재갈을 내리쳤다. "귀신은 망할 놈의 셈쟁이는 안 잡아가고 뭐하나!"

엘케가 마구간 문을 다시 닫기 전에 그런 말이 들려왔다.

"어떻게 됐니?" 그녀가 방으로 들어오자 노인이 물었다.

"올레가 벌써 하려고 하더라고요." 딸은 입술을 지긋이 깨물면서 말했다. 그리고 하우케 맞은편에 대강 깎아 만든 나무 걸상에 앉았다. 그녀가 손수 겨울밤에 이 방에 앉아 만든 것이었다. 서랍에서 붉은색 새 무늬가 수놓아진 하얀 양말을 꺼내 다시 짜기 시작했다. 양말에 있는 다리가 긴 동물은 왜가리 아니면 황새와 비슷했다. 하우케는 그녀 건너편에 앉아서 계산에 푹 빠져 있었고 제방 감독관은 졸린 듯 눈을 껌뻑거리며 하우케의 펜대를 바라보고 있었다. 탁자 위에는 감독관의 집에서는 늘 그렇듯이 두 개의 수지 초가 타고 있었고, 납으로 된 격자가 들어간 두 개의 창문 밖에는 덧문을 닫아 안으로 꼭 걸어 잠갔다. 밖에서 아무리 바람이 쳐 덧문이 덜커덩거려도 안은 아늑했다. 하우케는 일을 하다가 간간이 고개를 들어 새 무늬 양말이나 소녀의 가냘프고 온화한 얼굴을 잠깐 바라보았다.

그때 안락의자에서 느닷없이 커다랗게 코고는 소리가 들리자 두 젊은이들은 서로 눈길을 주고받으며 미소 지었다. 서서히 숨소리가 잦아들었다. 수다를 좀 떨 수도 있었지만 하우케는 무슨 말을 해야 할지 알 수가 없었다.

하지만 그녀가 짠 양말을 높이 들어 새가 완전한 모습을 드러내자 그는 탁자 너머로 속삭였다. "어디서 그런 걸 배웠어, 엘케?"

"뭘 배워?" 소녀는 되물었다.

"새 무늬 짜는 거." 하우케는 말했다.

“이거? 저기 둑에 사는 트린 얀스한테서. 못하는 게 없어. 옛날에 할아버지가 살아 계실 때 우리 집에서 일을 하셨어.”

“하지만 그때 너는 태어나지도 않았잖아?” 하우케가 물었다.

“그렇긴 하지. 하지만 그 이후로도 우리 집에 자주 오셨어.”

“그 할머니가 새를 좋아하니?” 하우케는 물었다. “고양이만 예뻐하는 줄 알았는데.”

엘케는 고개를 저었다. “할머니는 오리를 키워서 팔아. 하지만 네가 앙고라 고양이를 때려죽인 지난봄에 집 뒤편에 있는 우리에 쥐들이 들끓었데. 그래서 집 앞쪽에 우리를 다시 지으려 한다나 봐.”

“그래.” 하우케는 이렇게 말하고 이 사이로 나지막하게 휘파람 소리를 냈다. “그래서 고지대에서 진흙과 돌들을 모아 가지고 왔구나! 하지만 그러면 제방 뒤 습지로 난 길가까지 침범할 텐데. 도대체 관의 허가는 받고 하는 건가?”

“모르겠어.” 엘케는 말했다. 하지만 그가 마지막 말을 너무 크게 소리 내는 바람에 제방 감독관은 선잠에서 화들짝 깼다. "무슨 허가?" 그는 이렇게 묻고는 과장되게 흥분해서 두 사람을 번갈아 봤다. "허가가 뭐라는 거야?"

하지만 하우케가 자초지종을 설명하자 웃으면서 그의 어깨를 두드렸다. "아이고, 습지 길은 충분히 넓네. 걱정 말게. 신이 오리 우리를 보살펴 주시겠지!"

노파가 쥐들 때문에 오리들을 포기하게 된 것이 자신의 탓인 거 같아 마음에 걸려서 더 이상은 토를 달지 않았다. "하지만 어르신." 하지만 그는 다시 이렇게 말했다. "그런 사람들에게는 가볍게 경고를 하시는 것도 좋을 듯합니다. 손수 하실 생각이 없으시면 제방 규율을 준수해야 하는 제방 위원을 다그치십시오!"

"뭐라고, 이 아이가 뭐라 하는 건가?" 제방 감독관은 몸을 곧추 세워 앉았다. 엘케는 짜던 양말을 내려놓고 이쪽을 향해 귀를 쫑긋 세웠다.

"네, 어르신." 하우케는 계속 말을 이어갔다. "어르신은 제방 시찰을 이미 하셨습니다. 그런데 페터 얀센은 자기 땅에 자란 잡초를 아직도 베지 않고 있습니다. 여름이 되면 도요새가 붉은색 엉겅퀴 꽃밭에서 좋아라 뛰놀겠죠! 그 바로 옆은 누구 땅인지는 모르겠지만 제방에 큰 구덩이가 파여 있습니다. 날씨가 화창하면 늘 조무래기들이 그곳에서 이리저리 굴러다니며 놀곤 합니다. 홍수가 나지 않기만을 바랄 뿐이지요!"늙은 제방 감독관의 눈이 차츰 휘둥그레졌다.

"그래서," 하우케는 다시 말하기 시작했다.

"그래서 뭐?" 제방 감독관은 물었다. "아직 안 끝났나?" 작은 하인의 말이 그에게 이미 너무 과했다는 듯한 말투였다.

"네, 어르신." 하우케는 계속 말했다. "제방 위원 하더스의 딸, 뚱뚱한 폴리나를 아시죠. 항상 아버지의 말들을 소택지에서 몰아올 때면, 늙은 누런 암말 위에 앉아 두툼한 장딴지로 이랴, 가자 하며 방죽의 비탈길을 비스듬하게 올라갑니다!"

하우케는 이제야 비로소 엘케가 사려 깊은 눈으로 그를 보며, 살살 고개를 흔드는 것을 알아챘다.

그는 말을 멈췄다. 하지만 노인이 주먹으로 탁자를 치는 소리가 마치 천둥처럼 그의 귓가에 울렸다. "벼락 맞을 것!" 그는 외쳤고 하우케는 느닷없이 터져 나오는 곰 같은 목소리에 기겁을 했다. "벌금을 물려라! 그 뚱뚱한 인간한테 벌금을 물려, 하우케! 그 처녀는 지난여름 오리 새끼 세 마리를 잡아갔어! 그래, 그래. 일단 적어 놔." 하우케는 머뭇거리자 그가 되풀이해 말했다. "네 마리였던가!"

"아빠." 엘케가 말했다. "오리를 잡아간 건 수달 아니었나요?"

"커다란 수달이라고!" 노인은 가쁜 숨을 몰아쉬며 외쳤다. "하지만 뚱뚱한 폴리나랑 수달을 내가 구별도 못 한단 말이냐! 아니지, 아니야. 오리 네 마리다. 하우케. 어쨌든 네가 아까 지껄인 말인데, 봄에 우리 집에서 아침 식사를 한 후 제방 국장님과 내가 네가 말한 잡초 지대와 웅덩이를 지나갔는데 아무 것도 보지 못했네. 하지만 너희 둘은." 그는 하우케와 딸을 향해 고개를 서너 번 의미심장하게 끄덕였다. "너희들이 제방 감독관이 아닌 걸 신께 감사해라! 눈은 두 갠데 살필 일은 지천이니. 제방 보강 공사 계산서를 좀 살펴보아라, 하우케. 머슴들이 종종 칠칠치 못하게 계산을 하니, 다시 한 번 확인해 보거라!"

그러고 나서 그는 다시 의자에 뒤로 기대서 육중한 몸을 몇 번 움찔대더니 이내 태평스럽게 잠이 들었다.

여러 날 밤 같은 일이 반복되었다. 하우케는 예리한 눈을 가졌고 제방 감독관과 함께 있게 되면 제방 업무에서 이러저러한 해가 되는 행동이나 직무 태만을 노인의 눈에 들이미는 일을 게을리 하지 않았다. 제방 감독관은 매번 눈을 감을 순 없었기 때문에, 의외로 제방 관리가 활기를 띠어 갔다. 그러면 오래된 관행인 태만을 일삼다가, 이제 느닷없이 파렴치하거나 게으르다고 호되게 야단을 맞은 사람들은 언짢아지고 의아해서는 도대체 이 벼락이 어디에서 연유한 것인지 주변을 둘러보게 되었다. 상급 하인인 올레는 주저하지 않고, 이 일이 누구로부터 비롯된 것인지 가능한 한 널리 알렸고, 이로써 하우케와 공동 책임이 있는 그의 아버지에 대한 반감을 이 지역 사람들에게 부채질했다. 하지만 이 일에 직접 연루되지는 않았지만 이 일 때문에 문제가 있었던 사람들은 젊은이가 노인을 잠시도 가만히 두지 않는다고 웃으면서 기뻐했다. "단지 유감스러운 것은," 그들은 말했다. "그 녀석이 충분한 습지를 소유하고 있지 않다는 것이지. 그랬다면 예전과 같은 그런 걸출한 제방 감독관이 다시 한 번 탄생할 텐데. 그의 아버지가 가지고 있는 서너 데마트〔원래는 남자 혼자 하루 종일 풀을 벨 수 있는 면적을 말한다. 약 5000m²—옮긴이〕 가지고는 어림도 없지!"

다음 해 가을, 고위 관리이자 제방 관리국장이 시찰을 왔는데, 아침 식사를 자꾸 권하는 늙은 테데 폴커츠를 아래에서 위로 훑어보았다. "정말 제방 감독관님," 그는 말했다. "사실 십 년은 젊어지신 것 같네요. 이번에 당신의 모든 제안에 정말 감동했습니다. 모든 일을 오늘 끝낼 수 있다면 얼마나 좋을까요!"

"그럴 겁니다. 그럴 거예요. 엄격한 제방 국장님." 노인은 미소를 머금고 대꾸했다. "저기 거위 구이를 드시면 힘이 날 겁니다! 제가 아직은 늘 원기 왕성하니 다행입니다." 그는 하우케가 근처에 있는지 방을 둘러보았다. 그러고 나서 천연덕스럽게 덧붙였다. "몇 년 동안 더 제 책무를 신의 은총 속에서 돌볼 수 있기를 바랄 뿐입니다."

"그러길 바라오, 친애하는 제방 감독관님." 그의 상관은 일어서면서 대꾸했다. "건배합시다!"

아침을 차리러 들어왔던 엘케는 잔 부딪치는 소리가 나자 살포시 웃으며 방문을 나섰다. 그러고 나서 부엌에서 음식물 쓰레기 한 사발을 가지고 와서 현관 밖에 있는 닭과 오리에게 던져 주기 위해 외양간을 지나갔다. 외양간에는 하우케 하이엔이 있었다. 날씨가 나빠서 목초지에서 소들을 몰고 와서 쇠스랑으로 꼴 시렁에 건초를 넣어 주고 있었다. 하지만 소녀가 오는 것을 보자 쇠스랑을 바닥에 꽂았다. "어서 와, 엘케!" 그는 말했다.

그녀는 멈춰 서서 그에게 고개를 끄덕였다. "그래, 하우케. 좀 전에 네가 안에 있었어야 했는데!"

"그래? 왜, 엘케?"

"제방 국장이 아버지를 칭찬했거든!"

"어르신을? 그게 나랑 무슨 상관이야?"

"아니, 내 말은 제방 감독관을 칭찬했다는 거지!"

짙은 홍조가 청년의 얼굴에 퍼졌다. "나도 알아." 그는 말했다. "네가 무슨 말을 하고 싶은 건지!"

"얼굴 붉히지 마, 하우케. 제방 국장한테 칭찬을 받을 사람은 원래 너였잖아!"

하우케는 희미하게 미소 지으며 그녀를 바라보았다. "너도 그렇잖아, 엘케!" 그가 말했다.

하지만 그녀는 머리를 설레설레 저었다. "아니야, 하우케. 내가 혼자서 아버지를 도왔을 때는 이렇게 칭찬받은 적이 없었어. 나는 계산밖에 할 줄 몰라. 근데 넌 제방 감독관이 손수 알아서 해야 되는 바깥일을 돌볼 수 있잖아. 네가 나를 밀어냈어!"

"그러려고 한 게 아니야. 너를 밀어내다니, 털끝만치도 아니야." 하우케는 소심하게 말하고 소의 머리를 옆으로 밀어냈다. "자, 얼룩소야, 쇠스랑까지 먹으면 안 되지, 넌 뭐든지 다 먹으려고 하는구나!"

"내가 기분 나빠한다고 생각하지 마, 하우케." 소녀는 잠시 생각한 후 말했다. "보통 남자들이 하는 일이잖아!"

그때 하우케는 그녀에게 팔을 내밀었다. "엘케, 손을 줘 봐!"

소녀의 짙은 눈썹 아래로 홍조가 번졌다. "왜? 거짓말 하는 거 아닌데!" 그녀는 외쳤다.

하우케는 대답을 하려 했지만 그녀는 벌써 외양간을 나

갔다. 그는 쇠스랑을 손에 들고 서서 밖에서 그녀 주위에 몰려든 오리와 닭들이 꽥꽥거리고 꼬꼬댁거리는 소리를 들었다.

하우케가 일하기 시작한 지 삼 년째 되는 해의 일월은 겨울 축제가 거행되는 달이기도 했다. 이곳에서는 이 겨울 축제를 '아이스보젤른'이라고 했다. 해풍은 잠잠해졌지만 계속되는 한파로 소택지 사이의 고랑들은 단단하고 편평한 수정처럼 맑은 얼음판으로 덮였다. 그래서 울퉁불퉁했던 땅에, 납을 부어 만든 작은 나무 공을 던질 때 목표점으로 잘 굴러갈 수 있는 넓은 길이 생긴 것이다. 연일 약한 북동풍이 불었다. 경기를 하기에 아무런 문제가 없었다. 동쪽으로 습지 위에 위치한 교회 마을에 사는 사람들은 작년에 경기에서 이겨서, 올해 도전을 받게 되었는데, 그것을 쾌히 받아들였다. 사방에 아홉 명의 투수가 섰다. 심판관과 각 팀의 대변자도 선정되었다.

마지막으로 분쟁 시 의심스러운 투구에 대해 서로 협상을 할 사람들로는 매번, 되도록 건전한 판단력 이외에도 유쾌한 입담을 과시하는 사내들이 선발되었다. 누구보다도 제방 감독관의 상급 하인인 올레 페터스가 그런 사람들 중에 속했다. "물불 가리지 말고 던져라." 그는 말했다. "입 놀리는 건 내가 공짜로 해 줄 테니!"

축제 전날 밤이었다. 고지대의 교구教區 주점 별실에 상당수의 투수들이, 마지막으로 신청한 사람들 중에서 선수를 선발하기 위해 모였다. 하우케 하이엔도 신청자 명단에 끼어 있었다. 자신의 팔이 던지기로 단련되어 있다는 것을 잘 알고 있었지만 처음에는 참가하지 않으려 했었다. 경기에서 명예직을 맡은 올레 페터스에게 퇴짜를 맞을까 봐 두려웠고 쓸데없이 패배를 맛보고 싶지 않았던 것이다. 하지만 올케가 마지막 순간에 자신의 의향을 비쳤다. "올레가 감히 퇴짜를 놓지는 못할 거야, 하우케"라고 말했다. "그는 한낱 날품팔이꾼의 아들이지만 네 아버지는 소와 말을 소유하고 계시고 게다가 마을에서 가장 명망 있는 분이잖아!"

"하지만 그래도 올레가 그렇게 하면?"

그녀는 살며시 미소 지으며 짙은 눈동자로 그를 바라보았다.

"그러면," 그녀는 말했다. "저녁에 주인집 딸과 아무리 춤추고 싶어도 아마 못 추게 될걸!" 하우케는 이에 용기를 얻어 고개를 끄덕였다.

경기에 참가하려는 젊은이들이 추위에 발을 동동 구르며 교구 주점 앞에 모여 서 있었다. 주점 옆에 바위로 지은 교회의 첨탑을 올려다보고들 있었다. 여름이면 마을의 들판에서 양식을 구하던, 목사 사택에 살던 비둘기들이 농부들의 마당과 헛간에서 곡식을 쪼아 먹고 지금 막 돌아왔다. 그리고 둥지가 있는 첨탑 지붕의 널빤지 밑으로 날아들었다. 서쪽 바다에는 불타는 듯한 저녁노을이 이글거리고 있었다.

"내일은 날씨가 좋아지겠는걸!" 젊은 사내들 중 한 사람이 이렇게 말하고는 초조하게 이리저리 서성거리기 시작했다. "근데 춥다, 추워!" 다른 사내가 날아다니는 비둘기가 보이지 않자, 안으로 들어가서는 문 옆에 서서, 문틈으로 흘러나오는 열띤 토론 소리를 엿듣고 있었다. 제방 감독관의 작은 하인도 그 옆에 섰다. "들어 봐, 하우케." 그는 하우케에게 말했다. "너에 대해서 언성을 높이고 있는데!"

그리고 앞에서 올레 페터스의 걸걸한 목소리가 또렷하게 들려왔다. "작은 하인들과 풋내기들은 안 됩니다!"

"이리 와 봐." 그 사내는 속삭이며 하우케의 외투 자락을 잡아 문 옆으로 끌어당겼다. "너를 어떻게 평가하는지 한 번 들어 봐!"

하지만 하우케는 그를 뿌리치고 다시 건물 앞으로 갔다. "우리 보고 엿들으라고 밖에 세워둔 건 아니야!"

그는 사내의 등에 대고 소리쳤다.

건물 앞에는 세 번째 신청자가 서 있었다. "난 걸림돌이 있을 거 같아." 그는 하우케에게 소리쳤다 "난 열여덟 살도 채 안 됐거든. 세례 증서만 요구하지 않는다면 좋으련만! 하우케, 너는 네 상급 하인이 잘 말해 주겠지!"

"그래, 그러겠지!" 하우케는 투덜거리며 길 위에 떨어진 돌멩이 하나를 발로 찼다. "되도록 껴 주지 말자는 쪽으로!"

안에서 들려오는 말소리는 점점 커졌다. 그러더니 차츰 정적이 찾아왔다. 밖에서는 다시 북동풍이 나지막하게 불어서 교회 첨탑에 부딪히는 소리가 들렸다. 방 안을 엿듣던 사내가 다시 그들에게 왔다. "안에서 누구를 뽑았어?"

열여덟 살이라는 사내가 말했다.

"저 사람!" 방 안을 엿들은 사내가 말하면서 하우케를 가리켰다. "올레 페터스가 그를 풋내기라고 했지만 다른 이들이 모두 반대했어. 그리고 엔스 한젠이 그의 아버지가 가축과 땅을 소유하고 있다고 했어. 올레 페터스는 그래, 땅이 있지요. 하지만 수레로 여남은 번 정도 나르면 없어 질걸요!라고 소리쳤지. 마지막으로 올레 헨젠이 말했어. 조용히 하시오! 하고 그는 외쳤어. 내 한 수 가르쳐 주겠소. 우리 마을에서 누가 제일 높소? 그러자 처음에는 다들 말 없이 곰곰이 생각하는 눈치더라고. 그러고 나서 한 사람이 말했어. 그건 아무래도 제방 감독관이지요! 그리고 다른 사람들도 외쳤어. 우리 생각에도 제방 감독관이오! 그럼 제방 감독관이 누구요? 올레 헨젠은 재차 소리쳤어. 이제 잘 생각해 보시오! 그때 한 사람이 나지막하게 웃기 시작했고 또 다른 사람이 웃더니 마지막에는 방에 있는 모든 사람들이 껄껄 웃는 거야. 그러면 그를 부르라고 올레 헨젠은 말했어. 제방 감독관을 문전 박대하지는 않겠지! 그 사람들 아직도 웃고 있을걸. 하지만 올레 페터스의 목소리는 더 이상 들리지 않았어!" 사내는 이렇게 이야기를 마쳤다.

이 말이 끝나기가 무섭게 안에서 문이 활짝 열렸다. "하우케! 하우케 하이엔!" 그의 이름을 부르는 큰 소리가 차가운 밤공기 속으로 유쾌하게 울려 퍼졌다.

하우케가 안으로 들어갔을 때는, 도대체 누가 제방 감독관인가 하는 이야기들을 더 이상 하지 않았다. 그의 머릿속에서 어떤 생각이 꿈틀거리고 있었는지 그동안 아무도 짐작할 수 없었을 것이다.

잠시 후 하우케가 주인집에 가까이 다가가자 저 아래 엘케가 진입로의 울타리에 기대 서 있는 것이 보였다. 형용할 수 없이 하얗게 서리가 내린 목초지를 달빛이 희미하게 비추고 있었다. "여기 서 있었던 거야, 엘케?" 그는 물었다.

그녀는 고개만 끄덕였다. "어떻게 됐어?" 그녀가 말했다. "올레 페터스가 너를 퇴짜 놨니?"

"그가 뭔들 못 하겠어!"

"그래서?"

"엘케. 나 내일 참가하게 됐어!"

"잘 자, 하우케!" 그녀는 쏜살같이 둔덕을 올라가서 집으로 사라졌다.

그는 천천히 그녀의 뒤를 따라갔다.

오후가 되자, 동쪽으로 둑의 육지면을 따라 뻗어 있는 드넓은 목초지에 사람들이 새까맣게 몰려들었는데, 처음에는 움직이지 않고 가만히 서 있었다. 하지만 나무로 만든 공이 햇살 덕택에 서리가 녹은 땅 위를 두 번 날아가자, 뒤에 줄지어 서 있는 야트막한 집들을 뒤로 하고 사람들은 공을 좇아 차츰 멀리 옮겨 갔다. 중앙에 있는 선수 팀은 젊은이와 노인들에게 둘러싸여 있었는데 갯마을이나 저 위 고지대에 사는 사람들이었다. 긴 상의를 입은 나이 든 남자들은 아담한 파이프를 느긋하게 피고 있었고, 재킷을 입고 숄을 두른 아낙네들은 아이들의 손을 잡거나 아이들을 팔에 안고 있었다. 하나씩 지나온 꽁꽁 언 도랑들은, 날카로운 갈대숲 사이를 뚫고 비치는 오후의 창백한 햇살을 받아 반짝이고 있었다. 몹시도 추웠다. 하지만 게임은 쉴 새 없이 진행되었고 모든 이들의 눈은 연신 날아가는 공을 좇고 있었다. 오늘 마을 전체의 명예가 공에 달려 있었기 때문이었다. 대변자는 끝이 철로 된 봉을 들고 있었는데 갯마을 팀의 대변자는 하얀색을, 고지대 팀의 대변자는 검은색을 들고 있었다. 공이 멈춘 자리에 말 없는 동의 속에서 또는 상대편의 야유를 들으며 막대기를 언 땅에 꽂았다. 그리고 먼저 목표점에 도달한 공의 임자가 자기 팀의 승리를 거머쥐었다.

모든 사람들은 거의 얘기를 하지 않았다. 다만 멋진 투구가 나오면 젊은 사내들과 아낙네들은 환호성을 질렀다. 아니면 노인들 중에서 하나가 입에 문 파이프를 빼고 몇 마디 격려의 말을 하면서 투수의 어깨를 파이프로 토닥거려 주곤 했다. "던지기란 이런 거다라고 사가랴는 말하면서 아내를 창밖으로 던졌지!" 또는 "선친도 그렇게 던졌어. 신이 영원히 그와 함께 하시기를!" 그렇지 않으면 행운을 비는 다른 말들이었다.

첫 투구에서 행운은 하우케와 함께 하지 않았다. 그가 공을 멀리 던지기 위해 팔을 뒤로 쭉 뺐을 때 좀 전까지 구름에 가려져 있던 태양이 구름에서 벗어났다. 그래서 강렬한 햇빛이 그의 눈을 쏘았다. 투구는 짧았고 공은 도랑 어딘

가에 떨어져서 살얼음판으로 곤두박질쳤다.

"무효다! 무효! 하우케 한 번 더 던져." 그의 파트너가 소리쳤다.

하지만 고지대 사람들의 대변자가 펄쩍 뛰었다. "유효입니다. 던진 건 던진 거죠!"

"올레! 올레 페터스!" 갯마을의 젊은이가 소리쳤다. "올레는 어디 있어? 제기랄, 어디 처박혀 있는 거야?"

하지만 그는 벌써 와 있었다. "그렇게 소리치지 마! 하우케가 무슨 일을 저질렀나? 그럴 줄 알았지."

"무슨 소리! 하우케는 다시 한 번 던져야 돼. 자, 자네가 입담이 좋다는 걸 보여 줘!"

"그러지!" 올레는 소리치고는 고지대 대변자에게 가서 장광설을 늘어놨다. 하지만 예전에는 빛을 발했던 예리하고 매서운 그의 언변이 오늘은 소용이 없었다. 그의 옆에 신비스러운 눈썹을 가진 소녀가 서서 성난 눈으로 그를 날카롭게 쳐다보고 있었다. 하지만 말은 할 수 없었다. 여자들은 경기에서 발언권이 없었기 때문이었다.

"너는 말도 안 되는 말을 하는 거야." 다른 편의 대변자가 소리쳤다. "왜냐하면 앞뒤가 안 맞거든! 하늘에 떠 있는 해와 달과 별은 항상 우리 모두에게 공평해. 투구가 서툴렀고 서투른 투구도 모두 유효한 거야!"

그렇게 두 사람은 잠시 더 서로 말다툼을 했다. 결국은 최고 심판관의 판결에 따라 하우케는 다시 공을 던지지 않기로 결정되었다.

"앞으로!" 고지 사람들이 이렇게 외치고 심판관이 검은색 지팡이를 땅에서 뽑자, 번호가 호명된 투수가 나와서 공을 앞으로 던졌다. 제방 감독관의 상급 하인이 투구를 더 잘 보려 하다가, 엘케 폴커츠 옆을 지나가야 되었다. "누구 좋으라고 그렇게 얼치기처럼 구는 거죠?" 그녀가 소리 죽여 말했다.

그러자 그는 화가 나서 그녀를 쳐다보았는데 그 넓적한 얼굴에서 홍이 싹 사라졌다. "너를 위해서!" 그는 말했다. "너 역시 오늘 꼭 얼뜨기 같군!"

"가 버려. 나는 너를 잘 알아, 올레 페터스!" 소녀는 몸을 곧추 세우며 대꾸했다. 하지만 그는 고개를 돌리고는 마치 아무 말도 듣지 못한 것처럼 행동했다.

경기는 계속되었고 그에 따라 검은색 봉과 하얀색 봉도 앞으로 움직여 갔다. 하우케가 재차 공을 던졌는데, 목표점인 하얗게 회칠한 큰 통이 보이는 데까지 공이 멀리 날아갔다. 그는 이제 건장한 젊은 사내가 되었고 수학과 투구 기술은 코흘리개 시절부터 매일매일 연습해 온 것들이었다. "와, 하우케!" 군중 속에서 환호하는 소리가 들렸다. "대천사 미카엘이 대신 던져 준 거 같아!" 빵과 브랜디를 든 한 노파가 사람들의 무리를 뚫고 그에게 왔다. 한 잔을 가득 따라주면서 그에게 권했다. "자," 그녀는 말했다. "화해하자꾸나. 네가 내 고양이를 때려죽인 날보다 오늘이 훨씬 기분 좋네!" 그가 그녀를 보고, 트린 얀스라는 것을 알아챘다. "고마워요, 할머니." 그는 말했다. "하지만 술은 안 마셔요." 주머니를 뒤져서 일 마르크짜리 새 동전을 그녀의 손에 쥐어 주었다. "이거 가지시고 술을 할머니가 드세요, 트린. 그럼 이제 우린 화해한 거예요!"

"네 말이 맞다, 하우케!" 노파는 대꾸하고 그가 하라는 대로 했다. "네 말이 맞아, 이게 나 같은 노인네한테는 더 낫지!"

"오리는 어떻게 됐어요?" 그가 그녀의 뒤에 대고 소리쳤지만 그녀는 벌써 바구니를 들고 저만치 가 있었다. 등을 돌리지 않고 고개만 흔들며 주름진 손을 허공에 대고 휘저을 뿐이었다. "하나도 안 남았어. 하우케. 도랑에 쥐들이 득실거려서. 신이 보살펴 주시길. 먹고 살 다른 방도가 있겠지!" 그렇게 인파 속으로 밀고 들어가서는 술과 꿀이 든 케이크를 사람들에게 권하고 다녔다.

태양이 이윽고 제방 뒤로 넘어갔다. 그 대신 아스라한 적포도색 노을이 졌다. 간간이 검은 까마귀들이 날아다니고 하늘은 순식간에 금빛으로 물들었다. 밤이 되었다. 소택지에 새까만 사람들의 무리는 이미 멀어져서 검게 보이는 집들에서부터 차츰 큰 통 쪽에 가까워지고 있었다. 이제 잘 던지면 한 번에 이제 목표점에 도달할 수 있는 거리였다. 갯마을 사람들 차례가 되어서 하우케가 던질 순서가 되었다.

회칠한 통은 습지에 드리운 제방의 드넓은 그림자 속에서 하얗게 두드러졌다. "이번엔 우리한테 넘겨!" 고지 사람들 중 하나가 소리쳤다. 왜냐하면 그만큼 경기가 치열해졌기 때문이었다. 그들은 적어도 삼 미터는 앞서고 있었다.

호명되자 하우케의 야윈 모습이 인파 속에서 걸어 나왔다. 프리슬란트인 특유의 기다란 얼굴에 잿빛 눈을 가진 그는 큰 통을 바라보았다. 늘어뜨린 손에는 공이 들려 있었다.

"네가 사냥하기에는 너무 큰 새 아니야." 그는 이 순간 귀에 바짝 대고 말하는 올레 페터스의 걸걸한 목소리를 들었다. "작은 회색 냄비로 바꿔 줄까?"

하우케는 몸을 돌려 그를 뚫어져라 쏘아보았다. "나는 갯마을을 위해 던질 거야!" 그는 말했다. "넌 도대체 어느 편이니?"

"나도 갯마을 편이지. 너는 엘케 폴커츠를 위해 던지겠지!"

"저리 비켜!" 하우케는 소리치고 새삼 자세를 잡았다. 하지만 올레는 머리를 좀더 그에게 들이밀었다. 하우케가 어찌하기도 전에 느닷없이 손 하나가 올레를 움켜잡더니 뒤로 냅다 당겼다. 그래서 그 녀석은 껄껄 웃는 동료들에게 부딪혀 비틀거렸다. 하지만 올레를 잡아끈 손은 큰 손이 아니었다. 하우케가 잠깐 고개를 돌리자 옆에 엘케 폴커츠가 소매를 매만지고 있었다. 그리고 달아 오른 얼굴에 그녀의 짙은 눈썹은 화난 듯이 보였다.

그때 하우케의 팔에 강철 같은 힘이 솟구쳤다. 그는 몸을 좀 수그리고 공을 서너 차례 손에 들고 가늠해 보았다. 그러고 나서 팔을 쳐들었다. 죽음과도 같은 정적이 양편에 감돌았다. 모든 눈들이 날아가는 공을 쫓았고 공이 공기를 가르는 쉭 하는 소리를 들었다. 공이 멀리 날아갔을 때 돌연 소리를 지르며 제방에서 날아오던 재갈매기에 공이 가려 보이지 않게 되었다. 하지만 그 순간 멀리서 공이 통에 부딪치는 소리가 들렸다. "하우케 만세!" 갯마을 사람들은 소리를 질렀고, 웅성거리는 소리가 인파 속으로 번졌다. "하우케! 하우케 하이엔이 이겼다!"

모든 이들이 주위로 밀려들었지만 그는 옆에 있는 손 하나만을 잡았다. 그때 사람들이 다시 소리쳤다. "뭐하는 거야, 하우케? 공이 통을 맞췄어!" 그는 고개만 끄덕이고 그 자리에 그냥 서 있었다. 자그마한 손을 꼭 잡았다고 느끼자 비로소 말을 했다. "여러분들 얘기가 맞습니다. 제가 이겼습니다!"

그러고 나서 인파가 다시 몰려와서 엘케와 하우케는 서

로 헤어졌다. 사람들이 제방 감독관의 둔덕에서 고지 방향으로 꺾어져 올라가 있는 선술집으로 몰려가는 바람에 두 사람은 떨어질 수밖에 없었다. 하지만 그들은 이내 사람들 무리에서 살며시 빠져나왔다. 엘케가 자기 방에 갔다 오는 동안 하우케는 뒤에 남아 둔덕에 있는 철 대문 앞에 서서 시꺼먼 인파가 교회 선술집에 마련된 무도회장으로 느릿느릿 올라가는 모습을 지켜보고 있었다. 어스름이 차츰 드넓은 지역을 감쌌다. 주위가 점점 고요해졌고 그의 뒤에 있는 외양간에서 가축이 부스럭거리는 소리만이 들렸다. 저 위 고지에서는 벌써 클라리넷 주자의 연주 소리가 선술집에서 울려 나오는 것 같았다. 그때 집 모퉁이에서 옷이 바스락거리는 소리가 들렸고 작고 또박또박한 발자국 소리가 소택지를 지나 고지로 이어지는 보도를 올라가고 있었다. 어스름한 불빛 속에서도 지나가는 형체를 보고 엘케라는 것을 알 수 있었다. 그녀 역시 춤을 추러 선술집으로 가는 길이었다. 피가 목까지 솟구치는 것 같았다. 그녀를 뒤쫓아 가 같이 가자고 하면 안 될까? 하지만 하우케는 여자들 앞에서는 숙맥이었다. 그래서 이런 고민을 하면서 그녀가 시야에서 어둠 속으로 사라질 때까지 그냥 서 있었다.

그러고 나서 엘케를 따라잡을까 말까 하는 걱정이 없어지자 그도 같은 길을 걸어 올라갔다. 마침내 저 위 교회 옆 선술집에 다다랐는데 술집 앞과 현관에 몰려 있는 사람들이 웅성거리고 외치는 소리와 바이올린과 클라리넷의 새된 소리가 귀가 멍멍할 정도로 그를 에워쌌다. 그는 아랑곳없이 '조합원 객실'로 슬며시 들어갔다. 방은 그리 넓지 않아서 한치 앞도 볼 수 없을 정도로 꽉 차 있었다. 잠자코 그는 문설주에 기대서서 왁자지껄한 군중을 바라보았다. 마치 바보들 같았다. 누군가 아직도 오후의 시합을 기억하고 한 시간 전에 있었던 경기에서 누가 이겼는지 알아볼까 지레 걱정할 필요가 없을 듯했다. 모두들 자기 파트너만을 보고 원을 그리며 빙빙 돌았다. 그의 눈은 오로지 한 소녀만을 찾고 있었다. 그리고 드디어 저기 그녀가 있었다! 사촌인 젊은 제방 위원과 춤을 추고 있었는데 이내 보이지 않았다. 습지와 고지에서 온 다른 처녀들에게는 신경도 쓰지 않았다. 그러다가 느닷없이 바이올린과 클라리넷 소리가 멈추자 춤도 끝났다. 하지만 금방 다른 곡이 시작되었다.

혹시 엘케가 말을 걸지 않을까, 올레 페터스와 춤을 추며 그의 앞을 지나가지 않을까 하는 생각이 불현듯 하우케의 머릿속에 스치고 지나갔다. 이런 생각을 하다가 비명 소리가 자칫 밖으로 새어 나올 뻔했다. 그러면 어떻게 해야 할까? 하지만 두 사람이 춤을 함께 추고 있을 것 같지는 않았다. 이윽고 곡이 끝나고 이 고장에서 막 유행하기 시작한 투스텝 곡이 뒤따랐다. 춤곡이 격렬하게 시작되자 젊은이들은 처녀들에게 돌진했고 벽에 달린 등불도 덩달아 춤을 추었다. 하우케는 목을 쭉 빼고 춤추는 사람들을 살펴보았다. 저기 세 번째 쌍이 올레 페터스였다. 하지만 파트너는 누구인가? 건장한 갯벌 청년에 가려 그 앞에 있는 파트너의 얼굴이 보이지 않았다! 하지만 춤은 빠르게 진행되었고 올레는 파트너와 함께 빙글빙글 돌았다. "폴리나다! 폴리나 하르더스!" 하우케는 하마터면 소리를 지를 뻔했다. 그러고 나서 이내 안도의 한숨을 쉬었다. 하지만 엘케는 어디 있나? 춤출 사람이 없었나 아니면 올레와 춤추기 싫어서 모두 뿌리쳤나? 음악이 다시 멈추고 새로운 춤곡이 시작되었다. 하지만 엘케는 보이지 않았다! 저기 올레가 아직도 뚱뚱한 폴리나를 팔에 안고 오고 있었다. "그래, 그래." 하우케는 말했다. "스물다섯 데마트를 가진 예스 하르더스는 곧 은퇴하겠군! 그런데 엘케는 어디 있는 거지?"

그는 문설주를 떠나 홀 안으로 밀고 들어갔다. 갑자기 그녀가 앞에 있었다. 옛 여자 친구와 구석에 앉아 있었다. "하우케." 그녀가 가냘픈 얼굴로 그를 올려다보며 소리쳤다. "여기 있었어? 네가 춤추는 걸 못 봤는데!"

"나도 춤 안 췄어." 그는 대꾸했다.

"왜 하우케?" 그녀는 반쯤 일어나면서 덧붙였다. "나랑 춤출래? 올레 페터스가 춤추자고 했는데 거절했어. 다시는 오지 않더라!"

하지만 하우케는 춤출 기미를 보이지 않았다. "고마워, 엘케." 그는 말했다. "하지만 나는 춤을 잘 못 춰. 너를 웃음거리로 만들 거야. 그러면…" 그는 갑자기 말을 더듬으며 마치 나머지는 눈으로 말하는 것처럼 잿빛 눈으로 그녀를 애절하게 쳐다보았다.

"무슨 말을 하는 거야, 하우케?" 그녀는 나지막하게 말했다.

"내 말은, 엘케. 머리털 나고 이보다 더 아름다운 날은 없을 거라는 거야."

"그래." 그녀가 말했다. "네가 경기에서 이겼잖아."

"엘케!" 그는 거의 들릴락 말락 재촉하듯이 말했다.

그러자 그녀의 얼굴이 화끈 달아올랐다. "자, 뭘 하려는 거야?" 그녀는 말하고 눈을 감았다.

하지만 여자 친구가 한 사내 손에 이끌려 춤추러 가자 하우케는 큰 소리로 말했다. "엘케, 나는 그 이상을 얻었다고 생각해!"

잠시 동안 그녀의 눈은 바닥을 더듬고 있었다. 그러다가 천천히 눈을 들어서 존재의 고요한 힘이 실린 눈빛으로 그의 눈을 들여다보았다. 그 순간 마치 여름 공기처럼 후끈한 것이 그의 몸을 관통하는 것 같았다. "네 마음이 시키는 대로 해, 하우케!" 그녀는 말했다. "우리는 서로의 마음을 알고 있잖아!"

엘케는 그날 밤 더 이상 춤추지 않았다. 두 사람이 집으로 돌아오는 길에 서로 손을 잡고 있었다. 하늘 높이 반짝이는 별들은 말 없는 습지를 굽어보고 있었다. 동풍이 가볍게 불자 바람에 매서운 추위가 실려 왔다. 하지만 두 사람은 목도리도 숄도 두르지 않고 마치 불현듯 봄이 찾아온 것처럼 걸어갔다.

하우케는 언제 쓸지는 모르겠지만 조용한 축하의 자리를 위해 준비할 예물을 염두에 두고 있었다. 그래서 다음 일요일에 시내에 있는 금세공사 안데르센에게 가서 단단한 금반지를 하나 주문했다. "치수를 잴 터이니 손가락을 내밀어 보게!" 노인은 말하고 약손가락을 잡았다. "자, 자네 같은 사람들처럼 손가락이 그렇게 두껍지는 않구먼!" 하고 말했다. 하지만 하우케는 "새끼손가락을 재 주세요!" 그러고는 새끼손가락을 내밀었다.

금세공사는 좀 놀라서 그를 쳐다보았다. 하지만 젊은 농부 녀석이 무슨 생각을 하든 그와 무슨 상관이 있겠는가. "그럼 소녀들이 끼는 가락지를 만들어야겠군!" 그가 말하자 하우케의 두 뺨이 붉어졌다. 하지만 자그마한 금반지가 그의 새끼손가락에 딱 맞아서 그는 황급히 그것을 가지고 반짝이는 은전으로 셈을 치렀다. 그러고 나서 마치 의식을 치르듯이 가슴을 두근거리며 반지를 조끼 주머니에 집어넣었다. 조끼 주머니는 반지를 보관하기 위해 존재하는 것처럼 그날부터 초조하지만 뿌듯하게 반지를 조끼 주머니에 가지고 다녔다.

그는 허구한 날 반지를 몸에 지니고 다녀서 반지를 이 조끼 주머니에 새 조끼 주머니로 옮겨야만 했다. 반지가 주머니에서 해방될 기회는 좀처럼 오지 않았다. 불현듯 그의 머릿속에 떠오른 생각은 오로지 곧장 주인에게 가는 것이었다. 그의 아버지 역시 이 지방 토박이 아닌가! 하지만 냉정히 생각해 보니 늙은 제방 감독관이 작은 하인을 비웃고 말 것이 분명했다. 그래서 그와 제방 감독관의 딸은 함께 그냥 살아갔다. 그녀 역시 처녀답게 비밀로 했지만 두 사람은 마치 언제나 손을 잡고 다니는 기분이 들었다.

겨울 축제 후로 일 년이 지나고 나서 올레 페터스는 일을 그만두고 폴리나 하르더스와 결혼을 했다. 하우케의 말이 맞았던 것이다. 노인은 은퇴를 했고 뚱뚱한 딸 대신 이제 튼튼한 사위가 노란 암말을 타고 습지로 나갔다가, 이미 얘기했듯이 돌아오는 길에는 제방 위로 말을 달렸다. 하우케는 상급 하인이 되었고 한 젊은이가 그의 자리에 들어왔다. 아마 제방 감독관은 그를 진급시키지 않으려 했던 것 같다. "작은 하인이 제격이야!" 그는 투덜거렸다. "계산을 할 때 그 애가 필요하거든!" 하지만 엘케가 아버지에게 반박했다. "그러면 하우케 역시 나가 버릴 거예요, 아버지!" 노인은 불안해졌고 그래서 하우케는 상급 하인으로 진급할 수 있었다. 하지만 그럼에도 예나 지금이나 제방 업무를 도왔다.

일 년이 또 지났다. 하우케는 아버지가 허약해져서, 주인이 여름에 아버지의 농장 일을 돌보기 위해 그에게 내주는 며칠 갖고는 어림도 없다는 얘기를 엘케에게 털어놓기 시작했다. 노인네가 고생이 이만저만이 아니고 그도 더 이상 방관만 하고 있을 수는 없다는 것이었다. 어느 여름밤이었다. 두 사람은 어스름한 빛 속에 대문 앞에 있는 커다란 물푸레나무 밑에 서 있었다. 소녀는 잠시 동안 잠자코 나뭇가지를 올려다보았다. "하우케, 이런 말은 하고 싶지 않았는데. 네 스스로 옳은 판단을 내릴 거라고 생각했어."

"너희 집에서 나가야만 해." 그는 말했다. "그리고 다시

오지 못할 거야."

그들은 잠시 말없이 저녁노을을 바라보았다. 노을은 저쪽 제방 너머 바다로 가라앉고 있었다. "네가 알아야 할 일이 있어." 그녀는 말했다. "오늘 아침에 네 아버지에게 갔었어. 아버지는 안락의자에서 잠들어 계셨는데 제도용 펜을 손에 들고 반쯤 그리다 만 제도판이 책상 위에 놓여 있었어. 그때 아버지가 깨어나셔서 나랑 십오 분 동안 힘겹게 말씀을 하셨지. 내가 가려고 하니까 불안하게 내 손을 잡으셨어. 마치 마지막이 될까 봐 두려워하시는 것 같았지. 하지만…"

"하지만 뭐, 엘케?" 하우케는 물었지만 그녀는 말을 잇기를 주저했다.

몇 줄기 눈물이 소녀의 뺨 위를 흘러내렸다. "난 우리 아버지 생각만 했었나 봐." 그녀가 말했다. "네가 없다면 아버지가 너무 힘드실 거야." 그리고 이 말에 용기를 얻은 듯 덧붙였다. "아버지가 마치 죽음을 준비하는 것 같은 생각이 종종 들어."

하우케는 아무런 대답을 하지 않았다. 불현듯 주머니 속의 반지가 움직이는 것 같았다. 하지만 그는 이렇게 제멋대로인 충동에 역정이 났지만 이 감정을 억누르기도 전에 엘케가 말을 이었다. "화 내지 마! 하우케! 네가 우리를 떠나지 않으리라고 믿어!"

하우케는 그녀의 손을 황급히 잡았고 그녀도 손을 빼지 않았다. 젊은 연인들은 잠시 더 지는 어스름 속에 나란히 서 있다가 손이 서로 미끄러지듯 떨어졌고 각자 자신의 길을 갔다. 돌풍이 일어나서 물푸레나무 잎사귀 사이로 쏴하는 소리가 났다. 집 정면에 달린 덧문이 바람에 덜커덩거렸다. 하지만 차츰 밤이 깊어 적막이 광활한 대지를 뒤덮었다.

하우케는 제방 감독관에게 일을 그만두겠다고 말하지 않았지만, 엘케의 도움을 받아 늙은 제방 감독관의 집을 나올 수 있었다. 그 대신 두 명의 새로운 하인이 그 집에 들어왔다. 몇 달이 지나 테데 하이엔은 죽었다. 하지만 그는 죽기 전에 아들을 침대로 불렀다. "아들아, 앉아라!" 노인은 힘없는 목소리로 말했다. "내게 가까이 와! 두려워할 필요 없다. 내 옆에는 나를 부르러 오신 주님의 검은 천사가 있을 뿐이다."

충격을 받은 아들은 까만 벽침대에 바짝 다가앉았다. "말씀하세요, 아버지, 하실 말씀이 뭐예요!"

"그래, 아들아. 아직 할 말이 남아 있단다." 노인은 말하고 이불 위로 손을 뻗었다. "네가 아직 애송이였을 적에 일을 하러 제방 감독관에게 갔었지. 그때 네 머릿속에는 언젠가 제방 감독관이 되어야겠다는 생각이 있었다. 그 생각이 나에게 전염됐는지 나 역시 차츰 네가 거기에 적합한 사람이라고 생각하게 됐단다. 하지만 유산이 그런 관직을 얻기에는 적단다. 나는 네가 일할 동안 빠듯하게 살았다. 재산을 늘려 보려고 생각했지."

하우케는 황급하게 아버지의 손을 잡았고 노인은 아들을 보기 위해 앉으려 했다. "그래, 그래. 내 아들아." 그는 말했다. "보석함 맨 위 서랍에 증서가 있단다. 너도 알다시피 늙은 안테 볼러스는 다섯 하고 반 데마트의 습지를 가지고 있단다. 하지만 임대료만으로는 몸도 불편한 노후를 견뎌 낼 수 없었지. 그래서 내가 항상 성 마르틴 축제 무렵에 일정 금액을, 가능하면 그 이상을 불쌍한 노파에게 주었지. 그 대가로 노파는 자기 소유의 습지를 나에게 넘겼단다. 법적인 문제는 다 해결됐어. 이제 그 노파 역시 죽게 생겼단다. 우리 갯마을 사람들의 고질병인 암에 걸렸거든. 그러니 이제 더 이상 돈을 줄 필요가 없단다!"

잠시 동안 그는 눈을 감았다. 그러고 나서 말했다. "많지는 않단다. 하지만 네가 나랑 살았을 때보다는 많아졌지. 네 평생에 도움이 될 게다!"

아들의 감사의 말을 들으면서 노인은 잠이 들었다. 더 이상 걱정할 것이 없었다. 며칠 후 주님의 검은 천사가 그의 눈을 영원히 감겼고 하우케는 아버지의 유산을 상속받았다. 장례식 다음 날 엘케가 그의 집에 찾아왔다.

"와 줘서 고마워 엘케!" 하우케는 인사말을 건넸다.

"그냥 인사하러 온 게 아니야." 엘케가 대답했다. "네가 제대로 지내도록 정리해 주러 온 거야. 네 아버님은 계산과 도면 말고는 관심도 없으셨잖아. 거기에다 상까지 당했으니 더 어수선하네. 내가 너에게 생기를 좀 주러 왔어!"

그는 미덥다는 듯 잿빛 눈으로 그녀를 바라보았다. "그럼 정리를 좀 해 줘!" 그는 말했다. "그러는 게 낫겠어."

그러고 나서 그녀는 청소를 시작했다. 제도판은 아직 거기 있었는데 먼지를 털고 다락방으로 옮겼다. 제도용 펜과 연필, 백묵은 조심스럽게 장롱 서랍으로 치웠다. 그 다음에 어린 하녀를 불러서 함께 방 전체의 집기들의 배치를 바꿨다. 그래서 똑같은 방이 훨씬 더 밝고 커 보였다. 엘케는 미소를 지으며 말했다. "우리 여자들만 이런 일을 할 수 있지!" 하우케는 아버지에 대한 슬픔 속에서도 행복한 눈으로 그런 모습을 쳐다보았다. 필요할 때면 손수 돕기도 했다.

어스름이 깔릴 무렵—때는 구월 초였다—그를 위해 하려던 모든 일이 끝나자, 엘케는 그의 손을 잡고 새까만 눈동자를 빛내며 그에게 고개를 끄덕였다. "이제 가서 우리랑 같이 저녁을 먹자. 내가 아버지께 너를 데려가겠다고 약속했거든. 그러고 나서 집에 돌아오면 집이 너를 편히 맞이해 줄 거야!"

두 사람이 제방 감독관의 널찍한 거실로 들어왔을 때 덧문은 이미 닫혀 있었고 촛불 두 개가 탁자 위에서 불타고 있었다. 제방 감독관은 안락의자에서 일어나려 했지만 육중한 몸무게 탓에 뒤로 주저앉으며 예전 하인을 큰 소리로 맞이했다. "당연하지, 하우케. 네가 옛 친구들을 찾아오다니! 이리 오게, 좀더 가까이!" 하우케가 의자 옆으로 다가오자 그는 살찐 두 손으로 하우케의 손을 잡았다. "그래, 자, 여보게." 그는 말했다. "마음을 편히 갖게. 우리는 모두 다 죽지. 자네 아버지는 나쁜 사람이 아니었어! 엘케, 구이를 탁자로 가져오렴. 몸보신을 좀 해야지! 우리는 할 일이 많다네, 하우케! 가을 시찰이 시작되었어. 제방과 수문의 정산할 것이 산더미라네. 서쪽 간척지에 최근에 생긴 제방 손실도 있고. 어디서부터 어떻게 해야 될지 모르겠네. 그래도 자네 머리가 나보다 훨씬 젊으니 다행이지. 자네는 정말 듬직한 청년이네, 하우케!"

노인은 긴 얘기를 나누면서 내심을 털어놓고는 의자 뒤로 몸을 묻었다. 그러고는 눈을 깜빡이며 엘케가 구이가 담긴 그릇을 들고 막 들어오는 문 쪽을 애타게 바라보았다. 하우케는 미소를 머금고 옆에 서 있었다. "자, 앉게." 제방 감독관은 말했다. "쓸데없이 시간을 낭비할 필요는 없지. 식으면 맛이 없어!"

하우케는 앉았다. 엘케의 아버지 일을 돕는 것은 그에게 너무나 당연한 일이었다. 가을 시찰이 다가오고 그러고도 몇 달이 더 흘렀을 때 그는 물론 대부분의 제방 업무를 능숙하게 해냈다.

선생은 이야기를 멈추고 주변을 둘러보았다. 갈매기 울음소리가 창문에 부딪히고 현관 밖에서 누군가 묵직한 장화에서 흙을 털어 내는 것처럼 쿵쾅 발 구르는 소리가 들렸다.

제방 감독관과 제방 위원들은 고개를 문 쪽으로 돌렸다.

"누구시오?" 한 사람이 외쳤다.

머리에 창이 넓은 방수 모자를 쓴 한 건장한 사내가 들어왔다. "선생님." 그는 말했다. "우리 두 사람이 봤습니다. 한스 니켈스와 제가 백마의 기사가 습지로 내달리는 걸 봤습니다!"

"어디서 봤나?" 제방 감독관이 물었다.

"얀센의 소택지에 있는 물웅덩이에서요. 하우케 하이엔 간척지가 시작되는 곳이죠."

"한 번만 봤나?"

"한 번밖에 못 봤습니다. 마치 그림자 같았죠. 하지만 그렇다고 처음이라는 얘기는 아닙니다."

제방 감독관이 일어섰다. "실례하겠습니다." 그는 말했다. "재해가 닥치려는지 우리는 밖을 좀 살펴봐야겠습니다!" 그러고 나서 소식을 가져온 사람과 문 밖으로 나갔다. 나머지 사람들 역시 길을 나서서 그의 뒤를 좇았다.

나는 선생과 함께 홀로 커다란 외진 방에 남았다. 이제 창문 앞에 앉아 있는 사람들이 없어서 창문이 가려지지 않아 밖을 훤히 내다볼 수 있었다. 밖에서는 폭풍이 시커먼 먹구름을 몰아가고 있었다. 노인은 자기 자리에 앉아서 거의 동정 섞인 우쭐해 하는 미소를 입가에 띠고 있었다. "이제 이곳은 텅 비었군." 그는 말했다. "당신을 내 방으로 초대해도 되겠소? 내가 이곳에 집이 하나 있소. 나를 믿으시오. 이곳 제방 날씨를 잘 아는데, 걱정할 일은 없을 거요."

나는 감사의 말을 하며 제안을 받아들였다. 오슬오슬 추워지기 시작했기 때문이었다. 우리 두 사람은 등불을 하나 들고는 좁고 가느다란 나무 계단을 올라 다락방으로 갔다. 다락방도 역시 서쪽으로 나 있었지만 창문에 어두운 양모 커튼이 내려져 있었다. 책장에는 자그마한 도서관이 차려져 있었고 그 옆에는 두 명의 노교수들의 초상화가 걸려 있었다. 탁자 앞에는 머리받이가 달린 커다란 안락의자가 있었다. "편히 앉으세요!" 친절한 선생은 이렇게 말하면서 아직 이글이글 타고 있는 자그마한 화덕에 이탄을 몇 덩이 던져 넣고 화덕 위에 양철 주전자를 올려놓았다. "잠시만요! 금방 끓어오를 겁니다. 그럼 그로크주 한 잔 만들어 드리지요. 한 잔 마시면 기운이 날 겁니다!"

"괜찮아요." 나는 말했다. "하우케의 생애에 대한 얘기를 들으면, 졸리지 않을 겁니다!"

"그래요?" 내가 기분 좋게 안락의자에 자리를 잡자, 그는 명민해 보이는 눈으로 나에게 고개를 끄덕였다. "그럼, 우리가 어디까지 얘기했습니까? 그래, 그래. 이제 알겠네요! 자."

하우케는 아버지의 유산을 물려받았다. 늙은 안테 볼러스 역시 병으로 죽었기 때문에 그녀 소유의 소택지도 유산을 늘리는 데 도움이 되었다. 하지만 아버지의 죽음 이후에 아니 정확히 말해 아버지의 유언 이후로 그의 마음속에 어떤 것이 자라나고 있었다. 하지만 그 싹은 이미 코흘리개 시절부터 품어 왔던 것이었다. 만약 새로운 제방 감독관이 있어야 한다면 그것은 바로 자기 자신이라고 수없이 속으로 되뇌었다. 그의 마음을 이해했던 것은 바로 아버지였다. 마을에서 가장 현명한 사람이었던 아버지는 이 말을 마치 마지막 선물처럼 유산과 함께 남기셨다. 아버지 덕택에 얻은 볼러스의 소택지는 이 고지를 오르는 데 초석이 될 것이다! 물론 제방 감독관이 되려면 이것 말고도 더 많은 토지를 소유하고 있어야 한다! 아버지는 홀로 지내시는 동안 빠듯하게 사시면서 돈을 쓰지 않고 모아 새 토지의 주인이 되었다. 그러니 그도 그럴 수 있었고 그 이상을 할 수 있었다. 아버지는 힘이 이미 쇠약해졌지만, 하우케는 몇 해는 더 고된 노동을 할 수 있기 때문이었다! 물론 이렇게 살다 보니 옛 주인의 일을 돌봐 주었지만 가차 없고 혹독한 방식으로 인해 마을에서 그에 대한 호의는 사라졌다. 반면 오랜 적수였던 올레 페터스는 최근 유산을 상속받아 마을 유지가 되기 시작했다! 일련의 얼굴들이 그의 마음속에 스치고 지나갔다. 그들은 모두 하나같이 그를 성난 눈으로 바라보고 있었다. 그 순간 이들에 대한 분노가 그를 사로잡았다. 그는 마치 그들을 잡으려는 듯 팔을 뻗쳤다. 그들이 모든 사람들 가운데 그만이 부름을 받은 천직에서 그를 몰아내려고 하는 것이다.

이런 생각이 그를 놔주지 않았다. 자꾸 이런 잡념들로 인해 젊은이의 가슴에 명예심과 사랑 이외에도 공명심과 증오가 자리기 시작했다. 하지만 이 두 가지 마음을 그는 마음 깊숙이 숨겨 두었다. 엘케조차 전혀 눈치 채지 못할 정도였다.

새해가 오고 결혼식이 있었다. 신부는 하이엔의 친척이어서 하우케와 엘케 두 사람은 그곳에 하객으로 초대를 받았다. 피로연에서 가까운 친척들이 참석하지 않는 바람에 두 사람은 옆자리에 나란히 앉게 되었다. 그들의 얼굴에 스치는 미소만이 옆자리에 앉게 된 기쁨을 말해 주고 있었다. 하지만 엘케는 수다를 떨고 잔이 부딪치는 시끄러운 소음 가운데 우두커니 앉아 있었다.

"무슨 일 있어?" 하우케가 물었다.

"아니야. 그저 사람이 너무 많아서."

"하지만 우울해 보이는데!"

그녀는 고개를 저었다. 그러고 나서 아무 말도 하지 않았다.

그녀의 침묵으로 하우케의 마음속에 질투 같은 것이 솟아나서 남몰래 식탁보 밑으로 그녀의 손을 잡았다. 하지만 그녀는 꼼짝도 하지 않고 미더운 듯 그의 손을 감쌌다. 그녀의 눈이 날이면 날마다 쇠약해져 가는 아버지의 모습을 보면서 쓸쓸한 감정에 휩싸인 것인가? 하지만 하우케는 물어볼 엄두는 내지 못했다. 금반지를 주머니에서 꺼내자 숨이 멎는 것 같았다. "끼고 다닐래?" 떨리는 손으로 반지를 가냘픈 약지에 끼우면서 그는 물었다.

식탁 건너편에 목사 부인이 앉아 있었다. 돌연 포크를 내려놓더니 옆 좌석에 앉은 사람에게 몸을 돌렸다. "세상에, 저 처녀 좀 봐!" 그녀는 외쳤다. "얼굴이 백지장 같아졌어!" 하지만 엘케의 얼굴에 다시 혈색이 돌았다. "기다릴 수 있어, 하우케?" 그녀는 나지막이 말했다.

총명한 프리슬란트 청년은 잠시 곰곰이 생각에 잠겼다. "무얼?" 그는 말했다.

"너도 알잖아. 내가 굳이 말할 필요는 없을 텐데."

"네 말이 맞아." 그는 말했다. "그래, 엘케. 난 기다릴 수 있어. 너무 먼 훗날이 아니라면."

"오 하느님. 너무 먼 훗날이 아니라니, 무서워! 그렇게 말하지 마, 하우케. 아버지의 죽음을 얘기하고 있는 거잖아!" 다른 손을 가슴 위에 올렸다. "그때까지," 그녀는 말했다. "금반지를 여기에 지니고 다닐게. 걱정하지 마. 내가 살아 있는 한 다시 돌려주는 일은 없을 거야!"

두 사람은 미소를 지으며 서로 손을 너무 꽉 잡아서, 만약 이런 상황이 아니었다면 처녀는 아마 소리를 질렀을지도 모를 정도였다.

그동안 목사 부인은 줄곧 엘케의 눈을 바라보고 있었다. 그녀의 눈은 금실을 짜 넣은 모자의 베일 아래로 마치 어두운 불꽃처럼 불타고 있었다. 식탁에서 왁자지껄한 소리가 점점 더 커지자 부인은 아무 말도 알아들을 수가 없게 되었다. 하지만 옆에 앉은 사람에게도 다시 고개를 돌리지는 않았다. 이제 막 움 트는 부부의 인연—이 고장에서 그녀에게는 적어도 중대사였는데—을 마다할 이유가 없었다.

그와 더불어 남편인 목사가 받게 될 주례비도 싹을 틔우고 있었기 때문이었다.

엘케의 예감이 현실로 나타났다. 부활절이 지난 어느 날 제방 감독관 테데 폴커츠는 침대에서 숨을 거둔 채 발견되었다. 그의 얼굴에서 평화로운 죽음을 읽을 수 있었다. 그는 몇 달 전부터 여러 번 삶에 대한 염증을 드러냈다. 가장 좋아하는 음식인 오븐 구이, 특히 오리 구이조차 더 이상 맛이 없다고 했다.

마을에서 떠들썩하게 장례를 치렀다. 쇠 울타리로 둘러친 묘는 고지 서쪽에 있는 교회 근처 묘지에 마련되었다. 푸른빛이 도는 널찍한 묘비는 가지가 축 늘어진 물푸레나무를 배경으로 땅에서 솟아 있었고 묘비에는 억센 이빨을 드러내고 있는 죽음의 상이 새겨져 있었다. 그 아래에는 커다란 글씨로 다음과 같은 글귀가 적혀 있었다.

모든 것을 집어삼키는 것은 바로 죽음.
재능도 지식도 모두 앗아 가네.

지혜로운 자가 이제 죽었으니
신이여 그에게 부활의 은총을 허락하소서.

그곳은 이전 제방 감독관인 폴커츠 테드센의 묘지였다. 그의 아들인, 지금 죽은 제방 감독관 테데 폴커츠가 매장될 새로운 묘혈을 팠다. 저 아래 습지에서 장례 행렬이 어느새 가까이 다가오고 있었고, 수많은 마차가 교구의 모든 마을에서 올라오고 있었다. 장례 행렬의 맨 앞에는 묵직한 관이 있었는데, 제방 감독관의 마구간에서 골라온 두 마리 매끈한 가라말이 관을 끌고 모래 구릉을 지나 고지까지 올라왔다. 말들의 꼬리와 갈기가 매운 이른 봄바람에 휘날렸다. 교회 근처의 묘지는 울타리까지 사람들로 붐볐다. 벽돌로 쌓아 올린 입구에조차 사내아이들이 조무래기들을 팔에 안고 올라가 있었다. 그들은 모두 장례식을 지켜볼 참이었다.

저 아래 습지에 있는 집에서는 엘케가 거실과 객실에 장례 음식을 장만하고 있었다. 식기 옆에는 오래 묵은 포도주를 놓았다. 제방 국장—오늘 같은 날 그 역시 빠지지 않았다—의 자리와 목사의 자리에는 각각 코르크 마개가 긴 고급 포도주 한 병씩을 놓았다. 모든 채비가 끝나자 그녀는 마구간을 지나 대문 앞으로 갔다. 길에는 아무도 보이지 않았다. 하인들은 마차 두 대를 끌고 장례 행렬에 가 있었다. 그녀는 멈춰 서서 저 너머 마을에 뒤늦게 마차들이 교회로 올라가고 있는 모습을 지켜보았다. 그녀의 상복이 봄바람에 펄럭거렸다. 잠시 후 한바탕 소란이 일더니 쥐죽은 듯한 정적이 뒤따르는 것 같았다. 엘케는 두 손을 모았다. 사람들이 지금쯤 아마 묘혈에 관을 내릴 것이었다. "그대는 다시 흙으로 돌아갈지어다!" 그녀는 마치 그곳에서 나는 소리를 듣고 있는 것처럼 자기도 모르게 나지막하게 따라 말했다. 그러자 눈물이 두 눈에 가득 고이고 가슴에 모았던 손이 무릎으로 떨어졌다. "하늘에 계시는 우리 아버지!" 그녀는 열렬히 기도를 드렸다. 주기도문이 끝나고도 오랫동안 꼼짝 않고 서 있었다. 이 커다란 개펄 농가의 안주인이 된 것이다. 죽음과 삶에 대한 상념들이 그녀의 내부에서 서로 다투어 일어나기 시작했다.

멀리서 바퀴 구르는 소리에 그녀는 정신이 번뜩 들었다.

눈을 뜨자 마차 여러 대가 떼 지어 빠른 속도로 습지를 지나 그녀의 집 쪽으로 다가오고 있는 것이 보였다. 그녀는 몸을 곧추 세우고 다시 한 번 재빨리 내다보고는 나왔을 때처럼 마구간을 지나 격식을 갖춰 차려 놓은 객실로 돌아갔다. 이곳에도 역시 아무도 없었다. 다만 부엌에서 일하는 하녀들의 분주한 소리가 벽을 통해서 들려올 뿐이었다. 식탁은 을씨년스럽게 놓여 있었다. 창문 사이에 있는 거울은 하얀 천으로 덮여 있었고 벽난로에 있던 놋쇠 손잡이도 마찬가지로 볼 수 없었다. 이 방에서 반짝이는 것은 모두 보이지 않았다. 엘케는 아버지가 마지막으로 잠을 잤던 벽침대가 열려 있는 것을 보고 다가가 침대를 벽에 단단히 접어 넣었다. 그 순간 장미와 카네이션 무늬 사이에 금색 글씨로 쓰여 있는 격언을 무심코 읽었다.

하루의 일과를 충실히 해낸 그대
절로 잠이 드는구나.

할아버지의 글귀였다! 그녀는 벽장에 시선을 던졌다. 거의 텅텅 비어 있었지만 유리문을 통해 반짝반짝하게 닦인 우승컵을 아직도 볼 수 있었다. 아버지가 즐겨 얘기했듯이 일찍이 그가 젊은 시절 '고리 따오기 시합'에서 상으로 받은 것이었다. 그녀는 그것을 꺼내서 제방 국장의 자리에 놓았다. 그러고 나서 창가로 갔다. 둔덕을 올라오는 마차 소리를 들었기 때문이었다. 마차가 차례로 집 앞에 멈추자 문상객들은 장례식에 참석하러 왔을 때보다 한결 기분이 밝아져서 마차에서 바닥으로 뛰어내렸다. 모두들 손을 비비고 왁자지껄하게 거실로 몰려 들어갔다. 머지않아 다들 잘 차려진 음식에서 모락모락 김이 나고 있는 식탁에 앉았고 객실에는 제방 국장과 목사가 있었다. 이곳에 죽음의 끔찍한 정적이 만연한 적이 전혀 없었던 것처럼 시끌벅적했다. 엘케는 잠자코 시선을 손님들한테 고정한 채 하녀와 함께 식탁에 뭔가 빠진 게 없는지 둘러보았다. 하우케 하이엔 역시 올레 페터스와 다른 소지주들과 함께 거실에 앉아 있었다.

식사가 끝나고 방 모퉁이에 있던 하얀 사기로 만든 긴 파이프를 가져와서 불들을 붙였고 엘케는 넘실대는 커피 잔을 손님들에게 대접하느라 다시 바빠졌다. 커피 역시 오늘 같은 날 빠질 수 없었다. 거실에서는 막 장례를 치른 고인이 쓰던 책상 옆에서 제방 국장이 목사와 백발의 제방 위원인 예베 마너스와 대화를 나누고 있었다. "다 잘 마무리 되었소." 제방 국장이 말했다. "옛 제방 감독관의 장례를 명예롭게 치렀으니 말이오. 하지만 새로운 제방 감독관을 어디서 구하지요? 내 생각에는 마너스 당신이 이 명예로운 직책을 맡아야만 할 것 같소!"

늙은 마너스는 미소를 지으며 백발에 씌워진 검은 비로드로 만든 모자를 벗었다. "제방 국장님." 그는 말했다. "어차피 오래는 못 할 겁니다. 작고한 테데 폴커츠가 제방 감독관이 되었을 때 제가 제방 위원이 되었으니 벌써 사십 년 전 일이죠!"

"그것이 무슨 흠이 되겠소, 마너스. 당신은 제방 업무를 누구보다 잘 아니 업무에 어려움은 없을 것이오!"

하지만 노인은 고개를 저었다. "아닙니다. 나리. 제가 하던 일을 계속하게 해 주십시오. 이렇게 몇 해 더 지내렵니다!"

목사는 옆에 서 있었다. "그러면," 그는 말했다. "실제적으로 지난 몇 해 동안 업무를 이끌어 왔던 사람을 자리에 앉히면 어떨까요?"

제방 국장은 그를 바라보았다. "무슨 말씀을 하시는지 모르겠소, 목사님!"

그러자 목사는 손가락으로 객실을 가르쳤다. 그곳에는 하우케가 느릿느릿 진지하게 두 명의 노인들에게 무언가 설명하고 있는 듯했다. "저기 서 있는 사람입니다." 그는 말했다. "명민해 보이는 잿빛 눈에 코가 길고 그 위에 눈언저리가 불룩 튀어 나온 데다 프리슬란트 사람답게 키가 큰 저 사람 말입니다! 상급 하인이었고 지금은 자기 소유의 땅이 조금 있습니다. 아직 좀 젊긴 하지만요!"

"삼십 대쯤 되겠군." 제방 국장은 말하고 소개를 받은 사람을 유심히 살펴보았다.

"스물네 살도 채 안 됐죠." 제방 위원 마너스가 덧붙였다. "하지만 목사님 말씀이 옳습니다. 지난 몇 해 동안 제방과 수문에 관련해서 제방 감독관이 제안했던 것들은 그의 머리에서 나온 겁니다. 사실 제방 감독관과는 상관이 없었죠."

"아, 그래요? 그럼 당신도 옛 주인의 직책을 떠맡을 사람이 그라고 생각하십니까?"

"그 사람이라면 해낼 겁니다." 예베 마너스는 대꾸했다. "하지만 그에게 부족한 것이 있다면 이곳 사람들이 '종자돈'이라고 부르는 것이죠. 그의 선친이 소택지를 십오 데마트 정도 가졌고 저 사람이 이십 데마트 남짓 가졌을 겁니다. 하지만 그 정도로 지금까지 제방 감독관이 된 사람은 없었죠."

목사가 무언가 그 말에 토를 달려는 듯 입을 열었지만 그 순간 엘케 폴커츠가 돌연 그들에게 다가왔다. 좀 전부터 방에 있었던 듯했다. "제가 한 말씀 드려도 될까요?" 그녀는 제방 국장에게 말했다. "그저 오해 때문에 일이 잘못되어서는 안 되니까요!"

"그럼 얘기해 봐요. 폴커츠 양!" 제방 국장이 대꾸했다. "예쁜 아가씨가 하는 말은 늘 지혜롭게 들리지!"

"지혜로운 얘기는 아닙니다, 나리. 그저 진실을 말하려고요."

"그럼, 진실도 들어야지. 폴커츠 양!"

처녀는 검은 눈을 들어 마치 듣는 귀가 너무 많아 염려스럽다는 듯 옆을 다시 한 번 살펴보았다. "나리." 그녀가 말을 하기 시작하자 가슴이 고동쳤다. "저의 대부이신 예베 마너스가 나리께 하우케 하이엔이 대략 스무 데마트 정도의 땅을 소유하고 있다고 말씀했습니다. 그것은 지금은 맞는 얘기입니다. 하지만 곧 하우케는 제 아버지의, 지금의 제 소유의 농장에 해당하는 데마트만큼 더 재산을 가지게 될 거예요. 제방 감독관이 되기에 그 정도면 충분하리라 생각되는데요."

늙은 마너스는 도대체 지금 누가 그런 얘기를 하고 있는지 보려는 듯 하얗게 센 머리를 그녀에게 쭉 내밀었다. "무슨 말이냐?" 그는 말했다. "얘야, 지금 무슨 말을 하는 거냐?"

엘케는 조끼에서 검은 리본에 달린 반짝이는 금반지를 꺼냈다. "저는 약혼했어요, 마너스 대부." 그녀는 말했다. "여기 반지가 있어요. 그리고 하우케 하이엔이 제 신랑감이에요."

"언제, 내가 네 대부이니 물어 봐도 되겠지. 엘케 폴커츠, 도대체 언제 약혼했니?"

"이미 오래전이에요. 저는 성인이잖아요, 마너스 대부." 그녀는 말했다. "아버지는 쇠약해지셨고 저는 그를 잘 알기 때문에 그런 일로 그 사람을 불안하게 하고 싶지 않았어요. 이제 아버지도 하늘나라에 계시니 당신의 자녀가 이 남자와 함께 잘 살 거라는 것을 아실 거예요. 상복 기간 동안 이런 얘기는 하지 말았어야 했어요. 하지만 하우케와 간척지를 위해 얘기할 수밖에 없었어요." 그러고는 제방 국장에게 몸을 돌려 덧붙였다. "나리, 저를 용서하세요!"

세 남자들은 서로 쳐다보았다. 목사는 껄껄 웃었고 늙은 제방 위원은 연신 "음, 음!" 소리만 냈다. 반면 제방 국장은 마치 중요한 결정을 내리기 전처럼 이마를 문질렀다. "좋소, 폴커츠 양." 그는 말했다. "하지만 이곳 갯마을에서 부부간의 재산법이 어떤가? 솔직히 말해 지금은 확실히 몰라서 말이야!"

"나리, 그러실 필요는 없어요." 제방 감독관의 딸이 대답했다. "저는 결혼식 전에 재산을 제 신랑감에게 양도할 거예요. 저도 자그마한 자부심을 가지고 싶어요." 그녀는 미소를 지으며 덧붙였다. "이 마을에서 제일 부자인 남자와 결혼하려고요!"

"그럼, 마너스." 목사가 말했다. "내가 젊은 제방 감독관과 옛 제방 감독관의 딸의 주례를 선다면 당신도 대부로서 반대하지 않을 것이라 생각하오."

노인은 어쩔 수 없다는 듯 가볍게 고개를 저었다. "우리 하느님이 은총을 내리시길!" 그는 경건하게 말했다.

제방 국장은 처녀에게 손을 내밀었다. "그대는 진실을 지혜롭게 말해 주었소. 엘케 폴커츠. 용감하게 말해 준 것에 대해 감사하고 앞으로도 오늘보다 더 좋은 일로 그대 집에 손님으로 초대받고 싶소. 하지만 이렇게 젊은 처녀의 도움으로 제방 감독관이 탄생하다니 그것만으로도 경이로운 일이오!"

"나리." 그녀는 자애로운 제방 국장을 다시 한 번 진지하게 쳐다보며 말했다. "마땅한 사람이라면 여인도 도울 수 있습니다!" 그 다음에 그녀는 옆에 있는 객실로 가서 잠자코 하우케의 손을 잡았다.

몇 해가 흘렀다. 테데 하이엔의 자그마한 집에는 이제 건장한 일꾼이 부인과 아이와 살고 있었고, 젊은 제방 감독관 하우케 하이엔은 엘케 폴커츠와 함께 그녀 아버지의 작은 농장에 머물렀다. 여름에는 예나 지금이나 집에서 무성한 물푸레나무가 살랑거리는 소리가 들렸다. 이제 저 아래 벤치에는 밤마다 대개 젊은 여인 혼자 앉아서 집안 일거리를 손에 들고 있는 모습이 보였다. 이 부부에게는 아직 아이가 없었다. 하지만 남편은 하루 일이 끝날 무렵에도 또 할 일들이 있었다. 예전에 그가 제방 일을 도왔음에도 불구하고 이전 제방 관리 업무에서 처리되지 않고 남아 있는 일들이 산적해 있었기 때문이었다. 그 당시에는 그조차도 그런 일에 손을 대는 것이 좋지 않다고 생각했었다. 하지만 이제 차츰 정리되어야만 하는 일들이었다. 그는 칼같이 일들을 처리했다. 게다가 토지가 그의 개인 소유지만큼 늘어났지만 그럼에도 작은 하인을 두지 않으려 했기 때문에 토지를 관리하는 일이 만만치 않았다. 그래서 부부는 교회에 가는 일요일을 제외하고는 대개 빠듯하게 시간을 낸 점심 식사 때와 해가 뜨고 질 때에만 서로 얼굴을 볼 수 있었다. 생활은 일의 연속이었지만 그럼에도 만족스러웠다.

그런데 불쾌한 말들이 마을에 퍼졌다. 갯마을이나 고지 마을의 젊은 지주들 가운데 좀 떠들썩한 몇몇이 어느 일요일, 교회가 끝나고 저 위 선술집에 모여 술판을 벌였다. 네다섯 번 술잔이 돌아가자 왕이나 정부—그 당시에는 그렇게 높은 사람들은 술 마실 때 안줏거리가 될 수 없었다—에 대해서가 아니라, 지방 관원이나 상급 관리, 특히 지방세나 지방 부역에 대한 이야기들을 했다. 얘기가 길어질수록 새로운 제방 부역은 그들의 눈에 달갑지 않게 여겨졌다. 예전에는 멀쩡했던 모든 둑과 수문을 이제 와서 새삼 수리해야 한다고 하더라. 제방에는 수레로 수백 번 흙을 날라 메워야 하는 자리가 매번 생기더라. 성가신 부역 같으니라고!

"그게 다 똑똑하신 제방 감독관 나리 덕분이라고." 고지 사람들 가운데 한 사내가 외쳤다. "쉴 새 없이 요리조리 머리를 굴리며 다니고, 오지랖이 넓어 낄 데 안 낄 데 다 끼니!"

"그래, 마르텐." 그의 건너편에 앉아 있던 올레 페터스가 말했다. "네 말이 맞아. 그는 뭔가 꿍꿍이가 있어. 제방 국장에게 인정을 못 받아 안달이 났거든. 하지만 제방 감독관이니 어쩌겠어!"

"그러니까 왜 그런 사람한테 직책을 줬어?" 다른 사내가 말했다. "대가를 톡톡히 치르게 될 걸세."

올레 페터스는 웃었다. "그래, 마르텐 페더스. 우리 법이 그러하니 이제 와서 어쩔 도리가 없지. 옛 제방 감독관은 아버지 덕분에, 새 감독관은 부인 덕분에 그 자리에 올라간 거 아닌가." 탁자 위로 들리는 왁자지껄한 웃음소리에서 그 말이 얼마나 사람들의 가려운 곳을 시원하게 긁어주었는지 알 수 있었다.

이런 이야기는 공공연한 술자리에서 나온 것이어서 그 자리에 머물러 있지 않고 이내 고지 마을과 저 아래 갯마을로 퍼져 나갔다. 그래서 하우케의 귀에까지 들어가게 되었다. 그의 머릿속에 새삼 일련의 악의에 찬 얼굴들이 스치고 지나갔다. 예전보다 더 모욕적이어서 마치 술집 탁자에서 울리는 웃음소리를 실제로 듣는 것 같았다. "비겁한 자식들!" 그는 이렇게 외치며 분노에 차서 그들에게 채찍을 휘두를 것처럼 옆을 노려보았다.

그때 엘케가 손으로 그의 팔을 잡았다. "내버려 둬. 그들 모두 당신이 부러워서 그러는 거야!"

"바로 그거야!" 그는 성난 듯 말했다.

"그리고," 그녀가 말을 계속했다. "올레 페터스 본인이 데릴사위로 들어가지 않았어?"

"그래, 엘케. 하지만 그 녀석이 폴리나와 결혼해서 얻은 것은 제방 감독관이 되기에 어림도 없지!"

"그 사람 자체가 제방 감독관이 될 재목이 아니라고 말하는 게 차라리 낫겠지." 그러고 나서 엘케는 남편의 몸을 돌려 거울을 보도록 했다. 두 사람은 방의 창문 사이에 서 있었다. "저기 제방 감독관이 서 있어!" 그녀는 말했다. "그를 바라봐. 그 직책을 감당할 수 있는 사람만이 해낼 수 있는 거야!"

"당신 말이 틀린 건 아니야." 그는 심사숙고하며 대꾸했다. "하지만… 엘케. 이제 동쪽 수문에 가 봐야겠어. 문이 다시 닫히지 않아!"

엘케는 그의 손을 꼭 잡았다. "자. 나를 먼저 봐! 무슨 일이야! 당신 눈이 허공을 보고 있어."

"아무 것도 아니야. 엘케. 당신 말이 맞아."

그는 나갔다. 하지만 수문 수리를 하러 간 것이 아니었다. 수문 수리는 이미 잊어버렸다. 그 대신 몇 해 전부터 마음속에 늘 따라다녔지만, 밀려드는 제방 업무 때문에 제쳐놨던, 반쯤만 정리된 다른 구상이 이제 그를 새삼스럽게 사로잡았다. 마치 불현듯 날개를 단듯 예전보다 강력해졌다.

하우케는 정신이 들어서 보니 바다 쪽 둑 위에 서 있었다. 남쪽으로 시내를 향해 길이 뻗어 있었다. 도시 쪽으로 자리 잡은 마을은 그의 왼편에서 이미 종적을 감추었다. 앞으로 쉬지 않고 걸어가면서도 그의 눈은 끊임없이 바다 쪽에 생긴 넓찍한 충적지를 향하고 있었다. 만약 누군가 옆에 있었다면 그의 눈 뒤에서 얼마나 집요한 생각들이 떠오르고 있었는지 알 수 있었을 것이다. 이윽고 그는 멈춰 섰다. 충적지는 이제 둑과 만나 가느다란 선이 되었다. "이제 가야지!" 그는 혼자 중얼거렸다. "제방 감독관이 된 지 칠 년이야. 내가 부인 덕분에 제방 감독관이 되었다고만은 할 수 없어!"

그는 여전히 서 있었지만, 시선은 날카롭고 신중하게 사방으로 초록색 충적지를 훑어보고 있었다. 그러고 나서 녹지대의 가느다란 선이 그의 앞에 펼쳐진 드넓은 육지로 바꺾는 지점까지 돌아왔다. 거센 해류가 둑까지 바짝 몰아쳐, 충적지가 육지와 분리되면서 작은 섬이 되었다. 그래서 건너편으로 가축과 건초나 곡식을 실은 마차가 지나갔다가 다시 돌아올 수 있는 나무 다리가 대충 놓여 있었다. 이제 썰물이 되었고 구월의 금빛 햇살은 폭이 백 보가량 되는 개펄과 그 한가운데 나 있는 깊은 수로를 반짝반짝 비추고 있었다. 수로를 통해 지금도 바닷물이 들어오고 있었다. "제방을 쌓아 막아야 해!" 하우케는 물의 움직임을 잠시 주시한 후에 혼잣말을 했다. 그러고 나서 눈을 들어 그가 서 있는 제방에서 수로를 지나 분리된 섬의 주변을 따라 남쪽으로 갔다가 다시 동쪽으로 돌아와 저기 계속된 수로를 지나 제방까지 머릿속으로 선을 그려 보았다. 눈에 보이지 않게 그려 본 선은 새로운 제방이었다. 지금까지는 그의 머릿속에만 존재했던 제방의 측면도는 그 구상에서부터 새로웠다.

"대략 천 데마트 정도의 간척지가 생길 거야." 그는 미소를 지으며 혼자 중얼거렸다. "딱 그만큼은 아니라도…"

다른 관점에서 어림잡아 보기도 했다. 충적지는 이 지방에 속하니까 일정량이 지방 행정구역 소유지의 규모에 따라 주민들 각자에게 돌아갈 것이다. 그렇지 않으면 정당하게 사들일 수도 있겠지. 그는 얼마를 그의 부친에게 받은 것이고 또 얼마를 엘케의 아버지에게서 받은 것인지 그리고 결혼한 이후로 스스로 사들인 것은 얼마인지, 자신이 받을 몫을 합산해 보았다. 땅의 일부는 불확실하기는 하지만 미래에 생길 이익을 위해서 산 것이고, 일부는 양 사육의 규모가 커짐에 따라 필요에 의해 산 것이었다. 이미 상당한 규모였다. 올레 페터스에게서 그의 충적지 전체를 사들이기도 했다. 간간이 바닷물이 범람해서 그의 가장 비싼 수양이 익사하자 올레는 충격을 받아 홧김에 땅을 팔아 버렸기 때문이었다. 하지만 그것은 드문 사고였다. 하우케가 기억하는 한 그곳은 아무리 높은 밀물 때라도 끄트머리만 물이 찼었다. 새로운 제방으로 둘러싼다면 얼마나 귀중한 방목지와 밭이 생기겠는가! 그는 스스로의 생각에 도취되는 듯했다. 하지만 손톱으로 손바닥을 눌러 보며, 그의 앞에 무엇이 있는지 명확하고 냉정하게 보도록 스스로를 다잡았다. 둑도 없이 광활한 평지가 펼쳐져 있었다. 지금은 평지의 외곽에서 꾀죄죄한 양 떼가 한가롭게 풀을 뜯으며 배회하고 있지만, 몇 해 만에 폭풍과 홍수가 이곳을 덮칠지 누가 알겠는가. 하지만 새로운 제방을 쌓는다면, 산더미 같은 일과, 투쟁 그리고 화를 자초하게 될 것이다! 이 모든 것에도 불구하고 둑에서 내려와서 소택지를 지나 자기가 살고 있는 언덕배기를 올라갈 때 그는 귀한 보물을 지니고 집에 가는 사람 같았다.

현관에서 엘케가 그를 맞이했다. "수문은 어땠어?" 그녀는 물었다.

그는 비밀스런 미소를 머금고 그녀를 내려다봤다. "곧 다른 수문이 필요하게 될 거야." 그는 말했다. "게다가 배수로와 새로운 제방도!"

"이해를 못 하겠어." 두 사람이 방으로 들어갈 때 엘케는 대꾸했다. "무엇을 하려는 거야, 하우케?"

"나는," 그는 천천히 말하다가 잠깐 멈추고는 "나는 우리 농장 건너편에서 시작해서 서쪽으로 나 있는 넓은 충적지에 둑을 쌓아서 단단한 간척지를 만들 작정이야. 큰 홍수가 오지 않은 지 거의 삼십 년이 됐어. 지독한 홍수가 다시 와서 충적지를 망가뜨리는 날에는 순식간에 이제까지 이루어 놓은 것이 끝장나는 거지. 구태의연한 관습을 따르다 보니 이제까지 그 모양이지!"

그녀는 놀라서 그를 쳐다보았다. "누워 침 뱉는 격이야!" 그녀는 말했다.

"엘케. 지금까지는 다른 할 일이 너무 많았어."

"그래, 하우케. 충분히 했어!"

그는 옛 제방 감독관의 안락의자에 앉아서 팔걸이를 꽉 잡았다.

"당신 그럴 용기가 있어?" 부인이 그에게 물었다.

"그럼 있지, 엘케!" 그는 황급히 말했다.

"서두르지 마, 하우케. 이건 일생의 과업이니까. 거의 모든 사람들이 당신에게 반대할 거야. 당신의 노고와 근심에 감사하지도 않을 거고!"

그는 고개를 끄덕였다. "나도 알아!" 그는 말했다.

"만에 하나 성공하지 못한다면!" 그녀는 새삼 언성을 높였다. "개펄의 수로는 막을 수 없고 그래서 그건 건드리지 않는다고 코흘리개 시절부터 들어 왔어."

"그건 게으른 이들의 변명이지!" 하우케는 말했다. "도대체 어째서 수로를 막을 수 없단 말이야?"

"이유는 듣지 못했어. 아마 수로가 직선으로 통해서 그렇겠지. 물살도 너무 세고." 그녀는 옛날 생각이 불현듯 떠올라서 거의 짓궂은 미소가 진지한 눈에서 내비쳤다. "내가 어렸을 때," 그녀는 말했다. "하인들이 하는 얘기를 들었어. 둑이 단단하게 유지되려면 그 안에 산 것을 집어넣어서 둑을 만들어야 된다고 했어. 아마 백 년 전 즈음에 다른 쪽에 제방을 쌓을 때 집시 아이를 둑에 넣었대. 아이의 엄마가 돈을 묵직하게 받고 아이를 넘겨줬다고 했어. 하지만 요즘 같은 시대에 누가 아이를 팔겠어!"

하우케는 고개를 저었다. "우리는 아이가 없어서 다행이군. 그렇지 않으면 바로 우리한테 아이를 요구했을 거야!"

"아이를 절대 내주지 않을 거야!" 엘케는 말하면서 무서운 듯이 팔로 몸을 감쌌다.

하우케는 미소를 지었지만 그녀는 다시 한 번 물었다. "어마어마한 비용은? 그건 생각해 봤어?"

"생각해 봤지, 엘케. 하지만 새 제방에서 얻을 수 있는 것이 드는 비용보다 훨씬 많을걸. 옛 제방을 유지하는 비용 역시 새 제방이 생기면 적잖게 줄어들 테고. 우리가 손수 일하면 되고, 이 지방에 마차가 팔십 대는 족히 넘을 거고, 젊은 일꾼 역시 모자람이 없지. 당신이 나를 제방 감독관으로 만든 건 적어도 허사가 아니야, 엘케. 나는 사람들에게 내가 바로 제방 감독관이라는 걸 보여 줄 거야!"

그녀는 그의 앞에 웅크리고 앉아 그를 근심스럽게 쳐다보았다. 그러다 한숨을 쉬며 일어났다. "오늘 할 일이나 해야겠어." 그녀는 이렇게 말하고 손으로 그의 뺨을 어루만졌다. "당신은 당신 일을 해요, 하우케!"

"알았어, 엘케!" 그는 진지하게 미소를 지으며 말했다. "우리 둘 다 할 일이 있지!"

두 사람을 위한 일은 충분히 많았다. 하지만 이제 가장 무거운 짐이 사내의 어깨를 짓눌렀다. 일요일 오후, 하루 일과가 끝나면 하우케는 유능한 토지 측량 기사와 앉아서 계산과 도안과 설계도를 그리는 일에 몰두했다. 혼자가 돼도 계속 일을 하다가 종종 자정이 훨씬 지나야 일이 끝났다. 그러면 부부 공동 침실로 살며시 들어갔다. 거실에 있는 곰팡내 나는 벽침대는 하우케의 집에서 더 이상 사용하지 않았기 때문이었다. 그의 부인은 가슴을 두근거리며 남편을 기다렸지만 늦게나마 남편이 편히 쉴 수 있도록 두 눈을 감고 잠이 든 척했다. 그러면 그는 때때로 그녀의 이마에 키스를 하며 나직하게 사랑의 말을 속삭이고 잠을 청했다. 하지만 어떤 때는 첫 닭이 울 때야 잠이 들기도 했다. 겨울 폭풍이 오면 그는 제방으로 달려가 연필과 종이를 손에 들고 서서 그림을 그리고 기록을 했다. 그러는 사이 돌풍이 모자를 머리에서 채 가면, 길고 창백한 머리카락이 상기된 얼굴 주위에서 휘날리곤 했다. 얼음 때문에 길이 막히지 않는 한, 그는 이내 하인과 함께 보트를 타고 얕은 바다에 나가 연추와 활대를 가지고 아직 확실하지 않은 조수의 깊이를 측량했다. 엘케는 남편 때문에 두려움에 떠는 날이 하루 이틀이 아니었다. 그가 다시 돌아왔을 때, 그의 손을 꽉 잡는 그녀의 손과, 평소에는 고요한 그녀의 눈이 불안한 기색으로 빛나는 것을 보면 그녀가 얼마나 염려를 하는지 눈치 챌 수 있었다. "참아 줘, 엘케." 언젠가 그의 부인이 그를 보내 주지 않으려 하자 그가 말했다. "제안을 하기 전에 내 스스로 먼저 확실히 알아야 하거든!" 그러자 그녀는 고개를 끄덕이고는 그를 보내 주었다. 말을 타고 시내에 있는 제방 국장에게 가는 일도 잦아졌다. 게다가 집안일이나 농장 일을 끝마친 뒤에도 매번 밤 늦게까지 일을 해야만 했다. 일과 업무를 제외하고 다른 사람들과의 교류는 거의 없어졌다고 해도 과언이 아니었다. 부인과의 관계마저 차츰 소원해졌다. "힘든 시간이구나. 그런데 더 오래 걸릴 거 같아." 엘케는 혼자 중얼거리고는 자기 일을 하러 갔다.

이윽고, 태양과 봄바람이 도처에서 얼음을 녹일 즈음, 마지막 사전 작업 역시 완수되었다. 상부 관청에서 허가를 받기 위해 제방 국장에게 제출할 청원서와, 충적지 제방 제안서가 깨끗이 정서되었다. 간척지를 장려함으로써 공공의 이익을 촉진하기 위한 것이며, 수년 이내에 대략 천 데마트 정도의 소작료를 거둬 들여 군주의 재정에도 적지 않게 도움이 될 것이라는 내용이었다. 현재와 미래의 수문들과 배수로의 도면과 설계도 이외에도 그와 관련된 서류가 단단한 서류철에 정리되어 제방 감독관의 직인이 찍혀 있었다.

“이거야, 엘케.” 젊은 제방 감독관은 말했다. “이제 행운을 빌어 줘!”

엘케는 그의 손을 잡았다. “우리는 서로 힘이 되어 줄 거야.” 그녀는 말했다.

“그럴 거야.”

그러고 나서 청원서는 말을 달리는 우편배달부에 의해 시내로 보내졌다.

“알아차리셨을 겁니다.” 선생은 이야기를 멈추고 부드러운 눈길로 나를 친근하게 쳐다보았다. “지금까지 들려준 이야기가 제가 이 간척지에서 거의 사십 년 동안 활동하면서 사려 깊은 사람들이 전해 준 이야기나 그들의 손자, 증손자들의 이야기에서 모아서 엮은 것이라는 사실을 말입니다. 이야기를 시작했으니 이제 마지막에 어떻게 끝나는지 말씀 드려야겠지요. 이제 당신에게 해야 될 이야기는 예나 지금이나 모든 성인의 축제일 무렵 베틀이 윙윙 소리를 내며 돌아가기 시작하면, 갯마을 전체에서 들리곤 하던 이야깃거리입니다.”

그 당시 제방 감독관의 자그마한 농장에서 대략 오륙백 보 정도 북쪽 둑 위에 서면, 앞에 펼쳐진 개펄 연안에서 얕은 바다로 수천 보 떨어진 곳에 ‘예버스 모래섬’ 혹은 ‘예버스 섬’이라 부르는 작은 섬이 보였다. 선조들은 그 섬을 양의 방목지로 사용했다. 그때는 섬에 아직 풀들이 자라고 있었기 때문이었다. 하지만 그것도 오래 가지 못했다. 야트막한 섬이 한여름에 수차례 바닷물에 잠겨서 풀들이 잘 자라지 않자, 양들의 방목지로 사용할 수 없게 되었기 때문이었다. 그래서 갈매기와 해변을 날아다니는 다른 새들 그리고 물수리 말고는 아무도 찾지 않는 섬이 되어 버렸다. 달빛이 휘영청 밝은 밤이면 제방에서 때로는 여리게 때로는 짙게 섬 위를 떠도는 안개의 무리를 볼 수 있었다. 달빛이 동쪽에서 작은 섬을 비추면, 익사한 양들의 하얗게 퇴색한 해골과, 도무지 어떻게 거기까지 흘러왔는지 알 수 없는 한 마리 말의 뼈대가 보였다.

삼월 말이었다. 테데 하이엔의 집에서 나온 날품팔이꾼

과 젊은 제방 감독관의 하인인 이벤 욘스는 일을 마치고 이 자리에 나란히 서서 꼼짝도 하지 않고 어슴푸레한 달무리에 거의 보이지 않는 작은 섬을 물끄러미 바라보고 있었다. 기이한 어떤 것이 그들의 시선을 그곳에 묶어 두는 것 같았다. 날품팔이꾼은 손을 주머니에 집어넣고 부르르 떨었다. "자, 이벤." 그는 말했다. "좋지 않은 예감이 들어. 집에 가자구!"

이벤 역시 등골이 오싹했지만 아무렇지도 않은 듯 웃었다. "어 뭐야! 살아 있는 거 같은데, 게다가 아주 커! 제기랄, 누가 저런 걸 개펄까지 몰아갔을까! 봐, 목을 우리 쪽으로 쭉 빼는데! 아니야. 고개를 수그리고 뭘 먹고 있어! 저곳에는 먹을 거라고는 씨가 말랐을 텐데! 도대체 뭘까?"

"우리를 바라보고 있어!" 날품팔이꾼이 대꾸했다. "안녕, 이벤. 네가 같이 가지 않는다면 나라도 집으로 가겠어!"

"그래, 그래. 너는 부인이 있으니 따뜻한 침대로 기어 들어가면 되지! 내 방에는 등골이 시린 삼월의 찬바람밖에 없다고!"

"잘 자!" 날품팔이꾼은 둑에서 집으로 걸음을 재촉하면서 뒤에 대고 소리쳤다. 하인은 먼저 가 버리는 일꾼을 서너 차례 돌아보았지만 섬뜩한 것을 보고 싶은 욕망에 쉽사리 발걸음이 떨어지지 않았다. 저기 둑 위로 마을에서 땅딸막한 검은 형체가 그에게 다가오고 있었다. 제방 감독관의 심부름하는 사내아이였다. "왜 그래, 카르스텐?" 하인이 그에게 소리쳤다.

"저요? 아무 것도 아니에요." 사내아이는 말했다. "그런데 주인님이 부르세요, 이벤 욘스!" 하인은 새삼 작은 섬을 바라보았다. "금방, 곧 기마!" 그는 말했다.

"뭘 보고 있는 거예요?" 사내아이는 물었다.

하인은 팔을 들어 잠자코 작은 섬을 가리켰다. "와!" 하는 소리가 사내아이의 입에서 속삭이듯 흘러나왔다. "저기 말이 있네요. 백마인데요. 악마의 말임에 틀림없어요. 그렇지 않고야 말이 어떻게 예버스 섬으로 갔겠어요?"

"모르겠다, 카르스텐. 저게 진짜 말이라면!"

"맞아요, 맞아. 이벤. 봐요. 진짜 말처럼 먹이를 먹고 있잖아요! 하지만 누가 말을 저리로 몰고 갔을까요. 우리 마을에는 말을 실어 나를 만큼 그렇게 큰 배가 없는데! 아마 그냥 양일지도 몰라요. 페터 옴이 그러는데 달빛 아래에서는 이탄을 둥글게 십 층만 쌓아도 산더미 같아 보인다고 했어요. 아니에요, 봐요! 뛰어오르는 품이 말이 분명해요!"

두 사람은 잠시 말없이 서서 저 건너에서 몽롱하게 움직이는 형체를 보고 있었다. 달은 하늘 높이 떠서 넓게 펼쳐진 얕은 바다를 비추고 있었다. 바닷물은 파도가 높아지면서 반짝이는 개펄을 씻어 내리기 시작했다. 광활한 해변에는 동물의 소리 하나 없이 오로지 나지막한 파도 소리만이 들려왔다. 제방 뒤의 습지도 역시 텅 비어 있었다. 소도 송아지도 모두들 외양간에 있었다. 움직이는 것은 아무 것도 없었다. 그들이 말, 백마라고 여기는 형체만이 저기 예버스 섬에서 아직도 움직이고 있었다. "곧 날이 밝을 거야." 하인은 정적을 깨며 말했다. "하얀 양의 해골이 희미하게 빛나는 것이 또렷하게 보여!"

"나도 보여요." 사내아이가 말하고는 목을 쭉 뺐다. 그러고 나서 새삼스럽다는 듯 하인의 소맷부리를 잡아당겼다. "이벤." 그는 속삭였다. "아까 있었던 말의 뼈대가 어디 있죠? 보이지가 않아요."

“나도 안 보이는데. 거 희한하군!” 하인은 말했다.

“그리 이상할 것도 없죠, 이벤! 저는 잘 모르지만, 간혹 어떤 날 밤에는 뼈들이 일어나서 마치 살아 있는 것처럼 움직인데요!” “그래?” 하인은 말했다. “그건 할망구들이나 믿는 미신이지!”

“그럴 수도 있죠, 이벤.” 사내아이는 대꾸했다.

“하지만 너 나를 데리러 온 거 아니니. 자, 이제 그만 집으로 가야겠다! 백날 봐야 똑같은걸.”

사내아이는 꼼짝도 하지 않았다. 그래서 하인은 그를 억지로 돌려서 길을 나서게 했다. “잘 들어라, 카르스텐.” 으스스한 섬이 상당히 멀어졌을 때, 이벤은 말했다. “보통 너 같은 말썽꾸러기는 차라리 섬을 직접 가서 보고 싶을 텐데.”

“그래요.” 카르스텐은 대답을 하기는 했지만 소름이 돋았다. “그래요, 그러고 싶어요. 이벤!”

“진심이냐? 그러면.” 사내아이가 분명히 그러겠다고 확언을 하자 하인은 말했다. “내일 밤 보트를 띄우자. 네가 예버스 모래섬으로 가고 나는 그동안 둑 위에 있을게.”

“그래요.” 사내아이는 대답했다. “괜찮겠네요! 채찍도 가져올게요!"

"그러렴!"

그들은 천천히 높은 언덕배기를 올라 말없이 주인집에 도착했다.

다음 날 저녁 그 시간 즈음에 하인은 외양간 문 앞에 커다란 바위에 앉아 있었다. 그때 사내아이는 채찍을 휘두르며 그에게 다가왔다. "희한하게 피리 소리가 나네!" 하인이 말했다.

"물론이죠. 조심하세요." 사내아이가 대꾸했다. "노끈으로 못까지 매달아 놨어요."

"그럼 가자!" 하인이 말했다.

달은 전날처럼 동쪽 하늘에 떠 있었고 높은 곳에서 휘영청 빛나고 있었다. 이내 두 사람은 다시 둑 위에 도착해서 마치 성운처럼 물에 떠 있는 건너편 예버스 섬을 바라보았다. "또 시작이군." 하인은 말했다. "오후에 여기에 왔었는데 그때는 없었어. 하지만 어제는 분명 하얀 말뼈를 봤었는데!"

사내아이는 고개를 쭉 뺐다. “지금은 없는데요, 이벤.” 그는 소곤거렸다.

“자, 카르스텐. 어떠냐?” 하인은 말했다. “아직도 건너가고 싶어서 몸이 근질근질하니?”

카르스텐은 잠시 곰곰이 생각했다. 그러고 나서 채찍으로 허공을 후려쳤다. “보트를 띄워요. 이벤.”

하지만 저쪽에서 움직이는 물체가 목을 들어서 육지 쪽으로 고개를 쭉 빼는 것 같았다. 두 사람은 더 이상 그것을 보지 않고 둑을 내려와서 보트가 있는 곳까지 왔다. “자 타라!” 하인은 보트를 띄우고는 말했다. “네가 돌아올 때까지 나는 여기 있을게! 동쪽으로 배를 대야 해. 거기서 배를 내릴 수 있으니까!” 사내아이는 잠자코 고개를 끄덕이고는 채찍을 들고 달밤에 배를 저어 갔다. 하인은 둑 밑으로 갔던 길을 되돌아와 둑으로 올라가서 두 사람이 좀 전에 서 있었던 자리로 다시 돌아왔다. 이내 저 건너편에서 널찍한 수로가 닿아 있는 가파르고 어두컴컴한 자리에 보트가 닿자, 땅딸만한 형체가 보트에서 땅으로 뛰어내리는 것이 보였다. 아이가 채찍을 휘두르는 소리가 나지 않았나? 하지만 그것은 파도가 밀려드는 소리일 수도 있었다. 북쪽으로 백 걸음 이상 떨어진 곳에서 그는 그들이 백마라고 여겼던 물체를 보았다. 그리고 그때! 사내아이의 형체가 바로 그쪽으로 다가가고 있었다. 그러자 그것이 주춤거리는 듯 고개를 들었다. 그리고 사내아이는—이번에는 분명히 들을 수 있었다—채찍을 휘둘렀다. 하지만 그에게 어떤 생각이 들었던 걸까? 사내아이는 몸을 돌려 왔던 길을 되돌아갔다. 건너편의 그 물체는 끊임없이 풀을 뜯고 있는 것처럼 보였지만 말 울음소리는 들리지 않았다. 간간이 그 위로 하얀 물안개 같은 것이 붕 떠서 지나가고 있었다. 하인은 넋이 나가서 건너편을 바라보았다.

그때 그는 이쪽 해변에 보트를 대는 소리를 들었고 이내 어스름 속에서 사내아이가 둑으로 올라오는 모습이 보였다. "카르스텐." 그는 물었다. "뭐였어?"

사내아이는 고개를 저었다. "아무 것도 아니었어요!" 그는 말했다. "보트에서 내리기 직전에 그것을 보았어요. 하지만 섬에 내리자, 귀신이 곡할 노릇이지, 그 동물이 어디로 숨어 버렸는지, 달빛은 훤한데, 그 자리에 가보니까 예닐곱 마리 정도 되는 양의 허연 뼈다귀밖에 없더라고요. 그리고 하얗고 기다란 두개골이 달린 말의 뼈대도 있었는데 달빛에 텅 빈 눈구멍이 보였어요."

"음!" 하인은 말했다. "제대로 본 거야?"

"네, 이벤. 바로 옆에서 봤어요. 우라질 놈의 푸른 도요새 한 마리가 해골 뒤에서 밤잠을 자려고 웅크리고 있다가 소리를 지르며 날아오르는 바람에 기겁을 해 가지고 그 뒤에 대고 서너 차례 채찍을 휘둘렀죠."

"그게 나야?"

"그래요, 이벤. 더는 몰라요."

"좋아." 하인은 말하고서 사내아이의 팔을 잡아끌며 저편 작은 섬을 가리켰다. "저기, 뭐가 보이지, 카르스텐?"

"정말, 또 시작이야!"

"또라니?" 하인은 말했다. "나는 내내 건너편을 주시하고 있었어. 하지만 조금도 달라진 게 없잖아. 네가 그 괴물한테 달려들었잖아!"

사내아이는 그를 물끄러미 바라보았다. 평소에는 대담했던 아이의 얼굴에 불현듯 스치는 놀라는 기색을 하인 역시 놓치지 않았다. "자!" 그는 말했다. "집으로 가자. 여기서 보면 살아 있는 것 같고 저쪽에는 뼈들만이 놓여 있다니. 너나 나나 이해가 가지 않는 일이지. 하지만 아무한테도 얘기하지 마라. 이런 일은 떠벌리고 다니면 안 돼!"

그래서 사내아이와 하인은 몸을 돌려 아무 말도 하지 않고 나란히 걸음을 재촉했다.

하지만 달이 기울고 어두운 밤이 찾아올 무렵 또 다른 사건이 일어났다.

하우케 하이엔은 말 시장이 설 무렵 시내로 말을 달렸다. 하지만 말 시장에 볼 일이 있었던 것은 아니었다. 그럼에도 저녁 즈음에 집으로 돌아왔을 때 다른 말을 한 마리 데리고 왔던 것이다. 하지만 거친 털에 너무 야위어서 갈비뼈가 보일 정도였고, 두 눈은 힘없이 푹 꺼져 있었다. 엘케는 남편을 맞이하러 대문 앞으로 나왔다. "맙소사!" 그녀는 소리를 질렀다. "웬 늙어 빠진 백마야?" 하우케가 말을 데리고 집 앞으로 와서 물푸레나무 아래 섰을 때 그녀는 늙은 말이 절름거리기까지 하는 것을 봤다.

하지만 젊은 제방 감독관은 웃으면서 타고 갔던 갈색 수

말에서 뛰어내렸다. "그냥 둬, 엘케. 어차피 값도 얼마 치르지 않았는걸!"

총명한 부인이 대꾸했다. "하지만 싼 게 비지떡이라는 걸 당신도 알잖아."

"꼭 그렇지만도 않아, 엘케. 이 동물은 기껏해야 네 살이나 됐을 거야. 자세히 봐! 단지 굶주리고 관리가 되지 않았을 뿐이야. 우리 집 귀리가 이 녀석에게는 보약이 될 거야. 그렇다고 너무 먹이를 많이 주면 안 되니까 내가 직접 돌봐야겠어."

그러는 사이 백마는 머리를 수그리고 서 있었다. 갈기는 목으로 길게 축 늘어져 있었다. 엘케 부인은 남편이 하인들을 부르는 동안 유심히 백마를 둘러보았다. 하지만 여전히 고개를 절레절레 흔들었다. "저런 말이 우리 마구간에는 한 번도 없었는데!"

심부름 하는 사내아이가 집 모퉁이를 돌아오다가 돌연 놀란 눈으로 멈춰 섰다. "자, 카르스텐." 제방 감독관은 외쳤다. "왜 그리 놀라니? 내 백마가 마음에 들지 않니?"

"네, 저, 나리. 마음에 들지 않긴요!"

"그럼 말들을 마구간으로 끌고 가라. 먹이는 주지 말고. 내가 곧 직접 가서 줄 게다!"

사내아이는 조심스럽게 백마의 고삐를 움켜잡고는 보호를 받으려는 듯 그에게 친숙한 수말의 고삐로 황급히 손을 뻗었다. 하우케는 부인과 함께 방으로 들어왔다. 따뜻하게 데운 맥주가 준비되어 있었고 옆에는 빵과 버터도 있었다.

그는 이내 배가 불러서 일어나서 부인과 함께 방 안을 서성거렸다. "얘기할 게 있어, 엘케." 그가 말하고 있는 동안 저녁노을은 벽에 있는 타일 위에서 춤을 추고 있었다. "어떻게 백마를 얻게 되었는지 하는 거야. 아마 한 시간쯤 제방 국장님 댁에 있었어. 국장님이 좋은 소식을 전해 주셨어. 내 설계도에서 이런저런 것이 변경되기는 했지만 중요한 건, 내 설계도가 받아들여졌다는 거야. 그래서 며칠 안에 새 제방에 대한 허가가 날 거야!"

엘케는 무심결에 한숨을 쉬었다. "그런데요?" 그녀는 수심에 가득 차 말했다.

"그래, 여보." 하우케는 대꾸했다. "물론 어려운 일도 많겠지. 하지만 그 일을 위해 신이 우리를 만나게 했는지도 몰라! 우리 살림살이는 별 문제가 없으니 당신이 꾸려 나갈 수 있을 거야. 십 년 뒤를 생각해 봐. 그때는 더 많은 땅이 우리 앞에 펼쳐져 있을 거야."

그녀는 남편의 마지막 말에서 남편의 손을 다짐하듯이 꽉 잡았다. 하지만 마지막 말에 기뻐할 수만은 없었다. "그 땅은 누구의 것이 될까?" 그녀는 말했다. "내가 당신에게 아이를 낳아 주지 못하니 당신은 다른 부인을 얻게 될 거야."

눈물이 쏟아졌다. 그는 그녀를 꼭 안았다. "그런 것은 신에게 맡기사고." 그는 말했다. "우리는 아직 젊어. 지금은 우리 일의 결실을 즐깁시다."

하우케가 그녀를 붙들고 있는 동안 그녀는 그를 검은 눈동자로 오래도록 바라보았다. "용서해, 하우케." 그녀는 말했다. "나는 종종 겁이 나!"

그는 그녀의 얼굴로 몸을 수그려 키스를 했다. "당신은 내 부인이고 나는 당신의 남편이야, 엘케! 그것은 달라지지 않아."

그녀는 팔로 남편의 목을 꼭 끌어안았다. "당신 말이 맞아, 하우케. 우리 두 사람은 모든 일을 같이 겪어 낼 거야."

그러고 나서 얼굴을 붉히며 그에게서 떨어졌다. "백마 얘기를 하려고 했잖아." 그녀는 나직이 말했다.

"그러려고 했지, 엘케. 내 머릿속이 온통 제방 국장이 전해 준 좋은 소식으로 가득 차서 훨훨 나는 기분이었다고 얘기했지. 그래서 말을 달려 다시 시내 밖으로 나오는데 항구 뒤에 있는 길거리에서 남루한 옷차림의 사내를 만났어. 뜨내기인지, 땜질장이인지 어디서 굴러먹던 녀석인지 알 수가 없었지. 사내는 백마의 고삐를 잡고 끌고 오고 있었는데 그 동물이 고개를 들어 나를 멍한 눈으로 바라보는 거야. 마치 나에게 무언가 애원하는 것만 같았어. 그때 가진 돈이 좀 있어서 '어이, 여보게' 하고 소리쳤지. '이 노쇠한 말을 끌고 어디를 가는 거요?'

사내는 멈춰 섰고 백마도 따라 멈췄어. '팔려요!' 그는 그렇게 말하고는 나에게 교활하게 고개를 끄덕였어.

'그럼 나에게 팔면 안 되겠소?' 나는 쾌활하게 소리쳤지.

'왜 안 되겠어요.' 그가 말했어. '이래 봬도 용감한 말입니다. 그러니 백 탈러 아래로는 안 됩니다요.'

나는 비웃듯이 그를 쳐다보았지.

'그래도.' 그가 말했지. '그렇게 심하지 비웃지 마십쇼. 나리께 꼭 사시라는 말은 아닙니다! 하지만 저는 별반 필요가 없고 내가 데리고 있으면 이 모양 이 꼴이지만 나리께서 보살피신다면 꼴이 금방 나아질 겁니다!'

그래서 나는 내 수말에서 뛰어내려서 백마의 주둥이를 들여다보았더니 아직 어린 놈이더라고. '그럼 얼마에 팔겠소?' 내가 소리치자 말이 나를 거듭 애원하듯이 쳐다보는 거야.

'나리, 삼십 달러만 내쇼!' 사내가 말했지. '그러면 내 고삐를 당신 손에 쥐어 드리리다!'

부인, 그래서 거의 동물의 앞발 같아 보이는 사내의 거무튀튀한 손을 잡고 악수를 했지. 그렇게 백마를 얻게 된 거요. 내 생각에도 너무 가격을 후려친 거지! 희한한 것은 내가 말을 데리고 돌아오는데 등 뒤에서 웃음소리가 들리는 거야. 그래서 고개를 돌려 보니 그 슬로바키아 사내가 뒷짐을 진 채 다리를 떡 벌리고 서서 마치 내 등 뒤에서 악마처럼 웃고 있는 거야."

"퉤." 엘케는 말했다. "백마가 옛 주인의 머리카락 하나라도 옮겨 오면 안 될 텐데! 아마 당신이 키우면 잘 자랄 거야, 하우케!"

"적어도 내가 하는 만큼 잘 크겠지!" 그러고 나서 제방 감독관은 좀 전에 심부름하는 사내아이에게 말했듯이 마구간으로 갔다.

매일 저녁 백마에게 손수 먹이를 줬을 뿐만 아니라 그 동물에게서 한시도 눈을 떼지 않았다. 득이 되는 흥정을 했다는 것을 보여 주고 싶었다. 어쨌든 한 치의 실수도 있어서는 안 되었다.

몇 주 지나지 않아 말의 상태가 호전되었다. 차츰 거친 털이 빠지고 흰색 바탕에 푸른빛이 도는 점이 있는 반짝반짝한 털이 돋아나기 시작했다. 어느 날엔가는 탄탄한 다리로 농장을 날렵하게 돌아다니기도 했다. 하우케는 말을 판 괴상한 사내를 생각했다. "그 작자는 바보이거나 아니면 말을 훔친 부랑자일 거야!"

그는 혼자 중얼거렸다.

말은 마구간에 있다가 그의 발자국 소리만 들려도, 이내 고개를 돌려 히히힝 울었다. 이제 그도 아랍 사람들이 요구하곤 했던 군살이 없는 말의 얼굴이 무엇인지 알 수 있을 것 같았다. 얼굴 가운데 한 쌍의 불타는 듯한 갈색 눈만이 번뜩이고 있었다. 그는 말을 마구간에서 끌어내어 가벼운 안장을 올렸다. 그런데 올라타자마자 말의 목구멍에서 히히힝 하는 코울음 소리가 마치 즐거운 비명처럼 쏟아져 나왔다. 말은 그를 태우고 쏜살같이 둔덕을 내려와 길을 달려 둑으로 갔다. 하지만 기사는 흔들리지 않고 그대로 앉아 있었고, 둑으로 오르자 백마는 고개를 바다 쪽으로 향한 채 유유히 마치 춤을 추듯이 가볍게 달렸다. 그는 말의 등을 토닥거리고는 반짝이는 목을 쓰다듬어 주었다. 하지만 둘 사이에는 이러한 애무조차 불필요하게 느껴졌다. 말은 기사와 완전히 하나가 된 듯이 보였다. 그는 북쪽 둑을 더 내달리다가 가볍게 방향을 틀어 다시 농장으로 돌아왔다.

하인들은 비탈길 밑에 서서 주인이 돌아오기를 기다렸다. "자, 욘스." 주인은 말에서 뛰어내리며 외쳤다. "자네가 말을 달려 소택지로 가 보게. 이 녀석이 마치 요람처럼 편안하게 자네를 날라다 줄 걸세!"

하인이 안장을 끄르고 심부름꾼 소년이 그것을 들고 마

구간으로 달려가는 동안 백마는 머리를 흔들며, 햇살이 내리쬐는 간척지를 향해 큰 소리로 히히힝 울었다. 그러고 나서 머리를 주인의 어깨에 기대고 기분 좋게 주인에게 몸을 맡겼다. 하지만 하인이 말의 등에 올라타려 하자 백마는 돌연 옆으로 뛰어가서 아름다운 눈으로 주인을 바라보며 꼼짝 않고 서 있었다. "워워, 이벤." 주인은 소리쳤다. "다치지 않았나?" 그러고는 하인을 바닥에서 일으켜 세웠다.

하인은 연신 엉덩이를 문질렀다. "아닙니다, 나리. 괜찮아요. 하지만 귀신이나 저 말을 탈까 누가 타겠어요!"

"내가!" 하우케는 웃으며 덧붙였다. "그럼 저 녀석의 고삐를 잡고 소택지로 몰고 가게!"

하인이 좀 부끄러워하면서 주인의 말에 복종하자, 백마는 순순히 그를 따랐다.

몇 밤이 지나고 하인과 심부름꾼 소년이 마구간 앞에 나란히 서 있었다. 제방 뒤에는 저녁노을이 사그라지고 있었고, 제방 안쪽 간척지에는 이미 깊은 어스름이 퍼져 있었다. 멀리에서 놀란 송아지 울음소리와, 족제비나 물쥐의 습격에 끝을 맞은 종달새의 비명소리가 간간히 들려오곤 했다. 하인은 문설주에 기대어서 짧은 파이프 담배를 피우고 있었는데 담배 연기를 보고 있지 않았다. 그와 심부름꾼 소년은 서로 아무 말도 하지 않았다. 하지만 무언가가 심부름꾼 소년의 영혼을 짓누르고 있었다. 그는 말없이 담배만 피우고 있는 하인에게 어떻게 말을 붙여야 할지 알 수가 없었다. "저, 이벤!" 그는 드디어 입을 떼었다. "예버스 모래섬의 말 뼈 있잖아요!"

"그게 뭐?" 하인은 물었다.

"저, 이벤. 뭐냐고요? 이제 거기 없더라고요. 낮에도 밤에도 흔적도 없이 사라졌어요. 아마 스무 번은 둑에 나가 봤을 거예요!"

"오래된 뼈들은 폭삭 무너지기도 하나?"

이벤은 이렇게 말을 하고는 유유히 담배를 피웠다.

"달이 떴을 때도 나가 봤는데 예버스 모래섬에는 아무것도 없더라고요!"

"그래." 하인은 말했다. "아마 더 이상 지탱할 수가 없어서 무너져서 사라졌나 보지!"

"농담하지 말아요, 이벤! 이제 알 거 같아요. 그 말이 어디에 있는지 이제 말할 수 있어요!"

하인은 별안간 그에게 고개를 돌렸다. "그래, 어디 있는데?"

"어디 있냐고요?" 사내아이는 힘을 주어 되풀이했다. "우리 마구간에 있죠. 작은 섬에서 없어진 이후로 여기 있는 거예요. 주인님이 늘 손수 먹이를 주는 것도 괜히 그러는 게 아니라는 거죠. 저는 알아요, 이벤!"

하인은 한동안 밤하늘에 대고 담배 연기만 뻑뻑 내뿜고 있었다. "어리석기는, 카르스텐." 그는 말했다. "우리 백마? 예전에 그 말이 살아 있었다면 그럴 수도 있지! 너 같은 젊은 놈이 어떻게 그런 할망구들 미신을 믿냐!"

하지만 사내아이는 마음을 바꾸지 않았다. 하지만 귀신이 백마에 붙었다면 왜 활동을 하지 않는 것인가? 정반대로 그것이 더 나쁠 수도 있다! 저녁 무렵 사내아이는 여름에도 때때로 말을 넣어 두는 마구간에 들어가면, 말이 별안간 그를 향해 광채를 발하는 머리를 홱 돌릴 때마다 기겁을 하여 움찔하고는 했다. "귀신은 저거 안 잡아가고 뭐하나!" 그는 투덜거렸다. "우린 다시 만나지 말자."

그래서 그는 남몰래 새로운 일자리를 알아보고 나서 제방 감독관 집 일을 그만두고 모든 성인 대축제일 무렵에 올레 페터스의 하인으로 들어갔다. 이 집에서는 제방 감독관의 귀신 들린 말에 대한 이야기를 진지하게 들어 줬다. 뚱뚱한 폴리나와 그녀의 우둔한 아버지인 전 제방 위원이었던 예스 하르더스는 기분 좋은 정도로만 공포에 떨며 이야기에 귀를 기울였고, 나중에 이 이야기를 제방 감독관에게 분노를 품고 있는 사람들이나 그런 이야깃거리를 쑥덕거리기 좋아하는 사람들에게 전해 줬다.

어느새 삼월 말이 되었고 제방 국장을 통해 새로운 제방 공사에 대한 허가가 떨어졌다. 우선 하우케는 제방 위원들을 소집했다. 어느 날 교회 옆 선술집에 모두들 모여서 하우케가 지금까지 보관한 문서들 중에서 중요한 부분만을 낭독하는 것을 듣고 있었다. 먼저 그가 쓴 청원서와 제방 국장의 보고서 그리고 마지막으로 최종 통고서를 읽었다. 최종 통고서에는 특히 하우케가 제안한 설계도가 받아들여졌다는 것과 새 제방이 예전처럼 가파르지 않고 바다 쪽

경사가 완만하게 떨어져야 한다는 내용이 포함되어 있었다. 하지만 그것을 듣고 있는 제방 위원들의 얼굴은 즐겁거나 만족스러운 표정은 아니었다.

"그래요, 그래." 한 늙은 제방 위원이 말했다. "거 난처하군. 제방 국장이 우리 제방 감독관의 계획을 쌍수를 들고 반기니, 반대해 봤자 소용도 없을 거고!"

"당신 말이 맞소, 데틀레프 빈스." 다른 사내가 덧붙였다. "봄철 부역이 코앞에 닥쳤는데 만 리나 되는 제방을 또 쌓아야 하다니. 만사 제치고 그 일에만 매달려야겠군."

"올해 말까지는 해야 될 겁니다." 하우케는 말했다. "사전 작업도 해야 하니 제방 공사가 그렇게 번갯불에 콩 구어 먹듯 시작되지는 않을 겁니다!"

수긍하는 사람은 거의 없었다. "하지만 당신 설계도 말이오!" 다른 사내가 대화를 물꼬를 새로 트면서 말했다. "제방의 바다 쪽 측면이 너무 넓지 않소. 거인 키도 그보다는 작겠소! 게다가 자재는 다 어디서 구한단 말이오? 또 공사는 언제 끝나겠소?"

"올해 끝나지 않으면 내년에는 끝나겠지요. 그건 우리가 하기 나름입니다!" 하우케가 말했다.

기가 막히다는 듯한 웃음소리가 좌중을 뒤흔들었다. "하지만 불필요한 공사를 왜 해야 하는 거요! 제방을 옛 제방보다 더 높이 쌓을 필요가 뭐가 있소." 다른 사내가 언성을 높였다. "게다가 지금 제방도 삼십 년 동안 멀쩡한데!"

"맞아요." 하우케가 말했다. "삼십 년 전에 제방이 무너졌습니다. 뒤로 더 가면 삼십오 년 전에, 다시 사십오 년 전에도 제방이 파괴되었습니다. 하지만 그 이후로 제방이 여전히 가파르고 위험하게 서 있었지만 홍수가 우리를 피해 갔습니다. 그러나 새로운 제방은 제아무리 높은 홍수가 와도 백 년 하고도 백 년은 더 견뎌 낼 겁니다. 바다 쪽의 완만한 경사면이 파도를 완화시키기 때문에, 제방은 결코 무너지지 않을 겁니다. 그러면 여러분들은 자신과 여러분의 자식들을 위해 안정한 땅을 얻게 될 것입니다. 이것이 바로 고위 관청과 제방 국장이 나의 손을 들어 준 이유입니다. 여러분 자신의 이익을 위해 이 점을 명심해야 합니다!"

모인 사람들이 이 점에 대해 수긍하려 하지 않자 머리가 희끗희끗한 노인이 힘겹게 의자에서 일어났다. 엘케 부인의 대부인 예베 마너스였다. 그는 하우케의 간청으로 아직도 제방 위원의 자리를 지키고 있었다. "제방 감독관 하이케 하우엔." 그는 말했다. "우리를 불안하게 하고 지출 또한 만만치 않은 게 사실이오. 신이 나를 데려가실 때까지 당신이 기다리기를 바랐소. 하지만 당신 말이 옳소. 잘못된 것은 바로잡아야겠지요. 우리의 게으름에도 불구하고 귀중한 초지를 폭풍과 파도에서 지켜 주신 하느님께 우리는 매일 감사드려야 하오. 하지만 우리의 지식과 능력으로 땅을 스스로 지키고 신의 관용을 더 이상 기대하지 않으려면, 이제 우리 스스로 팔을 걷어붙일 시간이 다가온 것 같소. 여러분 나는 늙은이요. 직접 제방을 쌓고, 또 무너지는 것도 보았소. 하지만 하우케 하이엔이 신이 주신 통찰력으로 기획하고, 영주가 여러분을 위해 추진하고자 하는 제방은 여러분들 중 어느 누구도 살아 생전 무너지는 것을 보지 못할 것이오. 여러분은 그에게 감사하지 않을 것이오. 하지만 여러분의 손자들은 그에게 언젠가 명예의 화환을 바치게 될 것이오!"

예베 마너스는 다시 앉았다. 주머니에서 푸른 손수건을

꺼내서 이마의 땀방울을 닦았다. 노인은 아직도 유능한 사람으로 그리고 의심할 바 없이 공정하기로 유명했다. 하지만 모인 사람들은 그의 말에 동의하고 싶지 않았기 때문에 아무 말도 하지 않았다. 하우케가 말을 이어받았다. 하지만 모두들 그의 얼굴이 백지장처럼 하얗게 된 것을 볼 수 있었다. "여기 와 주시고 말씀을 해 주셔서 감사합니다. 예베 마너스." 그는 말했다. "다른 제방 위원 여러분. 물론 저에게도 부담이 되는 제방 건축은 적어도 이젠 뒤집을 수 없는 일이니, 이제 무엇을 해야 할지 결정하도록 합시다!"

"말씀해 보시오." 한 제방위원이 말했다. 하우케는 새로운 제방의 지도를 책상 위에 펼쳤다. "조금 전에 어떤 분이 물으셨습니다." 그는 시작했다. "어디서 그 많은 흙을 구하냐고요? 제방 앞 초지가 개펄까지 넓게 이어지고, 제방선 밖으로 길쭉한 땅이 버려져 있는 것을 아실 겁니다. 그러니까 새로 생길 제방 간척지의 북쪽과 남쪽으로 이어지는 제방 앞 초지에서 흙을 얻을 수 있습니다. 바다 쪽 측면은 질 좋은 진흙으로 쌓고 중앙과 안쪽은 모래를 쓰면 됩니다! 하지만 우선 측량 기사를 불러야 합니다. 새 제방선을 초지에 표시해야 하니까요! 제방 건축 계획을 실행하는 데 나를 도와줄 사람이 안성맞춤이겠지요. 그 외에도 점토나 그 밖의 자재를 나르기 위해서 말 한 필이 끌 수 있게 채가 달린 수레의 제작을 목수 서너 명에게 부탁해야 합니다. 먼저 모래톱의 물줄기를 막아 둑을 쌓고 부족하나마 모래로 안쪽 측면을 마무리할 것입니다. 하지만 둑의 보강 공사를 하는 데 마차 몇 대분의 짚이 필요할지는 지금 단언할 수 없습니다. 아마 이곳 갯마을에 있는 것으로 충당할 수 있을 겁니다! 우선 이 모든 것을 어떻게 진행하고 조정할 것인지 의견을 내 주십시오. 또한 서쪽 수문 제작도 나중에 유능한 목수에게 의뢰할 것입니다."

모인 사람들은 탁자 주위에 둘러서서 게슴츠레한 눈으로 지도를 쳐다보다가 서서히 말하기 시작했다. 하지만 뭐든 말해야 하니까 마지못해 하는 것 같았다. 측량 기사를 부르는 문제에 관해서 한 젊은이가 말했다. "제방 감독관님, 당신이 생각해 냈으니 누가 가장 쓸 만한지 당신이 제일 잘 알 겁니다."

하지만 하우케는 대꾸했다. "여러분도 발언권이 있으니

내 의견이 아니라 여러분의 의견을 말씀하십시오. 야코프 마이엔 위원님의 제안이 더 적합하다면 제 제안을 포기하겠습니다!"

"그래요. 그렇게 하는 게 좋겠군요." 야코프 마이엔이 말했다.

나이 든 한 위원의 마음에는 전적으로 흡족하지 않았다. 그는 조카가 한 명 있었는데 측량에 있어서는 그런 사람이 갯마을에는 지금껏 둘도 없었으며 제방 감독관의 아버지인 테데 하이엔을 능가한다고들 했다!

그래서 두 명의 측량기사가 물망에 올랐는데 드디어 두 사람 모두에게 공동으로 일을 맡기기로 결정되었다. 이륜 수레와 짚의 공급 등등의 안건이 이런 식으로 결정되었다. 하우케는 늦게야 거의 기진맥진해서 그 무렵까지 타고 다니던 수말에 올라 집으로 왔다. 몸은 육중했지만 가볍게 살았던 전 제방 감독관이 쓰던 낡은 안락의자에 앉자 어느새 부인이 옆에 와 있었다. "피곤해 보여, 하우케." 그녀는 가녀린 손으로 이마에 흩어져 있는 그의 머리카락을 쓸어 올렸다.

"조금!" 그는 대답했다.

"어떻게 됐어?"

"그럭저럭." 그는 쓴웃음을 지으며 말했다. "하지만 내가 직접 바퀴를 굴려야 할 판이야. 뒤에서 잡아당기지나 않으면 다행이지!"

"하지만 모두들 그런 건 아니겠지?"

"물론 아니야, 엘케. 당신 대부인 예베 마너스는 좋은 사람이야. 서른 살만 젊었어도 얼마나 좋았겠어."

몇 주 후에 제방선이 표시되고 이륜 수레 대부분이 조달되자 둑으로 둘러싸인 간척지의 소유주들과 옛 제방 뒤에 있는 땅의 소유주들이 제방 감독관에 의해 교구 선술집에 모여들었다. 그들에게 작업과 비용의 분담 계획을 제시하고 어떤 이견이 있는지 들을 필요가 있었다. 왜냐하면 옛 제방 뒤에 있는 땅의 소유주들 역시 새로운 제방과 새로운 수문이 설치되어 옛 제방의 유지 비용을 절감할 수 있는 한, 작업과 비용에 대해 부담을 져야 하기 때문이었다. 이러한 계획은 하우케에게 아주 고된 일이었다. 제방 국장이 사환

이외에도 서기를 주선해 주지 않는다면 아무리 매일 밤늦게까지 작업을 하더라고 그렇게 빨리 끝낼 수 없을 것이다. 피곤에 지쳐 잠자리를 찾을 때까지, 부인은 예전처럼 자는 척하면서 그를 기다렸다. 그녀 역시 아무렇지도 않은 듯 하루 일과를 해냈기 때문에 밤이면 누가 굿을 해도 모르게 우물 바닥처럼 깊은 잠에 빠져들었다.

하우케가 자신의 계획서를 낭독하고 삼 일 전에 이곳 선술집에서 사람들에게 보여 주었던 서류들을 다시 탁자 위에 펼쳐 놓았을 때, 진지한 사내들은 그 자리에 와서 열심히 일한 결과들을 정중하게 살펴보고, 곰곰이 생각한 후에 제방 감독관의 올바른 방법을 받아들였다. 하지만 그들 스스로 또는 그들의 선친이나 전 소유주가 새로운 땅에 대한 지분을 팔아먹은 사람들은 비용 부담분이 발표된 것에 대해서 불평들을 했다. 새로운 제방 작업을 통해서 자신들의 옛 땅들도 차츰 비용 부담을 덜 수 있다는 것은 생각하지 않고, 자신과 관계없는 땅인 새로운 간척지에 대한 비용을 요구받았다는 것이었다. 새로운 간척지의 지분을 받은 사람들은 이것을 빼앗길까 봐 아우성을 치고, 헐값에 팔려고 내놓은 사람들도 있었다. 왜냐하면 그 대신 그들에게 부과된 부당한 부역 때문에 그것을 유지할 수 없다는 것이다. 성난 얼굴로 문설주에 기대 있던 올레 페터스는 외쳤다. "먼저 심사숙고하고 우리 제방 감독관을 믿으시오! 그는 셈은 잘 하니까. 가장 많은 지분을 그가 가졌고 내 지분 역시 홍정해서 사들였소. 그때 이미 둑을 쌓아 이 새로운 간척지를 만들 결심을 했던 거요!"

이 말이 끝나는 순간 좌중이 쥐죽은 듯 조용해졌다. 제방 감독관은 책상 옆에 서서 먼저 서류를 펼쳐 놓고 있다가 고개를 들어 올레 페터스를 건너다봤다. "자네가 지금 나를 중상모략하고 있다는 것을 자네도 잘 알지 않는가, 올레 페터스." 그는 말했다. "그래도 그러는 것은 자네가 내 얼굴에 먹칠을 해 대면 사람들이 아니 땐 굴뚝에 연기 날까 하는 심정으로 나를 볼 테니까. 진실은 자네가 자네 지분을 팔고자 했고 나는 그 당시 내 양 사육에 그 땅이 필요했을 뿐이었다는 것이네. 자네가 선술집에서 나한테 해 퍼부은 더러운 말들을 다시 듣고 싶은가. 내가 아내의 치맛바람에 제방 감독관이 됐다고 했지. 그 말이 오히려 나에게는 자극제가 되었네. 그래서 내 힘으로 제방 감독관이 될 수 있다는 것을 보여 주고 싶었어. 올레 페터스, 나는 전 제방 감독관이 했었어야 했던 일을 했을 뿐이네. 그래도 그 당시 자네의 지분을 나에게 판 것에 화가 난다면 부역이 부담이 돼서 자기 지분을 헐값에 팔려고 내놓은 사람들의 얘기를 들어보게!"

모인 사람들 중 소수가 웅성거리기 시작하더니 동의하는 소리가 들렸다. 그동안 서 있었던 예베 마너스는 큰 소리로 외쳤다. "브라보, 하우케 하이네! 우리 신이 당신의 과업을 도와줄 걸세!"

올레 페터스는 아무 말도 하지 않았지만 회의는 결판이 나지 않았다. 사람들은 저녁을 먹을 때가 되어서 어쩔 수 없이 뿔뿔이 흩어졌다. 두 번째 회합에서야 비로소 모든 것이 정리가 되었다. 그것도 비로소 하우케가 다음 달에 그에게 할당된 세 마차분의 짚 대신에 네 마차분을 내기로 하고 난 뒤에야 마무리되었다. 오순절 종소리가 마을 전체에 울려 퍼졌을 무렵, 드디어 공사가 시작되었다. 이륜 수레는 쉴 새 없이 초지에서 제방선까지 점토를 날라와 부리고 다시 돌아가서 초지에서 새로운 점토를 실어 오기를 반복했다. 제방선에서는 사내들이 삽을 가지고 서서 부려 놓은 점토를 제자리로 가져다가 편평하게 다졌다. 엄청난 양의 짚도 날라다가 부렸다. 짚은 둑의 안쪽에 사용한 모래나 성긴 흙 같은 약한 자재를 덮는 데만 사용되었던 것은 아니었다. 차츰 둑길이 하나씩 완성되었고, 초지에서 퍼 와서 둑길을 덮은 흙 위를 깔짝거리는 파도로부터 둑을 보호하기 위해 군데군데 짚으로 단단하게 보강공사를 했다. 임명된 감독관들이 이리저리 서성거렸다. 폭풍이 치자 입을 쩍쩍 벌려 가며 바람과 악천후에도 아랑곳없이 소리를 지르며 명령을 내렸다. 그 사이 제방 감독관은 이제 애마가 된 백마를 타고 달렸다. 신속하고 날카롭게 명령을 내리고 일꾼들을 칭찬하거나 게으른 자나 서투른 자를 가차없이 해고할 때면, 백마는 그를 태우고 이곳저곳으로 날아다녔다. "그렇게 해선 소용이 없어!" 그는 외쳤다. "자네의 게으름 때문에 우리 일을 망치게 할 순 없네!" 그가 저 아래 간척지에서 올라올 때면, 사람들은 멀리서 그의 애마가 헐떡이는 소리를 먼저 듣고는 일에 박차를 가했다. "힘내! 백마의 기사가 온다!"

아침 식사 시간이 되면 일꾼들은 아침밥을 먹기 위해 땅에 삼삼오오 무리지어 앉았고 그때 하우케는 일꾼들이 일하던 곳을 말을 타고 둘러보며 칠칠치 못한 손이 삽을 놀린 자리가 어디인지 눈여겨보았다. 그러고는 아침을 먹는 일꾼들에게 말을 타고 와서는 일을 어떻게 해야 되는지 일일이 설명하면 일꾼들은 그를 올려다보면서 참을성 있게 아침밥을 연신 씹어 댔다. 하지만 일꾼들은 가타부타 아무런 말이 없었다. 한번은 아침 식사를 하기에 좀 늦었다 싶은 시간에, 나무랄 데 없이 잘 마무리된 제방의 한 곳이 눈에 띄었다. 그래서 근처에서 아침을 먹고 있는 일꾼들에게 말을 타고 가서 말에서 뛰어내리며, 저곳에서 저렇게 일을 깔끔하게 처리한 사람이 누구인지 쾌활하게 물었다. 하지만 일꾼들은 멈칫거리며 의기소침해져서 쳐다보다가 느릿느릿 마지못해 몇몇 이름을 댔다. 그가 한 사람에게 잠시 자신의 애마를 맡겼는데, 그 사람은 마치 순한 양처럼 가만히 서 있는 말의 고삐를 두 손으로 꼭 잡고 말의 아름다운 두 눈을 두려움에 가득 차서 바라보고 있었다. 하지만 말의 두 눈은 여느 때처럼 자신의 주인을 향해 있었다.

"여보게, 마르텐!" 하우케는 외쳤다. "다리 사이로 벼락이라도 쳤나? 왜 그렇게 서 있나?"

"나리, 말이 마치 유령이라도 본 것처럼 얼어붙었습니다!"

하우케는 껄껄 웃으며 손수 말의 고삐를 잡았다. 그러자 말은 애교를 떨듯이 머리를 그의 어깨에 비벼댔다. 일꾼들 중 몇몇은 주춤거리며 말과 기사를 건너다보았고, 다른 일꾼들은 아랑곳없이 묵묵히 아침을 먹으며 때때로 갈매기들에게 빵 조각을 던져 주었다. 먹이를 발견한 갈매기들은 날씬한 날개를 퍼덕거리며, 거의 그들의 머리로 돌진하듯이 날아왔다. 제방 감독관은 먹이를 구걸하는 새들이, 던져 준 빵 조각을 부리로 낚아채는 광경을 잠시 동안 망연히 지켜보고 있었다. 그러다가 안장에 올라타고 사람들을 둘러보지도 않은 채 말을 달려갔다. 그러자 사람들 중에서 웅성거리는 소리가 들렸는데, 그에게는 마치 그를 조롱하는 말처럼 들렸다. "뭐야?" 그는 혼자 중얼거렸다. "모두들 반대할 거라는 엘케의 말이 맞았나? 하인들과 평민들도 대부분 내가 쌓으려는 새 제방 덕택에 부유해질 텐데도?"

그가 말에 박차를 가하자 말은 마치 미친 듯이 간척지를 쏜살같이 내달렸다. 그는 물론 전에 심부름하던 사내아이가 백마에 대해 지껄인 이야기로 백마가 어떤 으스스한 후광을 얻었는지에 대해서는 전혀 알지 못했다. 하지만 사람들은 그의 수척한 얼굴에서 두 눈이 번뜩이고, 외투자락을 휘날리며, 백마가 빛을 발하는 모습으로 소문을 확인하려고만 하는 것 같았다!

그렇게 여름이 가고 가을이 지났다. 십일월 말경까지 작업이 진행되었다. 그 다음에는 혹독한 추위와 눈 때문에 작업을 더 이상 할 수 없게 되었다. 그래서 공사를 마무리하지 못한 채 간척지를 그냥 내버려 두기로 결정했다. 제방 감독관은 지면에서 2.4미터 높이의 둑을 쌓았다. 서쪽에 바닷물을 막을 수문이 놓여야 할 자리는 빈 곳으로 남겨두었다. 위쪽 옛 제방 앞에 있는 수로 역시 손을 대지 못했다. 그래서 간척지나 새 제방에 커다란 피해를 주지 않는다 해도 지난 삼십 년 동안 그랬듯이 밀물이 간척지 안으로 몰려들어 올 수도 있었다. 봄의 햇살이 비쳐 제방을 완성할 수 있을 때까지, 그렇게 인간의 손으로 만든 작품을 위

대한 신의 손에 맡기고 신의 보호 아래 두었다.

그새 제방 감독관의 집에서는 경사가 생겼다. 결혼한 지 구 년째 되던 해 아이가 태어난 것이다. 아기는 붉고 쭈글쭈글했으며 대부분 갓 태어난 여자 아기가 그렇듯 삼 킬로그램이었다. 하지만 다만 아기의 울음소리가 이상하게도 거의 들리지 않는 점이 산파의 마음에 걸렸다. 최악의 상황은 분만한 지 삼 일째 되던 날 엘케가 심한 산욕열 때문에 헛소리를 하고 남편도 오래된 가정부도 알아보지 못했던 것이다. 아이를 처음 보았을 때 억제할 수 없는 감격에 사로잡혔던 하우케는 이제 우울증에 빠졌다. 시내에서 의사를 데려왔다. 의사는 침대 옆에 앉아서 맥박을 짚어 보고 처방전을 쓰고는 별수 없이 주위를 둘러볼 뿐이었다. 하우케는 고개를 저었다. "의사도 도움이 안 되는구나. 신만이 엘케를 살릴 수 있겠어!" 하우케는 자신의 종교인 기독교를 제대로 헤아려 보았다. 그러자 오히려 기도를 주저하게 되었다. 늙은 의사가 가자 창가에 서서 겨울의 한낮을 물끄러미 바라보았다. 아픈 엘케가 환각으로 소리를 지르자, 그는 손을 깍지 끼고 기도를 드렸다. 그것이 경건함에서 나온 것인지 아니면 엄청난 공포심에서 그런 것인지는 알 수 없었다.

"물! 물 좀 줘!" 엘케는 신음을 냈다. "나를 잡아 줘!" 그녀는 소리쳤다. "하우케 나를 잡아 줘!" 그러더니 목소리가 잦아들었다. 마치 우는 소리처럼 들렸다. "바다로, 바다로 나갔어? 오 하느님, 그를 다시는 볼 수 없나요?"

하우케는 몸을 돌려 그녀의 침대에서 간호사를 밀어냈다. 그리고 무릎을 꿇고 앉아 아내를 꼭 끌어안았다. "엘케! 엘케, 나를 봐, 내가 당신 옆에 있어!"

하지만 그녀는 열에 들뜬 눈을 부릅뜨고 있었는데 마치 홀딱 정신이 나간 것처럼 보였다.

그는 그녀를 다시 베개에 눕혔다. 그러고 나서 떨리는 두 손을 마주 잡았다. "주님, 나의 하느님" 그는 외쳤다. "나에게서 그녀를 데려가지 마십시오! 제가 그녀 없이 살 수 없다는 것을 아시지 않습니까!" 그러고 나서 골똘히 생각하는 것 같더니 나지막하게 덧붙였다. "당신도 항상 바라는 대로 할 수 없다는 것을 저는 알고 있습니다. 당신 역시 전지전능하지 않습니다. 하지만 당신의 너그러움으로 임하소서. 오, 주님. 단지 한 말씀만 하옵소서!"

일순간 고요해진 것 같았다. 나지막한 숨소리만이 들렸다. 그가 침대로 몸을 돌리자 아내는 조용히 자고 있었다. 단지 간호사만이 놀란 눈으로 그를 바라보았다. 문이 열리는 소리가 들렸다. "누구요?" 그는 물었다.

"주인님, 안네 그레테 하녀가 왔다 갔어요. 따뜻한 물통이 든 바구니를 가져왔어요."

"나를 왜 그렇게 놀란 눈으로 쳐다봅니까, 레프카 부인?"

"제가요? 당신 기도를 듣고 깜짝 놀랐어요. 그렇게 해서는 어느 누구도 죽음에서 구하지 못할 거예요!"

하우케는 그녀를 뚫어지게 쳐다보았다. "우리 안네 그레테처럼 당신도 네덜란드 의복 수선공인 얀테네 집에서 열리는 비밀 집회에 참석합니까?"

"네, 주인님. 우리 두 사람은 독실한 신자입니다!"

하우케는 대꾸하지 않았다. 그 당시 크게 유행하는 분리주의 비밀 집회는 프리슬란트 사람들 가운데서도 꽃을 피우고 있었다. 몰락한 수공업자나 음주벽 때문에 그만 둔 선생들이 그 안에서 중요한 역할을 했고 하녀들, 젊은 아낙네와, 노파들, 백수와 외로운 사람들 각자가 성직자가 될 수 있는 비밀 집회에 열심히 다녔다. 제방 감독관의 집에서는 안네 그레테와 그녀와 사랑에 빠진 심부름꾼 청년이 틈만 나면 그곳에서 함께 시간을 보냈다. 물론 엘케는 그에 대한 염려를 하우케에게 숨기지 않았다. 하지만 하우케는 신앙의 문제에 있어 이래라 저래라 말참견해서는 안 된다고 말했다. 그것이 아무에게도 해가 되지 않으며 선술집에 가는 것보다는 낫다는 것이었다.

상황이 그러해서 하우케는 지금도 아무 말도 하지 않았다. 하지만 사람들은 그에 대해서 이러쿵저러쿵 말들이 많았다. 그의 기도 내용은 이 집에서 저 집으로 퍼져 나갔다. 그는 신의 전능을 부정했다. 전지전능하지 않은 신은 도대체 무엇이냐? 그는 신을 부정한 자이다. 악마의 말을 둘러싼 이야기는 결국 사실일지도 모른다!

하우케는 이러한 정황을 전혀 알지 못했다. 그 즈음에는 아내 말고는 아무 것도 들리지도 보이지도 않았다. 아이조차 그에게는 세상에 없는 것과 같은 존재였다.

늙은 의사가 다시 왔다. 매일 왔는데 어떤 날은 하루에 두 번 온 적도 있었다. 와서는 밤새도록 머물다가 재차 처방을 내렸다. 하인 이벤 욘스는 처방전을 가지고 약국으로 쏜살같이 말을 달렸다. 그 후 의사의 얼굴이 환해지며 제방 감독관에게 친근하게 고개를 끄덕였다. "됐어! 됐어! 신이 도우셨어!" 그리고 어느 날 그의 의술로 병을 고쳤다. 아니면 하우케의 기도에 사랑의 신이 방책을 발견했을지도 모른다. 의사가 환자와 단둘이 있게 되었을 때 그는 눈웃음을 지으며 그녀에게 말했다. "부인, 이제 자신 있게 말할 수 있소. 오늘은 나에게 축제일과 같소. 부인 상태가 안 좋았었지만 이제 부인은 우리 살아 있는 사람들과 같이 머물게 됐소!"

그러자 빛의 바다 같은 그녀의 검은 눈동자에서 환한 빛줄기가 내비쳤다. "하우케! 하우케, 어디 있어?" 엘케가 소리쳤다. 밝게 외치는 소리에 그가 방으로 들어와 침대 곁으로 뛰어오자 그녀는 남편의 목을 감싸 안았다. "하우케, 여보. 이제 살아났어요! 당신 옆에 머물게 됐다고요!"

늙은 의사는 비단 손수건을 주머니에서 꺼내서 이마와 뺨을 닦고는 고개를 끄덕이며 방을 나갔다.

삼 일 후 한 경건한 설교자—제방 감독관이 제방 공사에서 쫓아낸 슬리퍼 제조공이었다—가 네덜란드 재단사 집에서 열린 비밀 집회에서 신의 고유성에 대해 설교를 했다. "나는 당신이 바라는 대로 할 수 없다는 것을 압니다라고 말하는 자는 하느님의 전능을 부정하는 것입니다. 우리 모두는 불경한 사람을 알고 있습니다. 그는 우리 마을을 마치 돌덩이처럼 짓누릅니다. 그는 신에게서 벗어나 신의 적을 찾고, 위로받기 위해 죄악의 친구를 찾습니다. 왜냐하면 인간의 손은 어떤 막대기이건 움켜잡아야 하기 때문입니다. 여러분은 그의 기도로부터 여러분을 지키십시오. 그의 기도는 저주입니다!"

이 말 역시 이 집에서 저 집으로 퍼져 나갔다. 무엇인들 이 작은 마을에서 소문이 나지 않는 것이 있겠는가? 그래서 하우케의 귀에도 들어갔다. 그는 이에 대해 아무 말도 하지 않았다. 부인에게조차도 말하지 않았다. 다만 때때로 그녀를 격렬하게 끌어안았다. "변하지 말아, 엘케! 변치 말아!" 그러자 그녀의 눈은 놀라서 그를 올려다보았다. "변치 말라니? 그럼 나한테 도대체 당신 말고 누가 있어?"

하지만 잠시 후 그녀는 그의 말을 이해했다. "그래, 하우케. 우리는 서로에게 충실할 거야. 우리가 서로 필요하기 때문만은 아니야." 그렇게 말하고 나서 두 사람은 자기 일을 하러 갔다.

일은 그때까지 진척이 잘 되었다. 하지만 활동적인 업무에도 불구하고 하우케의 주변에는 고독이 감돌았고 그의 마음속에는 고집과 다른 이들에 대한 반감이 둥지를 틀었다. 하지만 아내에게만은 항상 변치 않는 마음을 간직했고, 아이의 요람 옆이 마치 영원한 치유의 장소인 것처럼 매일 아침과 밤마다 무릎을 꿇었다. 하지만 하인과 일꾼들에게는 엄격했다. 일에 익숙하지 않고 태만한 일꾼들을 예전에는 조용히 꾸짖어서 타일렀었지만, 이제는 호되게 야단을 쳐서 질리게 만들었다. 그래서 가끔 엘케가 가서 조용히 다독거려 주곤 했다.

봄이 다가오자 다시 제방 공사가 시작되었다. 이제 새로 지을 수문을 보호하기 위해 서쪽 제방선의 빈 곳에 반달 모양으로 보호 제방을 쌓아 안팎으로 메웠다. 수문과 마찬

가지로 중앙 제방 역시 점점 빨리 올라갔다. 제방 감독관에게 감독 업무는 쉽지 않았다. 왜냐하면 겨울에 죽은 예베 마너스 대신에 올레 페터스가 제방 위원이 되었기 때문이었다. 하우케는 그것을 반대하려고 하지 않았다. 하지만 부인의 옛 대부가 했던 것처럼 격려의 말이나 친근하게 그의 왼쪽 어깨를 두드려 주는 대신, 이제 대부의 후임자는 드러나지 않게 반목하고 쓸데없이 시빗거리를 만들고 이유 없이 싸우려고 덤볐다. 올레는 마을에서 비중 있는 사람이었지만 제방 업무에서는 총명한 사람이 못 되었다. 예전부터 "계산깨나 하는 하인"은 그에게 여전히 눈엣가시였다.

바다와 습지 위에 펼쳐진 하늘이 봄 햇살로 반짝거렸다. 간척지는 살찐 송아지들로 알록달록 다채로워지고, 송아지들의 울음소리는 이따금씩 드넓게 드리운 적막을 깨곤 했다. 드높은 창공에서는 종달새가 연신 노래를 했는데 한 차례씩 잠시 노랫소리가 멈추었다가 다시 들리곤 했다. 어떤 악천후도 공사를 방해하지 못했다. 수문은 아직 칠을 하지 않은 지주로 세워졌고 이제 단 하룻밤도 임시 제방의 보호를 받아야 필요가 없었다. 신은 새로운 제방에 은총을 내려 주시는 것 같았다. 엘케 부인 역시 백마를 타고 제방에서 집으로 돌아오고 있는 남편을 보고 눈웃음을 지었다. "씩씩한 말이 되었구나!" 그녀는 그렇게 말하고는 말의 반짝반짝한 목을 토닥거렸다. 하우케는 부인이 목에 매달려 있는 아이를 안고 나오면, 말에서 뛰어내려 작은 아이를 팔에 안고 얼러 주었다. 백마가 갈색 눈으로 아이를 쳐다보면 그는 이렇게 말했다. "이리 오너라, 너도 영광을 누리게 해 주마!" 그러고는 어린 빙케—아이의 세례명이었다—를 안장 위에 태우고 말을 이끌고 둔덕 위를 한 바퀴 돌았다. 늙은 물푸레나무도 때때로 경의를 표할 영광을 누렸다. 그는 아이를 흔들거리는 가지 위에 태우고 그네를 태웠다. 엄마는 눈웃음을 지으며 대문에 서 있었다. 하지만 아이는 웃지 않았다. 그 사이에 자그마한 코가 자리 잡고 있는 두 눈은 좀 멍하게 먼 곳을 바라볼 뿐, 고사리 같은 손은 아버지가 내미는 작은 막대기를 잡을 생각도 하지 않았다. 하우케는 개의치 않았다. 그런 어린 아이들에 대해서 그는 아는 바가 없었다. 하지만 엘케는 그녀와 같이 산

욕기를 겪었던 하녀의 팔에 안겨 있는 맑은 눈동자의 여자 아이를 보고는 이따금씩 고통스럽게 말했다. "내 아기는 당신 아기 같지가 않아, 스티나!" 그러면 하녀는 손에 잡고 있는 뚱뚱한 남자 아이를 예뻐 죽겠다는 듯 흔들면서 소리를 쳤다. "네, 마님. 아이들은 모두 달라요. 이 녀석은 두 살도 되기 전에 창고에서 사과를 훔쳐 냈답니다!" 엘케는 뚱뚱한 남자 아이의 고수머리를 눈 위로 쓸어 넘겨 주고는 말수 없는 자신의 아기를 조용히 가슴에 꼭 안았다.

시월로 접어들자 양쪽으로 중앙 제방과 연결되는 서쪽에 새 수문이 세워졌다. 중앙 제방은 개펄 수로의 틈까지 완만한 경사를 이루었고 일반적인 홍수 수위보다 4.5미터 여유 있게 세워졌다. 제방의 북서쪽 모퉁이에 서면 예버스 섬을 지나 야트막한 바다까지 막힘없이 내다볼 수 있었다. 하지만 바람 역시 이곳에서는 더 드세져서 머리카락이 날려서, 전망을 보려면 머리에 쓴 모자를 꼭 잡고 있어야만 했다.

십일월 말경 돌연 폭풍과 비바람이 닥쳐 왔을 때, 옛 제방 가까이에 있는 틈을 막는 일만 남아 있었다. 북쪽 바닥에서 바닷물이 수로를 통해 새 간척지로 흘러 들어왔기 때문이었다. 양편으로는 제방의 벽이 세워졌다. 그 사이에 난 틈을 이제 없애야만 했다. 건조한 여름 날씨라면 작업이 더 쉬웠을 것이다. 어쨌든 작업은 완료되어야만 했다. 그렇지 않으면 돌발적인 폭풍에 전체 제방이 망가질 수도 있었다. 하우케는 이제 제방 공사를 마무리하기 위해 전력을 다했다. 비가 억수같이 몰아치고 바람이 쌩쌩 불었다. 하지만 이글이글 타오르는 백마를 탄 그의 수척한 모습은 새까만 일꾼들의 무리 가운데에서 동에 번쩍 서에 번쩍 했다. 일꾼들은 제방 북쪽의 위아래에서 틈을 메우기 위해 동분서주하고 있었다. 그때 수레들 사이에서 그의 모습이 보였다. 수레는 제방 앞 초지에서 진흙을 퍼다가 수로에 가져다 부리려고 하고 있었다. 오늘은 이곳에서 혼자 지시를 내리는 제방 감독관의 매몰찬 명령이 빗소리와 바람소리를 뚫고 간간이 들려왔다. 수레를 번호순으로 호명하고, 밀려드는 수레들을 제지했다. "멈춰!" 그의 입에서 명령이 떨어지자 일꾼들이 순식간에 조용해졌다. "짚! 한 마차분 짚을 내려!" 그가 저 위에서 소리를 지르면 대기해 있던 마차에서 짚이 축축한 진흙 위로 쏟아졌다. 밑에서는 일꾼들이 그 사이 웅성거리며 서로 흩어져서 자기네들을 파묻지는 말라고 위에 대고 소리쳤다. 잇달아 새 수레가 오고 하우케는 다시 제방 위에 서서 백마를 타고 밑을 내려다보며 일꾼들이 삽질을 하고 짚을 부리는 모습을 감독했다. 그러고 나서 시선을 바다로 돌렸다. 바람이 매섭게 불었다. 그는 점점 더 바닷물의 끝자락이 제방을 치고 올라오고 파도가 점점 높아지는 것을 보았다. 바람에 숨이 턱턱 막히고, 몰아치는 차가운 빗줄기 속에서 힘든 노동을 하다 보니 일꾼들은 흠뻑 젖은 것은 말할 것도 없이 숨조차 제대로 쉴 수가 없었다. "여보게들, 견뎌 내게! 견뎌 내!" 그는 그들에게 소리를 쳤다. "삼십 센티만 더 쌓으면 이런 폭풍에도 끄떡없네!" 악천후의 노호하는 소리를 뚫고 일하는 소리가 들렸다. 진흙더미가 쏟아지며 철퍼덕하는 소리, 수레가 덜커덩거리는 소리, 위에서 지푸라기가 우수수 떨어지는 소리들이 끊임없이 들려왔다. 그 와중에 작은 누런 개 한 마리가 낑낑거리는 소리가 점점 크게 들렸다. 개는 달달 떨면서 마치 길을 잃어버린 듯 사람들과 손수레 사이를 이리저리 헤매고 돌아다녔다. 그런데 별안간 저 밑 구덩이에서 작은 동물의 고통스런 비명 소리가 들려왔다. 하우케는 아래를 내려다봤다. 개가 위에서 구덩이 밑으로 내던져졌다. 돌연 분노로 그의 얼굴이 울그락불그락해졌다. "멈춰! 멈추라고!" 그는 저 밑에 있는 수레를 향해 소리를 질렀다. 질퍽한 진흙이 쉼 없이 그 위에 쏟아졌기 때문이었다.

"왜요?" 밑에서 걸걸한 목소리가 올라왔다. "이 천한 개새끼 때문은 아니겠죠?"

"멈추라고 말했지!" 하우케는 거듭 소리를 쳤다. "나에게 개를 데려와! 우리 제방에는 어떤 불경한 것도 안 돼!"

하지만 아무도 움직이지 않았다. 진득진득한 흙 몇 삽이 비명을 지르는 동물 위로 날아들 뿐이었다. 그러자 하우케는 말이 비명을 지를 정도로 박차를 가해 제방을 내려갔다. 모두들 그에게 길을 비켜 줬다. "개를," 그는 소리쳤다. "제방에 묻을 순 없어!"

어떤 손이 마치 옛 예베 마너스의 손처럼 그의 어깨를 부드럽게 다독거렸다. 그가 돌아보자 예베 마너스의 친구가 서 있었다. "조심하시오, 제방 감독관!" 그는 나직이 속삭였다. "이 사람들 가운데 당신 친구는 없소. 사람들이 그냥 개를 묻도록 내버려 두시오!"

바람이 쌩쌩 불고 비가 내리쳤다. 사람들은 삽을 땅에 박아 놓고 몇몇 사람은 내팽개쳤다. 하우케는 노인에게 몸을 기울였다. "제 말을 좀 잡아 주실래요, 하르케 옌스?" 그는 물었다. 하지만 노인이 말의 고삐를 손에 쥐기도 전에 하우케는 구덩이로 뛰어 내려가서 낑낑대는 작은 동물을 팔에 안았다. 그리고 눈 깜짝할 사이에 다시 안장에 올라타고 제방 위로 달려 올라갔다. 그의 눈은 수레 옆에 서있는 일꾼들을 훑었다. "누구요?" 그는 외쳤다. "누가 이 짐승을 구덩이에 던졌소?"

잠시 사방이 조용해졌다. 왜냐하면 제방 감독관의 수척한 얼굴에서 분노가 뿜어져 나와 사람들은 그를 둘러싼 망령된 믿음 때문에 두려움을 느꼈기 때문이었다. 그때 목이 두껍고 건장한 사내가 그의 앞으로 걸어 나왔다. "내가 하지는 않았소, 제방 감독관." 그는 말하고는 씹는담배 한 끝을 잘라 유유히 입 안으로 밀어 넣었다. "하지만 그렇게 한 사람은 옳은 일을 한 것이오. 당신 제방이 건재하려면 살아 있는 것을 바쳐야만 하오!"

"살아 있는 것을? 어떤 교리 문답서에서 배운 것이냐?"

"교리 문답에서 배운 것은 아닙니다, 나리!" 녀석은 대꾸했는데 목에서 비열한 웃음이 흘러나왔다. "기독교라면 나리에게 뒤지지 않았던 우리 할아버지들도 이미 알던 것입니다! 아이를 바친다면 더 좋겠죠. 그게 안 되니 개를 바칠 밖에요!"

"이교도의 교리는 입 밖에도 내지 마라." 하우케는 그에게 소리를 질렀다. "자네를 둑에 처넣으면 물을 더 잘 막아낼걸!"

"우!" 열두어 명 남짓한 입에서 이런 소리가 나왔고 제방 감독관은 그를 빙 둘러싼 분노한 얼굴들과 불끈 쥔 주먹을 보았다. 그들은 그의 친구가 아니라는 것도 알았다. 제방에 관한 생각이 불현듯 그를 엄습했다. 이제 모두들 삽을 던져 버리면 어떻게 될 것인가? 저 밑을 바라보자 다시 예베 마너스의 옛 친구가 눈에 띄었다. 노인이 그곳에서 일꾼들 사이를 오가며 이 사람 저 사람에게 말을 붙이고 어떤 일꾼에게는 웃어 주고 또 다른 일꾼에게는 온화한 얼굴로 어깨를 두드려 주었다. 그러자 한 사람 한 사람씩 다시 삽을 잡기 시작했다. 잠시 시간이 흐르고 작업은 다시 시작되었다. 더 무엇을 바라겠는가? 수로를 막아야만 했다. 그는 개를 안전하게 외투로 감싸고 돌연 무엇을 결심한 듯 백마를 근처의 수레로 몰고 갔다. "짚을 모퉁이로!" 그가 위엄 있게 외치자 마부들은 기계적으로 그의 말에 따랐다. 이내 짚이 우수수 구덩이로 쏟아지자 사방에서 다시 모든 일꾼들의 손이 바삐 움직이기 시작했다.

한 시간 동안 그렇게 일들을 했다. 여섯 시가 넘어 이미 깊은 어스름이 밀려들었다. 비는 멈췄다. 그때 하우케가 십장들을 그의 말이 있는 곳으로 불렀다. "내일 아침 네 시에," 그는 말했다. "모두들 다시 이 자리로 오시오. 달이 아직 밝을 것이오. 그때 신의 뜻에 따라 공사를 마칩시다! 그리고 한 가지 더!" 그들이 가려 하자 그는 외쳤다. "이 개를 아시오?" 달달 떨고 있는 개를 외투에서 꺼냈다.

그들은 모른다고 했다. 단지 한 사내만이 말했다. "그 개가 하루 종일 마을을 구걸하고 다녔습니다. 주인이 없어요!"

"그러면 이 개는 내 거요!" 제방 감독관은 대꾸했다. "잊지 마시오. 내일 새벽 네 시요!" 그러고는 말을 달려 자리를 떠났다.

하우케가 집에 오자 안네 그레테가 문에서 나오고 있었다. 그녀는 깨끗한 옷을 차려 입고 있어서 지금 재단사의 비밀 집회에 가는 길이라는 생각이 번뜩 그의 머릿속을 스쳤다. "앞치마를 펼쳐라!" 그는 그녀에게 소리쳤다. 그녀가 마지못해 앞치마를 펼치자 그는 진흙이 덕지덕지 묻은 강아지를 그 안에 던졌다. "개를 어린 빙케에게 데려다 주거라. 아이의 놀이 친구가 되어 줄 거다! 하지만 우선 개를 좀 씻기고 따뜻하게 해 주거라. 그러면 너도 신의 뜻에 합당한 일을 하는 거지. 개가 완전히 꽁꽁 얼었구나."

안네 그레테는 주인의 말에 복종하지 않을 수 없었다. 그래서 그 날은 비밀 집회에 가지 못했다.

다음 날 새 제방의 마지막 삽이 떠졌다. 바람은 잠잠해졌고 갈매기와 물떼새들이 육지와 바다 위를 이리저리 우아하게 날아다니고 있었다. 예버스 섬에서는 아직도 북해 연안에 거주하는 흑기러기 떼가 천 가지 목소리로 울어 대는 소리가 들려왔다. 광활한 습지를 덮고 있는 하얀 아침 안개를 뚫고 금빛 가을 해가 차츰 떠올라 인간의 손으로 창조한 새로운 작품을 비추었다.

몇 주 후에 제방 국장과 함께 영주의 전문 위원회가 새 제방을 시찰하러 왔다. 옛 테데 폴커츠의 장례 이후로는 처음 있는 성대한 잔치가 제방 감독관의 집에서 열렸다. 제방 위원들과 중요 관계자들이 초대되었다. 식사가 끝나자 손님들과 제방 감독관의 마차에 말을 매었다. 제방 국장은 엘케 부인을 작은 이륜마차에 태웠는데 마차 앞에서는 갈색 수말이 발굽으로 쿵쾅거리며 땅을 차고 있었다. 그도 뒤따라 말에 뛰어올라 고삐를 잡았다. 제방 감독관의 총명한 부인을 손수 마차로 모시고자 했다. 그렇게 들뜬 마음으로 둔덕에서 길로 나서서 새 제방으로 가는 길을 올라 제방 위에서 새 간척지를 둘러보았다. 그 사이 가벼운 북서풍이 불고 새 제방의 북쪽과 서쪽에서는 만조가 위로 밀고 올라왔다. 하지만 완만한 경사로 인해 파도의 충격이 누그러진 것은 의심할 여지가 없었다. 영주의 전문 위원들의 입에서 제방 감독관을 칭찬하는 말들이 쏟아졌다. 여기

저기 제방 위원들의 입에서 서서히 불거져 나왔던 우려의 목소리는 그 바람에 쏙 들어가 버렸다.

시찰 역시 끝났다. 하지만 조용히 자부심을 느끼며 세 제방을 따라 말을 달리던 어느 날 제방 감독관은 자신의 명예를 회복시켜 주는 일이 한 가지 더 있다는 생각이 문뜩 들었다. 그가 없었다면 생기지도 않았을 것이며 자신의 땀과 늦은 밤까지의 노고가 녹아 있는 간척지가 왜 하필 영주의 공주들 중 한 명의 이름을 따서 '새로운 카롤리네 간척지'라는 이름이 붙여졌는지 의아한 생각이 들기는 했다. 하지만 어쨌든 그랬다. 제방과 관련된 문서에는 이 이름이 적혀 있었고, 심지어 몇몇 서류에는 붉은색 고딕체로 쓰인 것도 있었다. 하우케가 고개를 들어 보자, 농기구를 든 일꾼 두 명이 서로 대략 이십 보 정도 떨어져서 다가오고 있었다. "기다려!" 뒤에 오는 일꾼이 소리쳤다. 하지만 앞서 가던 일꾼은 간척지로 이어지는 둑길에 서서 외쳤다. "다음에 보세, 옌스! 너무 늦었어. 나는 여기서 진흙을 다져 줘야 해!"

"도대체 어디서?"

"여기. 하우케 하이엔 간척지에서!"

마치 밑에 있는 온 갯마을이 다 듣도록 그는 둑길을 내려가면서 소리를 질렀다. 하우케는 자신의 명성이 널리 선포되는 것을 들은 것만 같았다. 안장에 올라 앉아 백마에게 박차를 가했고 눈을 부릅뜨고 왼쪽에 펼쳐진 광막한 풍경을 바라보았다. "하우케 하이엔 간척지!" 그는 나지막하게 되뇌어 보았다. 이 말은 언제까지나 변하지 않을 것처럼 들렸다! 그들이 아무리 내키는 대로 맞서려 해도 그의 이름을 피해갈 수는 없는 것이다. 하지만 공주의 이름, 그것은 이내 옛 문서에만 있는 고리타분한 이름이 되지 않겠는가? 백마는 자랑스럽게 질주했다. 그의 귀에는 "하우케 하이엔 간척지! 하우케 하이엔 간척지!"라는 말만 윙윙거렸다. 머릿속에서는 새 제방이 거의 세계의 8대 불가사의의 하나가 되어 있었다. 프리슬란트 전체에 그의 제방과 같은 것은 없다! 그는 말이 맘껏 달리도록 했다. 자신이 모든 프리슬란트 사람들 한가운데 서 있는 것 같았다. 사람들 가운데 우뚝 솟아 그들을 날카롭지만 동정하듯 훑어보는 것이다.

바야흐로 제방을 쌓고 삼 년이 흘렀다. 새 제방은 보수비용이 단지 조금밖에 들지 않는다는 것을 증명했다. 간척지에는 이제 도처에 하얀 토끼풀이 돋아났고 제방으로 둘러싸인 안전한 목초지를 걷노라면, 여름 바람이 구름에게 달콤한 향내를 실어다 주었다. 지금까지는 생각뿐이었던 지분을 현실로 전환시키고, 모든 관계자들에게 땅을 영원히 재산으로 분배할 시기가 왔다. 하우케는 땅을 더 늘릴 기회를 놓치지 않았다. 올레 페터스는 굳은 표정으로 뒤로 물러나 있었다. 그는 새 간척지에 땅이 하나도 없었다. 불만이나 다툼 없이 분배가 이루어지기는 힘든 법이었지만 그럭저럭 마무리되었다. 제방 감독관은 이 날 역시 무사히 보낼 수 있었다.

그 후로 하우케는 농장 주인과 제방 감독관으로서의 의무를 행하며 가장 가까운 사람들과만 단출하게 지냈다. 옛 친구들은 이 세상을 떠났고 새로운 친구를 사귈 재간은 없었다. 하지만 가정은 평화로웠고 말수가 적은 아이도 이 평화를 해치지는 않았다. 아이는 말을 거의 하지 않았다. 이제 막 깨치기 시작한 아이들이 그렇듯이 끊임없이 질문을 해 대는 일은 거의 없었다. 대부분 무엇을 물으면 대답을 더디게 하는 정도였다. 하지만 아이의 사랑스럽고 소박한 자그마한 얼굴은 거의 항상 만족한 표정을 띠고 있었다. 두 명의 놀이 친구가 있었는데 그것으로 아이에게는 충분했다. 아이가 언덕을 거닐면 예전에 구해 주었던 누런 강아지가 항상 아이의 주변에서 뛰어놀곤 했고 강아지가 나타나면 어린 빙케 역시 멀지 않은 곳에 있었다. 두 번째 놀이 친구는 붉은 부리 갈매기였는데 강아지는 "페를레", 갈매기는 "클라우스"라고 불렀다.

클라우스는 노파가 농장으로 거처를 옮기면서 따라왔다. 여든 살 먹은 트린 얀스는 바깥 제방에 있는 오두막에서 더 이상 혼자 살 수가 없었다. 엘케 부인은 아버지의 집에서 일하던 노쇠한 하녀에게 이제 그들과 함께 조용한 저녁 시간을 보내고 편히 잠들 수 있는 장소를 마련해 줘야겠다고 생각했다. 그래서 거의 반 강제로 그녀와 하우케가 노파를 농장으로 데려와서 새로 지은 헛간의 북서쪽 골방에서 지내도록 했다. 헛간은 제방 감독관이 서너 해 전에 살림을 늘리면서 본채 옆에 지었던 것이었다. 게다가 서너 명의 하녀가 그 옆방에 기거하면서 밤에 노파의 시중을 들도록 했다. 노파는 벽을 빙 둘러서 낡은 가구들을 들여놓았다. 값비싼 단단한 목재로 만든 귀중품 함 위에는 죽은 아들의 유채색 초상화 두 점이 걸려 있었다. 오래전부터 먼지가 낀 물레와 휘장이 쳐진 사뭇 깨끗한 침대가 있었고 그 앞에는 예전에 키우던 앙고라 고양이의 흰 털을 뒤집어씌운 볼품없는 의자가 있었다. 하지만 그녀가 가져온 것 중에는 살아 있는 것도 있었다. 그것이 바로 갈매기 클라우스였는데 몇 해 전부터 노파 옆에 붙어서 노파가 손수 먹이를 주어 키운 것이다. 물론 겨울이 오자 갈매기는 다른 갈매기 떼와 같이 남쪽으로 날아갔다가 해변에 쑥 향이 퍼질 때쯤 다시 돌아왔다.

헛간은 둔덕보다 좀 낮은 곳에 있었다. 그래서 노파는 창문으로 제방을 거쳐 바다를 내다볼 수 없었다. "자네는 나를 이곳에 가두어 놓았네, 제방 감독관!" 어느 날 하우케가 그녀의 집에 들어서자 노파는 구시렁거렸다. 그러고는 곱은 손가락으로 저 아래 펼쳐진 소택지를 가리켰다. "도대체 예버스 모래섬이 어디인가? 저 붉은 소 너머인가 아니면 꺼먼 소 너머인가?"

"예버스 모래섬은 뭐하게요?" 하우케가 물었다.

"왜라니." 노파는 투덜거렸다. "내 아들을 하느님이 데려가신 곳을 보려고 하네!"

"예버스 섬을 보시려면," 하우케는 대답했다. "저 위에 물푸레나무 밑에 앉으면 바다 전체가 보일 겁니다!"

"그래." 노파는 말했다. "내게 자네처럼 튼튼한 다리만 있었어도 그러지, 제방 감독관!"

제방 감독관은 그의 가족들이 노파에게 베푼 은혜에 대한 감사의 말을 오래도록 들어야 했다. 어느 날 아침 빙케의 자그마한 머리가 반쯤 열린 문틈으로 노파의 방 안을 기웃거렸다. "자." 손을 깍지 낀 채 나무 의자에 앉아 있던 노파는 소리쳤다. "뭘 하려고 그러니?"

아이는 잠자코 가까이 다가와 멍한 눈으로 연신 노파를 쳐다보기만 했다.

"네가 제방 감독관의 아이니?" 트린 얀스가 아이에게 물었다. 아이가 고개를 끄덕이는 것처럼 머리를 숙이자 노파는 말을 이었다. "여기 이 의자에 앉아라! 앙고라 수고양이였단다. 엄청 컸지! 하지만 네 아빠가 때려죽였어. 고양이가 아직 살아 있었다면 네가 타고 다녀도 될 뻔했다."

빙케는 하얀 털을 잠자코 바라보았다. 그러고 나서 무릎을 꿇더니 자그마한 손으로 아이들이 살아 있는 고양이나 개를 만지는 것처럼 털을 쓰다듬기 시작했다. "불쌍한 고양이!" 아이는 이렇게 말하고 나서 거듭 털을 어루만졌다.

"그래!" 잠시 후 노파는 말했다. "이제 됐다. 네가 이제 그 위에 앉게 됐으니, 네 아빠가 그러려고 고양이를 죽였는지도 모르겠구나!" 그러고 나서 노파는 아이를 두 팔로 안아 올려 의자 위에 털썩 앉혔다. 하지만 아이가 아무 말 없이 꼼짝도 않고 앉아서 노파를 쳐다보기만 하자 노파는 고개를 설레설레 저었다. "네가 아빠를 힘들게 하겠구나. 하느님 맙소사! 그래, 네 아빠가 벌을 받는구나!" 노파는 중얼거렸다. 하지만 아이에 대한 가여운 마음이 노파를 사로잡은 것 같았다. 앙상한 손으로 아이의 볼품없는 머리카락을 쓰다듬자 자그마한 아이의 눈이 기분 좋다는 듯 반응을 했다.

이때부터 빙케는 날이면 날마다 노파의 방에 왔다. 아이는 이내 스스로 앙고라 의자에 앉았고 트린 얀스는 항상 저장해 두곤 하는 작은 고깃점이나 빵 조각을 아이의 작은 손에 쥐어 주면서 바닥에 던지라고 했다. 그러면 갈매기가 끼룩거리며 날개 죽지를 활짝 펴고 어디선가 솟아올라 이리로 날아왔다. 처음에는 달려드는 커다란 새 때문에 아이가 놀라서 악을 썼다. 하지만 이내 익숙한 놀이처럼 되었고, 작은 머리를 문틈으로 내밀면, 벌써 새가 아이에게로 쏜살같이 날아와 아이의 머리나 어깨 위에 앉았다. 그러면 노파는 아이를 도우러 오거나 모이를 주기 시작할 수 있었다. 딴 때 같으면 어느 누가 손만 클라우스에게 내미는 것도 참을 수 없었던 트린 얀스는 이제 아이가 차츰 갈매기와 친해지는 것을 묵묵히 쳐다보았다. 갈매기는 아이에게 기꺼이 잡혀 주곤 했다. 아이는 새를 앞치마에 싸서 여기저기 데리고 다녔고, 언덕배기에서 누런 강아지가 아이 주위를 맴돌며 질투가 나서 새에게 달려들면 아이는 이렇게 소리쳤다. "하지 마, 하지 마, 페를레!" 그러고는 작은 팔로 갈매기를 높이 올리면 갈매기가 끼룩거리며 언덕을 넘어 날아갔다. 그러면 갈매기 대신 이제는 개가 뛰어오르며 온갖 아양을 떨면서 아이의 팔에 안기려 했다.

우연히 비슷한 결함으로 같은 줄기에 붙어 있는 기이한 네 잎 클로버와 같은 이 존재들에 하우케나 엘케의 시선이 머물게 되면, 두 사람은 부드러운 시선으로 아이를 바라보곤 했다. 하지만 고개를 돌리면, 그 광경을 보며 각자 홀로 품었던 고통이 얼굴에 남아 있었다. 부부는 서로 위로의 말을 한 번도 해 본 적이 없었다. 어느 여름 오후 빙케는 노파와 두 마리 동물과 헛간 문 앞에 있는 커다란 바위 위에 앉아 있었다. 그때 아이의 부모가 왔는데 제방 감독관은 고삐를 팔에 걸친 채 백마를 뒤에 끌고 이곳을 지나가고 있었다. 제방에 나가서 말을 손수 소택지에서 데려오는 중이었다. 햇살이 따사롭게 내리비쳤고 후덥지근했지만 이따금씩 남남동에서 바람이 불어왔다. 부인도 그와 팔짱을 끼고 둔덕을 함께 올라오고 있었다. 아이는 그 자리가 불편해졌는지 이렇게 소리쳤다. "빙케도 같이 가!" 그러고는 무릎에 있던 갈매기를 날려 보내고 아빠의 손을 잡았다.

"자, 가자!" 아빠가 말했다.

하지만 엘케 부인이 소리쳤다. "바람이 부는데? 아이가 날아가 버리겠어!"

"내가 꼭 잡으면 돼. 오늘은 공기도 따듯하고 물결도 살랑거리는 게 아이도 파도가 춤추는 걸 볼 수 있을 거야."

엘케는 집으로 달려 들어가 아이에게 목도리와 모자를 가져다 주었다. "하지만 날씨가 심상치 않아." 그녀는 말했다. "갔다가 빨리 돌아와!"

하우케는 웃었다. "폭풍이 와도 끄떡없소!" 그러고는 아이를 올려 안장에 태웠다. 엘케 부인은 잠시 둔덕 위에 서서 손으로 차양을 만들고는 두 사람이 길을 따라 제방으로 가는 것을 바라보았다. 트린 얀스는 바위 위에 앉아서 쭈글쭈글한 입술로 무언가 알아들을 수 없는 말을 중얼거렸다.

아이는 미동도 하지 않고 아버지의 팔에 안겨 있었다. 소나기가 내리기 전 무더운 공기로 숨이 턱턱 막히는 것 같았다. 그는 아이에게 고개를 숙였다. "괜찮니, 빙케?" 그는 물었다.

아이는 아빠를 잠시 바라보더니 "아빠, 아빠는 할 수 있지! 할 수 없는 게 없지?"

"아빠가 뭘 해야 되는데, 빙케?"

하지만 아이는 말이 없었다. 자신의 질문을 이해하지 못했던 모양이다.

만조였다. 그들이 제방으로 올라왔을 때 햇빛이 드넓은 바다에 반사되어 눈이 부셨다. 회오리바람이 불어 파도가 높이 휘몰아쳤고, 연신 파도가 밀려와 해변에 철썩철썩 부딪쳤다. 아이가 고삐를 붙들고 있는 아빠의 주먹을 두려움에 꽉 잡자, 말이 옆으로 펄쩍 비켜섰다. 하늘색 눈동자가 놀라서 어쩔 줄을 몰라 하면서 하우케를 올려다봤다. "바다가, 아빠! 바다가!" 아이는 소리쳤다.

하지만 그는 부드럽게 손을 풀고 이렇게 말했다. "쉿, 아가야. 네 옆에는 아빠가 있단다. 바다가 너를 해치지 않아!"

아이는 이마 위에 흩어진 희미한 금발을 쓸어 올리고 다시 바다를 바라보았다. "괜찮아." 아이는 떨면서 말했다. "괜찮아. 아빠, 바다한테 우리를 해치면 안 된다고 말해 줘. 아빠는 할 수 있잖아. 그러면 바다가 우리를 해치지 않을 거야!"

"아빠는 할 수 없어. 아가야." 하우케는 진지하게 대꾸했다. "하지만 우리가 말을 타고 있는 둑이 우리를 보호해 줄 거야. 이 둑을 아빠가 생각해 내서 짓게 했단다."

아이의 눈이 마치 다는 이해를 못 하겠다는 듯 아빠를 쳐다보았다. 그러고 나서 꽤나 작은 머리를 아빠의 넓은 외투 속에 감췄다.

"왜 숨는 거니, 빙케?" 아빠는 아이에게 속삭였다. "아직도 무섭니?" 떨리는 목소리가 외투 자락 사이로 새어 나왔다. "빙케는 차라리 보지 않을래. 아빠는 뭐든지 할 수 있지?"

멀리서 천둥소리가 바람을 거스르며 울려 왔다. "허허!" 하우케가 소리쳤다. "폭우가 쏟아지겠구나!" 그러고는 말을 돌렸다. "자 이제 엄마가 계신 집으로 가자!"

아이는 안도의 한숨을 내쉬었다. 하지만 그들이 언덕을 지나 집에 도착해서야 비로소 아이의 작은 머리가 아빠의 가슴에서 빠져나왔다. 엘케 부인이 방에서 아이의 목도리와 모자를 벗기자 아이는 잠자코 앞발을 들고 있는 작은 토끼마냥 엄마 앞에 서 있었다. "자, 빙케." 엄마는 말하고 아이를 가만히 흔들었다. "바다가 견딜 만하니?"

하지만 아이는 눈을 동그랗게 뜨고 말했다. "바다가 말을 해. 빙케는 무서워!"

"바다는 말을 하지 않아. 솨솨 소리를 내고 날뛰는 거지!"

아이는 먼 곳을 바라보았다. "바다가 다리가 있어?" 아이는 거듭 물었다. "둑 위로 올라올 수 있어?"

"아니, 빙케. 바다가 둑 위로 올라오는지 아빠가 감시한단다. 아빠는 제방 감독관이야."

"맞아." 아이는 이렇게 말하고 천치 같은 미소를 띠며 손뼉을 쳤다. "아빠는 뭐든지 다 할 수 있어. 뭐든지!" 그러다가 느닷없이 엄마에게서 몸을 돌리며 외쳤다. "빙케는 트린 얀스한테 갈래. 할머니한테 빨간 사과가 있어!"

엘케는 문을 열어 아이를 나가도록 했다. 문을 다시 닫고, 여느 때는 그에게 위로와 용기만을 주었던 두 눈이 이제 깊은 상심에 잠겨 남편을 올려다보았다.

하우케는 그녀에게 손을 내밀어, 마치 두 사람 사이에 다른 말이 필요 없다는 듯 그녀의 손을 꼭 쥐었다. 하지만 엘케는 나직하게 말했다. "아니야, 하우케. 말 좀 해야겠어. 내가 몇 년 만에 당신에게 낳아 준 아이가 영원히 아이로 머무르게 될 거 같아. 오, 하느님 맙소사! 아이는 정신박약

이야. 언젠가 한번은 이 말을 해야 했어."

"오래전부터 알고 있었어." 하우케는 이렇게 말하면서 빠져나가려는 아내의 손을 꽉 잡았다.

"그러니 우리 둘뿐이야." 그녀는 연이어 말했다.

하지만 하우케는 고개를 저었다. "나는 아이를 사랑해. 아이가 작은 팔을 나에게 두르고 내 가슴에 꼭 안기면 어떤 보물과도 아이를 바꿀 수 없다는 생각이 들어!"

부인은 막막하게 허공을 바라보았다. "하지만 왜?" 그녀는 말했다. "내가 도대체 무슨 죄를 지었기에?"

"그래, 엘케. 나 역시 그런 질문을 했었어. 그 모든 것을 아시는 분에게. 하지만 당신도 알잖아. 전지전능하신 신은 인간에게 답을 주시지 않아. 아마도 우리가 이해하지 못하기 때문이겠지."

그는 아내의 나머지 한쪽 손마저 잡아서 부드럽게 자기 쪽으로 끌어당겼다. "혼란스러워 하지 마. 당신이 하던 대로 아이를 사랑해 주면 아이도 분명 그것을 알아줄 거야!"

그러자 엘케는 남편의 가슴에 안겨 실컷 울었다. 이제 더 이상 혼자만의 고통이 아니었다. 그러고 나서 불현듯 남편에게 미소를 지어 보이며 남편의 손을 한 번 꾹 눌러 쥐더니 밖으로 뛰어나가 늙은 트린 얀스의 방에서 아이를 데려왔다. 그러고는 아이를 무릎 위에 앉히고 쓰다듬고 뽀뽀를 했다. 그러자 아이가 떠듬거리며 말했다. "엄마, 엄마 좋아!"

그렇게 제방 감독관 식구들은 조용히 살았다. 아이가 없었다면 아마 더 쓸쓸했을 것이다.

서서히 여름이 지나갔다. 철새가 떼 지어 날아가고 창공에서는 더 이상 종달새의 노랫소리가 들리지 않았다. 헛간 앞에서 타작을 할 때, 새들이 곡식을 쪼아 먹다가 여기저기에서 새된 소리를 지르며 날아올라 가는 소리만이 들렸다. 이미 만물이 꽁꽁 얼어 버렸다. 어느 날 오후 늙은 트린 얀스는 본채 부엌 아궁이 옆에서 다락방으로 올라가는 나무 계단에 앉아 있었다. 지난 몇 주간 활기를 되찾은 듯했다. 이제 손수 부엌으로 와서 바삐 일하는 엘케 부인의 모습을 지켜보았다. 어느 날 어린 빙케가 노파의 앞치마를 끌고 부엌까지 온 이후로는, 다리 때문에 여기까지 못 온다는 소리는 하지 않게 되었다. 이제 아이는 노파의 옆에 무릎을 꿇고 앉아서 아궁이 구멍에서 활활 타오르는 불길을 고요한 눈으로 쳐다보았다. 아이의 작은 손은 노파의 소맷자락을 붙잡고 있었고, 다른 한 손은 자신의 희미한 금발에 놓여 있었다. "얘야, 아니. 네 증조할아버지네 집에서 내가 가정부로 일했단다. 그 다음에는 돼지를 쳐야 했지. 증조할아버지는 이 마을에서 가장 현명하신 분이셨단다. 정말 징글징글하게 오래된 일이지. 하지만 달빛이 휘영청 밝던 어느 날 밤, 사람들이 바다 수문을 닫게 했는데 그 바람에 그것이 바다로 다시 돌아가지 못한 거야. 오, 얼마나 소리를 지르고 지느러미가 난 손으로 뻣뻣하게 엉켜붙은 머리를 쥐어뜯던지! 아가야, 내가 그것을 직접 보고 비명소리도 직접 들었지! 소택지 사이의 도랑은 삽시간에 바닷물로 가득 차고, 달이 훤히 비치는데 그것이 은빛으로 반짝였지. 이 도랑에서 저 도랑으로 헤엄쳐 가서는 빌듯이 팔을 들고 마주치면, 아 손이었지, 멀리서도 철썩철썩하는 소리가 들렸어. 하지만 아가야, 이 짐승은 사실 기도를 할 수 없단다. 난 집 앞에 뭘 지으려고 날라다 놓은 각목 더미에 앉아서 소택지를 멀리 내다보았단다. 인어가 여전히 도랑에서 헤엄을 치고 있었는데, 팔을 높이 올리면 마치 은이나 다이아몬드처럼 반짝거렸지. 끝내 인어를 다시는 보지 못했어. 그 대신 하늘에서 오랫동안 보지 못했던 기러기와 갈매기 떼들이 끼룩끼룩 꽥꽥거리며 날아 왔지."

노파는 말을 멈췄다. 한 단어가 아이의 마음에 걸렸다. "기도를 못 해?" 그녀는 물었다. "무슨 말이야? 그게 누구야?"

"아가야." 노파는 말했다. "그건 인어야. 구원받을 수 없는 요괴지."

"구원받지 못한다고!" 아이는 되뇌었고 마치 그 말을 이해한다는 듯 자그마한 가슴을 들썩이며 한숨을 내쉬었다.

"트린 얀스!" 부엌문에서 낮은 목소리가 들리자 노파는 살짝 움찔했다. 기둥에 기대고 있던 제방 감독관 하우케 하이엔이었다. "아이에게 무슨 얘기를 하시는 겁니까? 제가 그런 괴담일랑 혼자만 알고 있거나 거위나 닭한테나 해주라고 하지 않았던가요?"

노파는 성난 눈으로 그를 바라보고는 아이를 떼어 놓았다. "괴담이 아니네." 노파는 혼자 중얼거렸다. "내 종조할

아버지께서 해 주신 얘기지."

"종조부라고요, 트린? 좀 전에는 직접 체험한 것이라고 했잖아요."

"마찬가지지." 노파는 말했다. "어쨌든 자네는 믿지 않잖아, 하우케 하이엔. 자네는 내 종조부를 거짓말쟁이로 만들려고 하는구먼!" 그러고 나서 노파는 아궁이에 가까이 가서 손을 아궁이 구멍 위로 뻗어 불을 쬐었다.

제방 감독관은 창가로 눈길을 주었다. 밖은 아직 어둑어둑하지는 않았다. "이리 와, 빙케!" 그는 이렇게 말하고 좀 모자란 아이를 자기 쪽으로 끌어당겼다. "함께 가자. 제방에서 뭘 보여 줄 게 있어! 백마가 대장장이네 집에 있으니 좀 걸어가야겠다." 그리고 나서 그는 아이와 함께 방으로 들어갔다. 엘케는 아이를 두툼한 양모 목도리로 목과 어깨를 감싸 주었다. 이내 아빠는 아이를 데리고 북서쪽 옛 제방으로 올라갔다. 예버스 모래섬을 지나 모래톱이 거의 가늠할 수 없을 정도로 드넓게 펼쳐져 있었다.

아빠는 아이를 안고 가다가 이내 손을 잡고 가기도 했다. 어스름이 차츰 짙어지고 멀리서 사방이 연무로 뒤덮여 모든 것이 아스라이 시야에서 사라졌다. 하지만 눈길이 미치는 곳에서는, 보일락 말락 물결치는 물살이 얼음을 부수고 있었다. 하우케 하이엔이 일찍이 어린 시절에 보았던 대로 얼음 틈 사이로 그때처럼 모락모락 안개가 피어오르고 있었다. 그 주변에는 꽤나 으스스하고 커다란 형체가 재차 이리 뛰고 저리 뛰다가, 굽실거리고 느닷없이 무시무시하게 퍼져 나갔다.

아이는 놀라 아빠를 꼭 잡고는 손으로 자그마한 얼굴을 가렸다. "바다 귀신이야!" 아이는 벌벌 떨면서 손가락 사이로 속삭였다. "바다 귀신!"

그는 고개를 저었다. "아니야, 빙케. 인어도 바다 귀신도 아니야. 그런 건 없어. 누가 그런 얘기를 했니?"

아이는 멍한 눈으로 아빠를 올려다보았다. 하지만 대답은 하지 않았다. 그는 아이의 뺨을 부드럽게 쓰다듬었다. "저기를 다시 봐!" 그는 말했다. "저건 그냥 가엾은 배고픈 새들이야! 커다란 날갯짓을 하는 걸 봐. 김이 나는 틈 사이로 물고기를 잡고 있잖아."

"물고기." 빙케는 되뇌었다.

"그래, 아가야. 모두 우리처럼 살아 있는 거야. 다른 건 없어. 하지만 사랑의 신은 어디에나 계시지!"

어린 빙케는 시선을 바닥으로 향하고 숨을 죽였다. 마치 겁에 질려 낭떠러지를 들여다보고 있는 듯했다. 아빠는 오랫동안 아이를 바라보다가 몸을 숙여 자그마한 얼굴을 보았다. 하지만 닫힌 영혼은 어떠한 움직임도 내보이지 않았다. 그는 아이를 앉혀서 곱은 손을 그의 두툼한 양모 장갑 속에 넣어 주었다. "그래, 빙케." 아이는 그의 말에서 숨길 수 없는 애정이 묻어 나오는 어조를 알아채지 못하는 것 같았다. "자, 아빠가 따뜻하게 해 줄게! 너는 우리들의 아이란다. 우리의 하나밖에 없는 아이. 너도 우리를 사랑하지!" 목이 메었다. 자그마한 아이는 아빠의 까칠까칠한 수염에 머리를 대고 부드럽게 비볐다.

그들은 그렇게 평화롭게 집으로 왔다.

새해가 지나고 집안에 다른 우환이 생겼다. 열병이 제방 감독관을 덮친 것이다. 그 역시 별수 없이 사경을 헤맸다. 하지만 엘케 부인의 간호와 배려로 다시 소생했을 때, 하우케는 마치 다른 사람 같아 보였다. 육체의 무기력이 정신에도 영향을 주어, 그가 항상 쉽게 만족하는 것을 엘케는 걱정스럽게 지켜보았다. 하지만 삼월 말이 되자 그는 백마를 타고 오랜만에 제방을 따라 말을 달려 보고 싶었다. 때는 오후였고 오전에는 눈부셨던 햇살이 오래전부터 내내 침침한 안개에 가려져 있었다.

겨울에는 서너 번 홍수가 있었다. 하지만 심각한 것은 아니었다. 다만 저 너머 작은 섬에 있는 해변에서 양 떼가 익사를 했고 제방 앞 초지가 좀 소실되었다. 이쪽의 새로운 간척지에는 이렇다 할 만한 손실은 없었다. 하지만 지난밤에 강력한 폭풍이 기승을 부렸다. 이제 제방 감독관은 손수 나가서 자기 눈으로 모든 것을 시찰해야만 했다. 벌써 저 아래 남동쪽에서 새 제방까지 말을 타고 둘러보니 문제가 없었다. 새 제방이 옛 제방과 만나는 북동쪽 모퉁이에 가 보니 새 제방은 온전했다. 하지만 예전에 수로가 옛 제방까지 맞닿아 옛 제방을 따라 흘렀던 지점에서 그는 뗏장이 왕창 떨어져 나가고 제방의 몸통에 파도가 푹 파 놓은 자리를 발견했다. 게다가 그곳을 통해 쥐들이 들락거리고 있었다. 하우케는 말에서 내려 근처에 손상된 부분을 살펴보았다. 쥐가 일으킨 재해는 보이지는 않지만 분명히 계속 이어져 있는 것 같았다.

하우케는 기겁을 했다. 이 모든 것에 대한 방지책을 이미 새 제방의 건축 시에 유념해 두었어야만 했다. 그 당시에 소홀히 했기 때문에 이제 이런 일이 발생한 것이다! 아직 가축들이 소택지에 나오지 않았는데도 풀은 이례적으로 자라지 못했다. 어디를 보나 휑하고 황량했다. 그는 말을 다시 타고 해변을 이리저리 거닐었다. 썰물 때였는데 먼 바다로부터 폭풍이 개펄에 형성된 하상을 쓸고 지나가서, 북서쪽에서 옛 제방으로 세차게 들이닥쳤다는 것을 알 수 있었다. 하지만 새 제방은 경사가 완만했기 때문에 파도의 충격을 견뎌 낼 수 있었다.

새로운 걱정거리와 새 일거리가 무더기로 제방 감독관의 마음속에서 일어났다. 옛 제방이 보강되어야 할 뿐만 아니라 옛 제방의 경사를 새 제방의 경사와 엇비슷하게 만들어야 했다. 특히 둑이나 방조림을 새로 쌓아 위험 요소로 떠오른 수로의 방향을 바꾸어야 했다. 옆에는 개펄 바닥이 드러나 새로 파헤쳐진 수로의 하상이 또렷하게 두드러졌는데, 그것을 뚫어져라 바라보면서 한 번 더 말을 타고 새 제방에서 북서쪽 끝까지 살펴보고 다시 돌아왔다. 백마는 앞으로 내달리려고 히힝 콧소리를 내며 앞발굽을 굴렀다. 하지만 기사는 고삐를 뒤로 잡아당겼다. 그는 천천히 달리고 싶었다. 점점 거칠게 마음속에서 끓어오르는 불안을 다잡아야만 했다.

1655년 사람들과 재산을 셀 수도 없이 집어삼켰던 홍수가 다시 온다면? 일찍이 여러 번 있었던 그런 홍수가 다시 온다면? 기사는 모골이 송연해졌다. 옛 제방은 후려치는 파도의 충격을 견디지 못할 것이다! 그러면 어떤 일이 일어나겠는가? 단지 한 가지, 옛 간척지와 재산과 사람들의 목숨을 구해 내기 위해서는 한 가지 방법밖에는 없을 것이다. 하우케는 심장이 멎는 것 같았고 평소에는 냉철했던 머리가 혼란스러워졌다. 아무 말도 입 밖에 내지 않았지만 마음속으로는 마치 들릴 만큼 크게 말했다. 너의 간척지, 하우케 하이엔 간척지를 포기하고 새 제방에 구멍을 내야만 해!

그는 마음속으로 이미 홍수가 제방을 뚫고 들어와 잔디와 토끼풀을 짭짤한 거품으로 뒤덮는 것을 그려 보았다. 백마의 옆구리에 박차를 가하자 말은 비명을 내뱉으며 제방을 따라 쏜살같이 달려 둑길을 내려와서 제방 감독관의 집이 있는 둔덕으로 왔다.

머릿속이 두려움과 정리되지 않는 계획들로 뒤죽박죽이 된 채 그는 집으로 왔다. 안락의자에 몸을 던지고 엘케가 딸과 함께 방으로 들어오자 다시 일어나서 아이를 안아 올려 뽀뽀를 했다. 그러고 나서 누런 강아지를 서너 대 툭툭 쳐서 내쫓았다. "한 번 더 윗마을 선술집에 갔다 와야겠어!" 그는 이렇게 말하고 방금 전에 모자를 걸어 두었던 문고리에서 모자를 다시 집어 들었다.

부인은 근심 어린 눈으로 그를 바라보았다. "거기 가서 뭐 하게? 벌써 저녁인데, 하우케!"

"제방 일이야!" 그는 혼자 중얼거리듯 말했다. "제방 위원들을 만나야겠어."

그가 이렇게 말하면서 문 쪽으로 가자 부인은 그에게 다가가서 그의 손을 꼭 잡았다. 예전에는 모든 일을 혼자 결정했던 하우케 하이엔은 이제 일말의 가치도 두지 않았던 제방 위원들의 의견을 듣고 싶어졌다. 주점의 객실에는 올레 페터스가 제방 위원 두 명과 간척지 주민 한 사람과 카드놀이를 하고 있었다.

"밖에서 오는 건가, 제방 감독관?" 올레 페터스가 이렇게 말하며 나누어 주려던 카드를 들었다가 다시 던졌다.

"그래. 올레." 하우케는 대꾸했다. "제방에 갔다 왔어. 심상치 않아 보여."

"심상치 않다니? 이제 수백 개의 뗏장과 보강 공사가 필요하겠군. 나도 오후에 거기 가 보았네."

"그렇게 싸게는 안 될 걸세. 올레." 제방 감독관은 대답했다. "수로가 다시 생겼네. 북쪽 옛 제방에 피해를 주진 않는다 해도, 북서쪽에서 수로가 제방을 뚫을 것 같네!"

"수로를 그냥 예전대로 두었어야 했어!" 올레는 직설적으로 말했다.

"그건." 하우케가 대꾸했다. "새 간척지는 자네와 아무런 상관이 없다. 그러니 있을 필요가 없다라는 말 같은데. 그건 자네 잘못이야! 하지만 옛 제방을 보호하기 위해 방조림을 조성한다 해도, 새 제방 뒤에 있는 초지가 거둘 엄청난 수확으로 보상이 되고도 남을 걸세!"

"무슨 소리를 하는 건가, 제방 감독관?" 제방 위원들이 언성을 높였다. "방조림이라니? 도대체 얼마나? 자네는 모든 일을 되도록 비용이 많은 드는 방향으로 처리하는 걸 너무 좋아하는군!"

손도 대지 않은 채 카드가 탁자 위에 놓여 있었다. "자네에게 말해야겠네, 제방 감독관." 올레 페터스는 이렇게 말하고 팔로 탁자를 짚고 일어났다. "자네가 우리에게 만들도록 시켰던 새 간척지는 돈 잡아먹는 물건이야. 자네의 대단한 제방에 드는 막대한 비용 때문에 모두들 아직도 힘들어 하고 있네. 그런데 이제 옛 제방까지 삼키려 드니 우리가 그걸 보수해야 된다고! 다행히도 상태가 그리 나쁘지는 않네. 이번에 견뎌 냈으니 나중에도 큰 탈은 없을 걸세! 내일 다시 말을 타고 가서 한 번 더 살펴보게!"

하우케는 집에서 안정을 취하고 이곳으로 왔었다. 하지만 그가 지금 막 들은 어쨌든 온건하다고 할 수 있는 말 뒤에는—그것을 모를 리 없었다—질긴 반목이 숨겨져 있었다. 그러나 이에 대항할 예전과 같은 힘이 그에게 없는 것 같았다. "자네가 충고한 대로 하겠네, 올레." 그는 말했다. "단지 내가 오늘 본 것을 내일 다시 발견하게 될까 봐 두렵네."

불안한 밤이 이어졌다. 하우케는 잠을 못 들고 뒤척거렸다. 남편에 대한 걱정으로 깨어 있던 엘케가 물었다. "무슨 걱정 있어? 말 좀 해 봐. 우린 항상 그렇게 지내왔잖아!"

"별일 아니야, 엘케!" 그는 대꾸했다. "제방 수문에 뭘 좀 수리해야 돼. 알잖아, 그러면 내가 밤새 고민하는 걸." 그는 더 이상 아무 말도 하지 않았다. 누구의 간섭도 받고 싶지 않았다. 부인의 명석한 통찰력과 강인한 정신이 자신이 약해진 이 시점에서 은연중에 장애물처럼 여겨져서, 자기도 모르게 그것을 피한 것이었다.

다음 날 아침 하우케는 다시 제방으로 나갔는데 어제 본 것과는 다른 세상이 펼쳐져 있었다. 거듭 밀물이 다 빠져나간 상태였지만, 해가 떠 있었고 밝은 봄 햇살이 끝없이 열린 모래톱 위에 거의 수직으로 쏟아지고 있었다. 하얀 갈매기가 유유히 이리저리 날아다니고 까마득히 높이 빛나는 물빛 하늘에는 종달새가 여느 때처럼 같은 멜로디로 노래하고 있었다. 자연이 아름다움으로 우리를 기만할 수 있다는 걸 몰랐던 하우케는 제방의 북서쪽 모퉁이에 서서 어제 그를 그토록 기겁하게 했던 물줄기가 만든 새로운 하상을 찾아보았다. 하지만 정수리로 쏟아지는 햇빛에 처음에는 전혀 볼 수가 없었다. 눈부신 햇살을 막기 위해 손으로 차양을 만들자 분명히 볼 수 있었다. 그럼에도 어제 저녁 어스름에서 그림자에 그가 속았던 모양이었다. 쥐들이 파헤쳐 놓은 것에 비하면 만조가 제방에 남긴 손실은 대수롭지 않은 것이었다. 물론 이곳은 보수가 되어야 했다. 하지만 조심스럽게 파내고 올레 페터스가 말한 대로 싱싱한 뗏장과 몇 다발의 짚으로 보강 공사를 하면 손상은 완전히 복구될 수 있을 정도였다.

"별것 아니군." 그는 안도를 하며 혼잣말을 했다. "어제는 정말 바보 같이 헛것을 봤나!" 제방 위원들을 소집했고 일은 만장일치로 결정되었다. 지금까지는 없던 일이었다. 제방 감독관은 아직 허약한 육체에 안도감이 퍼져 나가 기운이 나는 것을 느꼈다. 서너 주 후에는 모든 일이 말끔하게 처리되었다.

세월이 하염없이 흘렀다. 하지만 세월이 흐르고 새로 심은 잔디가 짚 덮개를 뚫고 거침없이 자라면 자랄수록 하우케는 점점 불안해져서 이 자리를 말을 타고 지날 때 눈을 돌려 일부러 보지 않으려고 제방 안쪽으로 바짝 달렸다. 서너 차례 그곳을 지나갈 일이 생겼을 때, 이미 안장을 놓은 말을 다시 마구간으로 돌려보내고, 하릴없이 서성거리다가 남의 눈에 띄지 않고 재빨리 언덕을 내려와서 느닷없이 둑까지 걸어갔다 돌아오곤 했다. 하지만 으스스한 그 자리를 다시 쳐다볼 용기가 나지 않아서 손으로 모두 부숴버리고 싶은 심정이 들기까지 했다. 양심의 가책이 그의 외부에서 형체를 얻은 것처럼, 제방이라는 물건이 눈앞에 놓여 있었기 때문이었다. 하지만 거기에 손을 댈 수는 없었다. 그리고 어느 누구에게도 심지어 부인에게도 이에 대한 얘기는 함구해야만 했다. 그렇게 구월이 왔다. 밤마다 심상치 않은 폭풍이 미쳐 날뛰다 결국 북서쪽으로 돌연 방향을 바꾸었다. 그 후 어두침침한 아침, 썰물 때 하우케가 말을 타고 제방으로 나가서 모래톱을 훑어보고는 소름이 돋았다. 그곳 북서쪽에서 수로의 날카롭고 깊게 파헤쳐진 무시무시한 새로운 하상이 별안간 다시 보였던 것이다. 아무리 눈을 부릅뜨고 보아도 없어지지 않았다.

하우케가 집에 오자 엘케가 그의 손을 움켜잡았다. "무슨 일이야, 하우케?" 그녀는 그의 어두운 얼굴을 보고 말했다. "나쁜 일이 또 생긴 건 아니지? 우리는 지금 행복해. 내가 보기에 당신도 이제 사람들과 잘 지내고!"

엘케는 이렇게 얘기했지만 그는 자신의 혼란스러운 두려움을 드러내고 싶지 않았다.

"그래, 엘케." 그는 말했다. "아무도 나를 적대시하지 않아. 마을을 바다의 신으로부터 보호하는 것은 내가 책임져야 할 임무일 뿐이야."

그는 사랑하는 부인이 다른 질문을 할까 봐 자리를 떴다. 이것저것 모조리 살펴봐야 하는 것처럼 마구간과 헛간으로 갔다. 하지만 자기 주변에 있는 그 무엇도 눈에 들어오지 않았다. 오로지 양심의 가책을 잠재우기 위해, 단지 병적으로 과장된 두려움일 뿐이라고 자신을 애써 다독였다.

"그 일이 일어난 해는," 잠시 후 나를 초대한 선생이 말했다. "이 지역 사람들이 결코 잊지 못하는 1756년이었습니다. 그때 하우케 하이엔의 집에서 초상이 났습니다."

구월 말에 헛간에 내준 방에서 거의 아흔 살이 되는 트린 얀스가 죽었던 것이다. 노파의 소원대로 침대에 누워 있는 노파를 앉혀서 청동 격자로 짜인 작은 유리창을 통해 밖을 볼 수 있도록 했다. 하늘에는 조밀한 공기층 위에 희박한 공기층이 서로 층을 이루고 있음에 분명했다. 신기루가 나타났기 때문이었다. 신기루로 바다가 마치 가물가물 빛나는 은색 띠처럼 제방 가장자리에 올려 놓여 있는 것처럼 보이고 방 안으로 눈부신 햇살이 비쳤다. 예버스 모래섬의 남쪽 정상까지 볼 수가 있었다.

침대 발치에는 어린 빙케가 쪼그리고 앉아서 옆에 서 있는 아빠의 손을 꼭 붙잡고 있었다. 죽어가는 이의 얼굴에는 히포크라테스가 묘사한 위독한 사람의 초췌하고 창백한 모습이 나타났다. 아이는 숨을 죽이고 보기 흉하지만 친숙한 얼굴이 믿을 수 없을 만큼 섬뜩하게 변하는 것을 뚫어지게 바라보았다. "할머니가 뭐하는 거야? 뭐야, 아빠?"

아이는 겁에 질려 속삭이며 손을 너무 꼭 잡아서 손톱이 아빠의 손을 파고들었다.

"할머니가 죽는 거야!" 제방 감독관은 말했다.

"죽어!" 이렇게 되뇌는 아이의 마음이 혼란스러워진 것 같아 보였다.

하지만 노파는 다시 한 번 입술을 달싹거렸다. "인스! 인스!" 구조를 요청하는 외침처럼 비명이 튀어나왔고 앙상한 팔을 창 밖에서 가물거리며 빛나는 바다의 신기루를 향해 뻗었다. "도와주세요, 도와주세요. 당신은 물 위에서… 신이여, 다른 이들에게 은총을 내리소서!"

그녀의 팔이 떨어지면서 침대가 나직이 삐걱대는 소리가 들렸다. 노파가 숨을 거둔 것이다.

아이는 한숨을 쉬고 희미한 눈으로 아빠를 올려다보았다. "아직도 죽고 있어?" 아이는 물었다.

"이제 끝났어!" 제방 감독관은 말하고 아이를 안아 올렸다. "할머니는 우리한테서 멀리 떠났어. 사랑의 하느님 곁으로."

"사랑의 하느님!" 아이는 되뇌고 그 말을 곰곰이 생각하는 것처럼 잠시 말을 멈췄다. "사랑의 하느님 곁은 좋아?"

"그럼, 최고지." 하지만 하우케의 마음속에서는 죽어 가던 노파의 마지막 말이 무겁게 울렸다. '신이여 다른 이들에게 은총을 내리소서!' 속으로 나직이 읊조렸다. "노파가 무슨 말을 하려고 했던 걸까? 죽어 가는 사람에게 앞날이 보이나?"

트린 얀스가 저 위 교회 옆에 묻히고 나서 이내 온갖 재앙과, 북프리슬란트 사람들을 놀라게 했다는 기이한 해충에 대한 말들이 점점 떠들썩하게 퍼지기 시작했다. 부활절 전 세 번째 일요일에 윗마을 교회 탑 꼭대기에 있던 금으로 만든 수탉이 회오리바람에 떨어졌다는 것이 사실이라는 둥, 한여름에 커다란 해충이 마치 눈처럼 하늘에서 떨어져서 사람들이 눈을 뜰 수 없을 정도였고 그 후에 거의 팔 높이만큼 소택지에 쌓였으며 일찍이 어느 누구도 그런 광경을 본 적이 없다는 둥 그런 말들이었다. 그런데 구월 말이 지나서 상급 하인이 곡식을 가지고, 하녀 안네 그레테는 버터를 가지고 시내에 서는 장에 갔다 왔을 때 두 사람은 공포에 질려 창백한 얼굴로 마차에서 기어 내렸다. "뭐야? 무슨 일이야?" 마차 소리를 듣고 밖으로 달려 나온 다른 처녀들이 외쳤다.

외출복을 입은 안네 그레테는 숨을 죽이고 커다란 부엌으로 들어갔다. "자, 얘기해 봐!" 처녀들은 소리쳤다. "어디서 재앙이 일어났대?"

"오, 자비로운 주님 저희를 지켜 주소서!" 안네 그레테는 외쳤다. "바다 건너 벽돌집에 사는 마리켄 할멈, 너희들도 알지. 약국 모퉁이에 버터를 들고 같이 서 있는데 나한데 그러더라고. 이벤 욘스도 같은 말을 했어. '재앙이 올 거다! 북프리슬란트 전역에 재앙이 내릴 거다. 내 말을 믿어, 안네 그레테!' 그리고," 그녀는 목소리를 낮췄다. "제방 감독관의 백마도 결국 성치 못할 거다!"

"쉿! 쉿!" 다른 처녀들이 소리를 냈다.

"상관없어! 어쨌든 저 건너편에는 우리보다 상황이 더 안 좋은가 봐! 파리와 해충뿐만이 아니라 피가 비처럼 하늘에서 내린대. 그 후 어느 일요일 아침에 목사님이 세숫대야를 봤더니 머리만 한 해골나방 다섯 마리가 빠져 있더래. 모두들 그걸 구경하러 왔대. 팔월에는 붉은 머리가 달린 끔찍한 애벌레 떼가 전역에 퍼져서 곡식이며 밀가루며 빵이며 닥치는 대로 먹어치우고 불을 질러도 다 죽지 않았대!"

얘기를 하던 하녀는 갑자기 말을 멈췄다. 하지만 하녀들 중 어느 누구도 집 여주인이 부엌에 들어온 것을 눈치 채지 못했다. "너희들 거기서 무슨 얘기 하니?" 엘케는 말했다. "주인 나리가 듣지 않도록 해라!" 그러자 모두들 그 얘기를 하려고 했다. "그럴 필요 없다. 그런 얘기는 신물이 나게 들었다. 일하러 가는 게 너희에게 더 큰 은혜를 가져다 줄 게다!" 그러고 나서 안네 그레테를 데리고 방으로 들어가서 시장 거래 내역을 정리했다.

그래서 제방 감독관의 집에서는 미신 섞인 소문이 발을 붙일 수 없었다. 하지만 다른 집들에는, 밤이 길어지면 길어질수록 그런 허튼 소문이 점점 더 잘 퍼져 나갔다. 소문이 마치 무거운 공기처럼 온 동네를 짓누르고 있었다. 사람들은 쉬쉬하며 재앙에 대해 얘기했다. 북프리슬란트를 덮칠 심각한 재앙에 대하여.

시월 모든 성인 대축일 전이었다. 하루 종일 남서쪽에서 강한 폭풍이 몰아쳤다. 저녁에는 반달이 떴는데 암갈색 구름이 달을 스쳐 몰려가면서, 대지 위에는 그림자와 어슴푸레한 달빛이 뒤서거니 앞서거니 하며 서로 쫓아갔다. 폭풍이 더 심해진 것이다. 제방 감독관의 방에는 저녁상 위에 빈 그릇이 아직 놓여 있었다. 하인들은 가축을 살피러 외양간에 갔다. 하녀들은 폭풍이 들이쳐도 재해가 없도록 집과 다락방에 문과 창이 잘 잠겨 있는지 확인해야만 했다. 집 안에서는 하우케가 부인과 함께 창가에 서 있었다. 제방에 갔다 와서 이제 막 저녁 식사를 마친 참이었다. 이른 오후에 걸어서 갔다 온 것이다. 군데군데 제방이 약해 보이는 곳에 뾰족한 말뚝과 점토나 흙을 채운 부대를 갖다 놓도록 했다. 홍수로 제방이 상하기 시작하면 바로 말뚝을 때려 박고 자루로 막도록 사람들을 배치시켰다. 옛 제방과 새 제방이 만나는 북서쪽 모퉁이에 가장 많은 사람들을 보냈다. 또한 비상시에만 자기가 맡은 자리에서 피신을 할 수 있었다. 그렇게 해 놓고 하우케는 십오 분쯤 전에 물에 빠진 생쥐 꼴을 해 가지고 집에 도착했다. 그리고 이제 청동 격자로 짜인 유리창이 돌풍에 달그락거리는 소리에 귀를 기울이며 멍하니 황량한 어둠 속을 내다보았다. 유리가 끼워진 벽시계는 지금 막 여덟 시를 가리켰다. 엄마 옆에서 있던 아이는 기겁을 해서 엄마 옷 속으로 머리를 숨겼다. "클라우스" 아이는 울면서 소리쳤다. "클라우스는 어디 있어?"

그렇게 묻는 것도 무리가 아니었다. 갈매기는 작년처럼 겨울 여행을 떠나기 않았기 때문이다. 아빠는 그 말을 흘려들었다. 하지만 엄마는 아이를 안아 주었다. "클라우스는 헛간에 있단다." 그녀는 말했다. "거기서 따뜻하게 있어."

"왜?" 빙케는 물었다. "그럼 좋은 거야?

"그래, 좋은 거야."

하우케는 여전히 창가에 서 있었다. "안 되겠어, 엘케!" 그는 말했다. "하녀 한 명을 불러. 폭풍이 창문을 뚫고 들어오려고 해. 덧창을 더 단단히 조여야겠어!"

주인 마님의 말이 떨어지기가 무섭게 하녀가 밖으로 나갔다. 방에서 보자니 하녀의 치마가 펄럭거리고 있었다. 하지만 하녀가 죔쇠를 풀자 폭풍에 덧창이 손에게 빠져 나가 창문에 부딪혔다. 그래서 유리 조각이 몇 개 방 안으로 날아왔고 그 바람에 촛불이 하나 자욱한 연기를 내며 꺼졌다. 그래서 하우케가 직접 돕기 위해 나가야만 했다. 어렵사리 차츰 덧창이 창문으로 끌어당겨졌다. 두 사람이 집 안으로 들어올 때 문을 열자 돌풍이 뒤따라 들어와 벽장에 있던 유리그릇과 은그릇이 달그락거렸다. 머리 위에서는 마치 폭풍이 지붕을 들어낼 것처럼 들보가 덜덜 떨리며 삐거덕거렸다. 하지만 하우케는 다시 방으로 들어오지 않았다. 엘케는 그가 타작 마당을 지나 마구간으로 가는 소리를 들었다. "백마를! 욘스, 말을 준비시켜! 어서!" 그가 외치는 소리가 들렸다. 그 다음에 머리가 헝클어진 채 방으로 다시 들어왔다. 하지만 잿빛 눈만은 번뜩이고 있었다. "바람이 방향을 바꿨어!" 그는 소리쳤다. "북서쪽으로, 물높이가 한사리의 반은 되겠어! 바람은 그쳤지만 이런 폭우는 처음 보겠군!"

엘케의 얼굴이 시체처럼 창백해졌다. "다시 나가야 돼?"

하우케는 그녀의 두 손을 안간힘을 다해 꼭 잡았다. "그래야 돼. 엘케."

엘케는 천천히 검은 눈동자를 들어 그를 바라보았고 몇

초 동안 두 사람은 그렇게 서로 눈을 맞췄지만 마치 영원 같은 시간이었다. "그래, 하우케." 부인은 말했다. "가야 한다는 걸 나도 알아!"

대문 앞에서 말발굽 소리가 났다. 그녀는 그의 목에 매달려 잠시 그를 보내 주지 않을 것 같았지만 단지 순간이었다. "이건 우리의 투쟁이야!" 하우케는 말했다. "이곳은 안전해. 이 집까지는 홍수가 범람한 적이 없어. 신이 나와 함께 하시기를 기도해 줘!"

하우케는 외투로 몸을 감싸고 엘케는 목도리를 정성껏 그의 목에 둘러 주었다. 그녀는 뭔가 말을 하려고 했지만 입술이 떨려 말이 나오지 않았다.

밖에서 마치 트럼펫 소리처럼 히힝 거리는 백마의 울음소리는 폭풍우가 울부짖는 소리에 빨려 들어갔다. 엘케는 남편과 함께 밖으로 나왔다. 늙은 물푸레나무는 넘어갈 것처럼 삐걱거리고 있었다. "타십시오, 나리!" 하인은 소리쳤다. "백마가 미친 듯이 날뛰어서 고삐가 끊어질 거 같습니다." 하우케는 부인을 안았다. "해가 뜨면 돌아오리다!"

벌써 그는 말 위로 뛰어올랐다. 말은 앞발을 높이 쳐들고 나서 전쟁터에 나가는 군마처럼 기사를 태우고 둔덕을 쏜살같이 내려가서 어둠과 폭풍의 포효 속으로 내달았다. "아빠, 아빠!" 아이의 애처로운 목소리가 그의 뒤에서 들렸다. "아빠 사랑해!

빙케는 어둠 속에서 질주하는 아빠의 뒤를 쫓아 달려갔다. 하지만 백 걸음도 가지 못해 흙더미에 걸려 넘어졌다.

하인 이벤 욘스는 우는 아이를 엄마에게 데려다 주었다. 그녀의 머리 위에서 물푸레나무 가지가 허공을 후려치고 엘케는 나무 기둥에 기대서 멍하니 남편이 사라진 어둠 속을 바라보았다. 폭풍의 노호가 멈추고 멀리서 바다가 철썩거리는 소리가 잠시 잠잠해지자 놀란 것처럼 움찔했다. 모든 것이 그를 덮치려는 것 같았다. 그를 잡아야만 잠잠해질 것 같았다. 그녀의 무릎이 떨렸고 폭풍이 머리카락을 풀어헤쳐 장난을 치고 있었다. "여기 아이요, 부인!" 욘스는 소리쳤다. "꽉 잡으세요!" 그리고 어린 것을 엄마의 품에 안겨 주었다.

"아이? 너를 잊고 있었구나. 빙케!" 그녀가 소리쳤다. "용서하소서." 그리고 나서 아이를 가슴으로 안아 올려서 사랑에 겨워 꼭 껴안고 나서 함께 무릎을 꿇었다. “우리 주 예수님, 우리를 과부와 고아가 되게 하지 마소서! 그를 보호해 주소서, 주여. 오직 당신과 저만이 그를 알고 있습니다!” 폭풍이 이제 더 이상 잠잠히 있지 않았다. 온 세상이 끔찍한 포효에 휩싸여 멸망하는 것처럼 천둥이 치고 진동했다.

“집으로 들어가시죠, 마님!” 욘스가 말했다. “자요!” 두 사람을 도와 집안으로 방으로 데려왔다.

제방 감독관 하우케 하이엔은 백마를 타고 둑으로 달렸다. 좁은 길이 질퍽거렸다. 며칠 전부터 엄청난 양의 폭우가 내렸기 때문이었다. 하지만 그럼에도 질어서 퍽퍽 빠지는 진흙도 말의 발굽을 잡아 놓지는 못하는 것 같았다. 말은 마치 화창한 여름날의 단단한 바닥을 밟고 있는 것처럼 달렸다. 하늘에서는 마치 거친 사냥꾼처럼 구름이 몰려다니고 있었고 저 아래 펼쳐진 드넓은 습지는 스산한 그림자로 가득 차서 뿌연 황야 같았다. 제방 뒤 바다는 더 황포해져서 마치 모든 것을 집어삼키려는 듯이 멍멍한 굉음을 냈다. “앞으로, 백마야!” 하우케는 소리쳤다. “최악의 길을 달리는구나!"

그때 애마의 말발굽 아래에서 죽음의 비명 같은 소리가 들렸다. 하우케는 고삐를 뒤로 잡아당기고 주변을 둘러보았다. 말이 서 있는 땅바닥 옆에 하얀 갈매기 떼가 경멸하듯이 꽥꽥 비명을 내뱉으며 폭풍에 떠밀려가듯이 날아갔다. 폭풍을 피해 육지로 피신하고 있었던 것이다. 그중 한 마리가 길에 짓밟혀 있었다. 목에 붉은 리본이 펄럭거리고 있는 듯했다. "클라우스!" 그는 외쳤다. "불쌍한 클라우스!"

그것은 딸의 새가 아니었던가? 말과 기사를 알아보고 몸을 숨기려고 했던 것인가? 기사는 알 수 없었다. "앞으로!" 그가 다시 소리치자 백마는 달리기 위해 앞발을 쳐들었다. 그때 돌연히 폭풍이 멈추고 그 자리에 죽음과 같은 적막이 찾아왔다. 하지만 그것도 잠시뿐 폭풍은 새로운 분노를 싣고 재차 돌아왔다. 사람들의 목소리와 길을 잃은 개 짖는 소리가 기사의 귓가를 때려서 마을 쪽으로 고개를 돌렸다. 구름 사이를 뚫고 나온 달빛 속에서 둔덕 위 마을 앞에 사람들이, 짐을 가득 실은 마차 주위로 바삐 돌아다니는 모습이 보였다. 다른 마차들이 서둘러 날듯이 고지로 올라가는 모습도 보였다. 따뜻한 외양간에서 저 윗마을로 쫓기는 소들의 울음소리도 귓가에 울렸다. "다행이군! 사람들이 스스로 자신과 가축을 구하려고 하고 있으니!" 그는 마음 속으로 외쳤다. 하지만 이내 두려움에 비명을 질렀다. "내 아내와 아이! 안 돼, 안 돼, 우리 언덕까지는 물이 올라오지 않을 거야!"

하지만 그것도 잠시뿐 환영처럼 모든 것이 그의 눈앞에서 스쳐 지나갔다.

무지막지한 돌풍이 으르렁대며 바다로부터 덮쳐 왔고 말과 기사는 돌풍을 거슬러 좁은 둑길을 질주하며 올라갔다. 위에 다다르자 하우케는 억지로 말을 세웠다. 하지만 바다가 어디였던가? 예버스 모래섬은? 저 건너 해변은 어디였지? 섬뜩한 어스름 속에서 층층이 탑을 쌓았다가 딱딱한 땅으로 겹겹이 고꾸라지는 산더미만한 파도만이 밤하늘을 위협하듯이 눈앞에 보였다. 온갖 끔찍한 거친 맹수들의 울부짖음이 뒤섞인 듯 포효하면서, 잔뜩 아가리를 벌린 채 하얀 이를 번뜩이며 달려들었다. 백마는 이 아비규환 속에서 앞발을 구르고 헐떡거리며 코로 김을 내뿜었다. 이제 인간의 힘으로는 어쩔 수 없는 상황이 닥쳤다. 밤이, 죽음이 그리고 허무가 들이닥친 것 같았다.

하지만 하우케는 정신을 가다듬었다. 단지 해일일 뿐이었다. 다만 이제까지 한 번도 보지 못한 해일이었다. 그의 아내와 아이는 높은 둔덕 위 튼튼한 집에 안전하게 있었다. 하지만 그의 제방은—마치 자랑거리처럼 그의 가슴속을 스쳐 지나갔다—사람들이 그렇게 불렀듯이, 하우케 하이엔 제방은 이참에 제방이란 어떻게 쌓아야 하는지 증명해 줄지도 모르지 않은가!

하지만 저것은 무언인가? 하우케는 두 제방 사이 모퉁이에 멈춰 섰다. 여기서 보초를 서라고 지시했던 사람들은 어디에 있는 것인가? 그는 북쪽 옛 제방을 올려다보았다. 그곳에도 몇 사람들 배치해 두었기 때문이었다. 하지만 이곳에도 그곳에도 사람의 흔적을 찾아볼 수 없었다. 조금 더 말을 타고 나가 봤지만 그 말고는 아무도 없었다. 아득히 먼 곳으로부터 폭풍이 휘몰아치고 바다가 쏴쏴거리는 소리만이 귀가 먹먹할 정도로 들려왔다. 그는 말을 돌렸다.

사람들을 한 명도 찾아볼 수 없었던 모퉁이로 다시 돌아와 새 제방선을 따라 가며 살펴보았다. 느리고 덜 위협적으로 파도가 치고 있는 모습이 또렷이 보였다. 마치 다른 바다처럼 보였다. "새 제방은 끄떡없겠군!" 그는 중얼거렸고 웃음 같은 것이 뱃속에서 올라왔다.

하지만 시선이 계속해서 제방선을 따라가다가 웃음이 싹 가셨다. 북서쪽 모퉁이에 저기 저것이 무엇인가? 검은 무리가 북적거리고 있었다. 열심히 움직이고 밀고 하는 모습이 보였다. 의심할 바 없이 사람들이었다! 이내 백마의 옆구리에 박차가 가해졌고 말은 그를 태우고 그곳으로 날아갔다. 폭풍이 옆에서 불어왔다. 때때로 돌풍이 거세게 몰아쳐 제방에서 새 간척지로 거의 내동댕이쳐질 지경이었다. 하지만 말과 기사는 정신을 놓지 않았다. 그곳에서 수십 명의 사람들이 분주히 일을 하고 있는 모습을 이내 알아보았다. 그새 새 제방에 파 놓은 도랑이 또렷하게 보였다. "멈춰!" 그는 소리쳤다. "멈춰! 무슨 허튼짓을 하고 있는 거야?"

사람들은 갑자기 제방 감독관을 발견하고는 놀라서 삽

질을 멈췄다. 바람을 타고 그의 말이 그들에게 전달되자 몇몇 사람이 그에게 대답을 하려고 애를 쓰는 모습이 보였다. 하지만 다급한 몸짓밖에 눈에 들어오지 않았다. 사람들이 모두 그의 왼편에 서 있었는데 그들이 하는 말이 폭풍에 휩쓸려 갔기 때문이었다. 여기 서 있는 사람들은 폭풍에 현기증이 나도록 이리저리 밀려서 서로 바짝 붙게 되었다. 하우케는 파 놓은 도랑과 바다의 상태를 재빨리 눈대중으로 살펴보았다. 새 제방의 완만한 경사에도 불구하고 파도는 제방 끝까지 휘몰아쳐서 말과 기사에게 물거품을 뿌렸다. 십 분만 더 작업을 하면 홍수가 도랑을 통해 밀려들어 와 하우케 하이엔 간척지는 바다로 뒤덮일 것이다!

제방 감독관은 말의 반대편에 있는 일꾼 중 한 사람에게 손짓을 했다. "자, 말해 봐!" 그는 말했다. "여기서 뭐하는 거야, 뭘 하려는 거냐고?"

그 사내가 소리쳐 대꾸했다. "우리는 새 제방을 뚫으려는 겁니다, 나리! 옛 제방이 무너지지 않도록요!"

"뭐라고?"

"새 제방을 뚫는다고요!"

“그럼 간척지는 바다에 묻고? 어떤 놈이 너희에게 그걸 명령했나?”

“아닙니다, 나리. 어떤 놈이 아니라 제방 위원 올레 페터스가 여기 있었습니다. 그가 명령했죠!”

분노가 기사의 눈으로 솟구쳐 올랐다. “내가 누군지 알지?” 그가 소리쳤다. “내가 있는 한 올레 페터스는 아무 것도 명령할 수 없다! 가라! 내가 너희에게 각자 지정해 준 구역으로!”

그들이 주춤거리자 그는 백마를 타고 그들 사이를 누볐다. “가라, 너희들 자리로, 아니면 경을 칠 게다!”

“나리, 조심하십쇼!” 무리 중 한 사내가 외치며 삽으로 미친 듯 날뛰는 말을 쳤다. 하지만 말발굽에 채여서 삽이 그의 손에서 떨어지고 그 바람에 옆에 있던 다른 한 사내가 바닥에 넘어졌다. 그때 별안간 나머지 무리 가운데서 비명소리가 들렸는데 마치 죽음의 공포에 직면한 인간의 목구멍에서 터져 나올 만한 그런 소리였다. 그 찰나에 모든 것이, 제방 감독관과 백마 역시 굳어 버린 것 같았다. 한 명의 일꾼만이 마치 이정표처럼 팔을 뻗어서 새 제방과 옛 제방이 만나는 북서쪽 모서리를 가리켰다. 폭풍이 휘몰아치는 소리와 파도가 부서지는 소리만이 들렸다. 하우케는 안장에 앉은 채 몸을 돌렸다. 저기 뭐가 있는 거지? 그의 눈이 커졌다. "하느님 맙소사! 터졌다! 옛 제방이 터졌다!"

"당신 책임이오, 제방 감독관!" 무리 가운데 어떤 목소리가 소리쳤다. "당신 책임이오! 신의 심판을 받을 거요!"

분노로 벌겋게 달아올랐던 하우케의 얼굴이 백지장처럼 하얗게 질렸다. 빛나던 달빛에 그의 얼굴이 더할 나위 없이 창백하게 비쳤다. 그의 팔이 맥없이 떨어져서 고삐를 잡을 수조차 없었다. 하지만 이것도 잠시뿐 그는 다시 몸을 곧추 세웠고 거친 신음소리가 그의 입에서 터져 나왔다. 그러고 나서 말없이 말을 돌리자 말은 헐떡거리며 동쪽 제방으로 그를 태우고 쏜살같이 달렸다. 기사의 눈은 날카롭게 사방을 훑어보고 있었지만 머릿속은 이런저런 생각들로 혼란스러웠다. 신의 심판대 앞에서 어떤 벌을 받아야만 하나? 아마 그가 멈추라고 명령하지 않았다면 그들은 일을 끝마쳤을 것이고 그러면 새 제방이 무너졌을 것이다. 하지만—한 가지가 더 있다. 그의 가슴에 뜨거운 것이 솟구쳤다. 그는 너무나 잘 알고 있었다—지난여름 그때 올레 페터스가 삿된 주둥이를 놀리지만 않았어도—그 때문이었다! 옛 제방의 취약한 곳을 알아챈 것은 자기 혼자밖에 없었다. 주위의 만류에도 불구하고 제방의 수리를 밀어붙여야만 했다. "하느님 아버지, 고백하옵니다." 그는 별안간 폭풍 속에 대고 소리쳤다. "저는 제 직무를 소홀히 했습니다!"

그의 왼편으로 말발굽의 언저리까지 바다가 미쳐 날뛰고 있었다. 그의 앞에는 칠흑 같은 어둠 속에 그의 농장이 있는 둔덕과 고향 마을과 옛 간척지가 펼쳐져 있었다. 창백한 하늘의 빛마저 완전히 깜깜해졌다. 오로지 한 곳에서만 작은 불빛이 어둠 속을 뚫고 비쳤다. 빛은 마치 한 가닥 위로처럼 바다의 심장부까지 다다랐다. 저편 그의 집에서 비치는 것이 틀림없었다. 아내와 아이가 그에게 보내는 인사 같았다. 고맙게도 그들은 높은 둔덕 위에 안전하게 있었다. 다른 사람들은 분명 이미 고지 마을로 올라갔을 것이다. 이제껏 한 번도 본 적이 없는 수많은 불빛이 그곳에서 희미하게 빛나고 있었다. 저 위 허공에서조차 작은 불빛이 어둠 속을 비치고 있었다. 아마 교회 탑일 것이다. "모두들 떠났을 거야, 모두!" 그는 혼자 중얼거렸다. "물론 둔덕에 있는 집들은 대부분 풍비박산이 날 거야. 범람한 소택지 덕분에 몇 해 동안 힘든 시절을 보내게 되겠지. 수문과 배수로도 수리해야 할 테고! 하지만 우리는 이 모든 것을 해낼 것이고 나는 나에게 고통을 주었던 사람들을 도울 거야. 주님, 나의 신이시여, 우리 인간을 긍휼히 여기소서!"

하우케는 옆에 있는 새 간척지로 시선을 던졌다. 그의 주위로 바다가 허연 거품을 뿜고 있었다. 하지만 그의 마음속에는 밤의 평화와 같은 어떤 것이 자리 잡고 있었다. 무심결에 그의 가슴속에서 환호성이 터져 나왔다. "하우케 하이엔 제방, 그것은 버텨 낼 것이다. 백 년 뒤에도 꿈쩍도 안 할 것이다!"

그의 발 언저리에서 천둥같이 부서지는 파도 소리에 그는 꿈에서 깨어났다. 백마는 더 이상 앞으로 가려 하지 않았다. 무엇인가? 말은 뒤로 펄쩍 뛰었고 바로 앞의 제방 한 구석이 무너지는 것을 느꼈다. 눈을 부릅뜨고 온갖 잡생각을 떨쳐 냈다. 옛 제방에 멈춰 서 있었고 백마의 앞발이 벌써 옛 제방을 딛고 있었다. 그는 자기도 모르게 말을 뒤로 잡아당겼다. 마지막 구름자락이 달에서 벗겨지자, 부드러운 달빛이 바로 앞에서 거품에 휩싸여 차르르 소리를 내며 옛 간척지 아래로 무너지는 자갈밭을 훤히 비추었다.

하우케는 이성을 잃고 그것을 물끄러미 바라보았다. 그것은 온갖 동물과 인간을 삼키려는 노아의 홍수였다. 그때 불빛에 또다시 눈이 부셨다. 좀 전에 보았던 불빛이었다. 그의 농장이 있는 둔덕 위에서 불빛이 아직도 불타고 있었다. 이제 용기를 내어 간척지를 내려다보자, 그의 앞에서 미친 듯이 쏟아지며 혼을 쏙 빼놓는 급류 뒤로 폭이 약 백 걸음 정도나 되는 간척지에 바닷물이 범람해 있는 것이 보였다. 그 뒤로 간척지에서 올라오는 길도 또렷하게 보였다. 마차 한 대가 아니, 이륜 경마차 한 대가 미친 듯이 제방을 향해 올라오고 있었다. 그 안에는 여자와 아이가 타고 있었다. 그리고 강아지가 짖는 소리가 날카롭게 폭풍 속에 들려오는 것이 아닌가? 오 하느님! 그것은 아내와 아이였다. 그들은 이내 가까이 왔고 물거품을 토해 내는 산더미 같은 파도가 그들을 향해 돌진했다. 비명 소리가, 절망적인 비명 소리가 기사의 가슴에서 터져 나왔다. "엘케!" 그는 소리쳤다. "엘케! 돌아가! 돌아가!"

하지만 폭풍과 바다는 가차 없이 미쳐 날뛰며 그의 말을 삼켜 버렸다. 폭풍이 그의 외투자락을 잡아채어서 하우케는 거의 말에서 떨어질 지경이었다. 마차는 멈추지 않고 돌진하는 파도를 향해 달려왔다. 그때 아내가 그를 향해 위로 팔을 뻗는 것처럼 보였다. 그를 알아본 것인가? 그리움이, 그의 죽음에 대한 공포가 그녀를 안전한 집 밖으로 내몬 것인가? 그리고 이제 엘케는 마지막 말을 그에게 외치는 것인가? 이런 질문들이 그의 뇌리를 스쳤다. 하지만 답을 할 수 없었다. 그가 그녀에게, 그녀가 그에게 하는 말들이 모두 흩어져 버렸다. 세계의 종말과 같은 아비규환의 소리만이 그의 귀를 가득 채우고 다른 모든 소리들은 묻혀 버렸다.

"내 아이! 오 엘케, 나의 사랑 엘케!" 하우케는 폭풍 속에서 소리를 질렀다. 그때 그의 앞에 제방의 커다란 한쪽 귀퉁이가 거듭 무너져 내렸고 바다가 천둥소리를 내며 그 뒤를 덮쳤다. 저 아래 말의 머리와 마차 바퀴가 몸서리쳐

지는 파도 속에서 떠올랐다가 소용돌이치며 가라앉는 것이 보였다. 홀로 제방에 서 있던 기사의 멍한 눈에는 이제 더 이상 아무 것도 보이지 않았다. "끝났다!" 그는 나지막이 혼자 중얼거렸다. 그러고 나서 아래로 말을 타고 내려갔다. 그의 발밑에서는 바닷물이 무시무시한 소리를 내며 고향 마을을 침범하기 시작했다. 그의 집에서는 아직도 불빛이 새어 나오고 있었다. 하우케는 혼이 빠진 것 같았다. 몸을 꼿꼿이 세우고 백마의 옆구리에 박차를 가했다. 말은 거의 뒤집힐 듯이 앞발을 들었다. 하지만 그의 힘에 못 이겨 다시 앞발을 내려놨다. "앞으로!" 그는 예전에 말이 질주하도록 자주 명령을 내렸듯이 그렇게 거듭 소리쳤다. "하느님, 나를 받아주소서. 다른 이들을 보호하소서!"

한 번 더 박차를 가하자, 백마가 외마디 비명을 내뱉었지만 폭풍과 파도의 포효하는 소리에 묻혀 버렸다. 그러고 나서 저 밑에서 폭풍이 곤두박질치면서 둔중한 소리와 함께 짧은 격투가 벌어졌다.

달빛이 저 높은 곳에서 휘영청 빛나고 있었지만 그 아래 제방 위에 살아 있는 것이라고는 거친 파도뿐이었다. 파도는 이내 옛 간척지를 거의 집어삼켰다. 하지만 하우케 하이엔의 농장이 있는 둔덕은 여전히 범람하는 물 위로 우뚝 솟아 있었고, 아직도 작은 불빛이 아스라이 빛을 발하고 있었다. 고지 마을에 밝혀 두었던 불들이 차츰 하나 둘씩 꺼지고, 교회 탑 위에서는 흔들리는 불빛이 거품을 내뿜는 파도를 호젓하게 비추고 있었다.

*

선생은 말을 멈췄다. 나는 오래전부터 내 앞에 놓여 있던 술이 가득 담긴 잔을 잡았다. 하지만 입으로 가져가지는 않았다. 내 손은 그냥 탁자 위에 머물러 있었다.

"이것이 하우케 하이엔의 이야기입니다." 나를 초대한 집주인은 다시 말을 이어 갔다. "제가 아는 한에서 말씀드린 겁니다. 물론 우리 제방 감독관의 하녀라면 좀 달리 얘기했겠지요. 그런 사람들은 이런 얘기를 어떻게 해야 하는지 잘 아니까요. 홍수 후에 예전처럼 다시 예버스 섬에 달빛이 비치면 하얀 말뼈대가 나타났다는 둥, 마을 전체가 그것을 봤을 거라는 둥 하면서 말입니다. 어쨌든 확실한 건 하우케 하이엔이 아내와 아이와 함께 홍수에 휩쓸려 갔다는 것입니다. 하지만 저 윗마을 교회 묘지에서 그들의 묘지를 본 적은 없습니다. 사체는 무너진 제방을 뚫고 들어온 파도에 휩쓸려 바다로 흘러가서 심연에서 서서히 분해되어서 흡수되었겠지요. 그들은 그렇게 다른 사람들보다 먼저 영원한 안식을 얻었습니다. 하지만 하우케 하이엔 제방은 백 년이 지난 지금도 건재하답니다. 내일 도시로 말을 타고 가다가 한 삼십 분 정도 돌아갈 요량이 있으시다면 말발굽이 하우케 하이엔 제방을 딛고 있을 겁니다.

일찍이 예베 마너스가 손자들이 제방 건축자에게 감사하게 될 것이라고 장담을 하긴 했지만 보시다시피 그런 일은 일어나지 않았습니다. 세상이란 게 그렇지 않습니까, 나리. 소크라테스에게 독을 마시게 하고 우리 주 예수 그리스도를 십자가에 못 박은 것도 우리 사람들입니다! 최근에는 그런 일이 그렇게 쉽사리는 일어나지 않습니다. 하지만 횡포를 일삼는 사람이나, 사악하고 고집 센 성직자 나부랭이를 성인의 반열에 올리고, 반면에 유능한 인사를 단지 우리보다 뛰어나다는 이유로 유령이나 귀신 들린 자로 만드는 일은 어느 시절이나 있기 마련이지요.”

진지하지만 왜소한 선생이 이렇게 말하고 나서 몸을 일으켜 밖을 향해 귀를 기울였다. “뭔가 다른 일이 생겼나 봅니다.” 그는 그렇게 말하면서 창문에 쳐진 모직 커튼을 걷었다. 달빛이 밝게 비추고 있었다. “보세요.” 그는 말을 이어갔다. “저기 제방 위원들이 돌아왔습니다. 하지만 뿔뿔이 흩어져서 각자 집으로 가는군요. 저 건너 해변에 둑이 터졌나 봅니다. 수위가 내려갔겠네요.”

나는 그의 옆에서 밖을 내다보았다. 이 윗마을에서 창문은 대개 제방의 언저리보다 높았다. 그가 말한 대로였다. 나는 잔을 들고 남은 술을 마셨다. “오늘 밤 초대해 주셔서 감사합니다!” 나는 말했다. “이제 자야 될 것 같습니다!”

“그러시지요.” 자그마한 선생이 대꾸했다. “진심으로 편안한 밤이 되시기 바랍니다!”

내려가는 길에 나는 아래 현관에서 제방 감독관을 만났다. 감독관은 선술집에 놔 두었던 카드를 집으로 가져가려 했다. “이제 한숨 돌렸습니다!” 그는 말했다. “우리 선생이 아마 없는 얘기도 꾸며대셨을 겁니다. 하지만 계몽주의

자니 그럴 만한 근거가 있는 얘기겠지요!"

"이성적인 사람 같습니다!"

"그래요, 물론 그렇죠. 그나저나 직접 보면 당신 눈을 의심하지 않을 수 없을 겁니다. 제가 미리 말했지요. 저 건너에 둑이 무너졌습니다!"

나는 어깨를 으쓱했다. "우선 자고 나서 한 번 살펴보죠! 안녕히 주무세요. 제방 감독관님."

그는 웃었다. "잘 주무시오!"

다음 날 아침 광활한 황야 위로 떠오르는 금빛 햇살을 받으며 나는 말을 타고 하우케 하이엔 제방을 지나 시내로 내려갔다.

1. 임멘 호수

〈임멘 호수Immensee〉는 테오도어 슈토름이 죽기 전에 이미 30쇄 이상 출판되었으며, 세계적으로 17개 언어로 번역된 작품으로 특히 우리나라에서는 슈토름의 작품 중에서 가장 많이 읽히고 있는 노벨레Novelle(신기하지만 발생할 가능성이 있는 사건을 예술적 구성으로 간결하고 객관적인 묘사로 재현한 비교적 짧은 산문)이다. 먼 훗날, 좌절된 첫사랑에 대한 노인의 회상을 주요 줄거리로 하는 이 단편소설은 서정성이 어려 있는 시 같은 소설이며, 작품 전면에 걸쳐 실패한 첫사랑에 대한 우울하고 체념적인 분위기가 배어 있는 애수 어린 작품이다.

이 소설의 도입부는 노인의 회상으로 시작된다. 어느 노인이 산책에서 돌아와 안락의자에 앉는다. 어스름이 짙어져 가는 저녁, 창 밖에서 달빛이 스며들어 벽에 걸린 한 여인의 초상화를 비쳐 준다. "엘리자베트!" 이 말을 하는 순간 노인은 시간을 거슬러 젊은 시절로 되돌아간다. 그 다음에는 주인공 라인하르트와 엘리자베트의 어린 시절 소꿉장난부터 시작해서 두 사람이 성장해서 각자의 길을 가게 되는 회상의 이야기가 채워진다. 소설의 마지막에서는 노인이 다시 회상에서 현실로 돌아와 자신이 청춘을 바친 연구에 다시 몰두한다. 즉, 이 노벨레는 현실의 이야기가 회상을 그림처럼 품고 있는 액자소설의 구조로 되어 있다.

독자를 위해 좀더 친절하게 회상의 줄거리를 얘기해 보자. 이미 언급되었듯이 한 외로운 노인인 라인하르트는 어느 늦가을 저녁, 젊은 시절 숙명적 사랑을 회상한다. 엘리자베트와 그는 이미 코흘리개 때부터 어린 시절을 함께 보낸 소꿉 친구였다. 하지만 그가 공부를 계속하기 위해 고향을 떠나게 되면서, 두 사람은 지리적으로뿐만 아니라 정신적으로도 서로 멀어지게 된다. 라인하르트가 돌아왔을 때는 이미 엘리자베트는 변해 버렸고, 그의 친구인 에리히가 그녀에게 관심을 보이는 듯했다. 하지만 라인하르트는 아무런 약속도 없이 다시 고향을 떠나고, 나중에 어머니를 통해서 엘리자베트가 에리히와 결혼했다는 소식을 듣게 된다. 몇 년 후 라인하르트는 다시 임멘 호수 가에 사는 두 사람을 방문하게 되지만, 만남은 그에게 견디기 힘든 형벌이 되고, 그는 영원히 엘리자베트 곁을 떠난다. 평생을 다시 만나지 못한 엘리자베트는 이제 회상 속에만 존재하는 아련하고 호젓하게 호수에 피어 있는 한 송이 수련이다.

다가가려 해도 다가갈 수 없고, 잡으려 해도 잡히지 않는 수련으로 상징되고 있는 엘리자베트는 낯선 것을 두려워하고 수동적이며 관습에 복종하는 여인으로 그려지고 있다. 어린 라인하르트는 엘리자베트에게 인도 여행을 제안하지만 엘리자베트는 쾌히 응하지 않고 어머니가 동행해야만 여행을 갈 수 있다고 말한다.

> "〔…〕 내가 크면 언젠가 한번 인도에 갈 거야. 우리가 사는 여기보다 천 배는 더 아름다울 거야. 거기에는 겨울도 없대. 너도 나랑 갈 거지?"

"응." 엘리자베트는 말했다. "하지만 엄마가 같이 가야 해. 그리고 너희 엄마도."

라인하르트는 갑자기 엘리자베트의 손을 놓고 말한다. "그렇게는 안 될 거야. 너는 용기가 없으니까." 라인하르트는 이 순간 엘리자베트를 사랑하면서도 자신과는 달리 현실적 세계관을 가진 그녀를 포기할 수 있는 체념의 심리를 드러낸다.

라인하르트가 엘리자베트와 함께 꾸었던 어린 시절의 천진난만한 꿈은 딸기를 찾아 나선 장면에서도 좌절된다. 라인하르트는 딸기가 있는 곳을 안다면서 엘리자베트를 그곳으로 데려가지만 두 사람은 끝내 딸기를 찾지 못한다.

"도대체 네가 말한 딸기는 어디 있는 거야?" 이윽고 그녀는 멈춰 서서 숨을 길게 몰아쉬며 물었다.

"여기 있었는데." 그는 말했다. "두꺼비가 우리보다 먼저 왔었나 봐. 아니면 담비인가, 아마 요정이 왔다 갔을지도 몰라."

인도 여행의 포기와 딸기 찾기의 실패는 어린 시절 동화적이고 환상적인 분위기 가운데 그려지면서 엘리자베트와 라인하르트의 꿈 같은 사랑이 좌절되고 체념되는 현실을 상징하고 있다.

엘리자베트가 두려움이 많고 용기가 없으며, 남성 중심의 현실적인 사회질서를 대변하는 어머니의 의지에 끌려가는 수동적인 인물이라면, 라인하르트는 사색적이며, 노래와 시를 수집하는 비현실적이고 예술적인 취향의 인물로 그려진다. 그는 엘리자베트에게 동화를 들려줄 수는 있지만 현실적으로 필요한 딸기를 찾아 줄 수는 없는 인물이다. 반면에 아버지에게서 임멘 호수 근처의 농장을 이어받아 재산을 늘려 가는 에리히는 유능하며 출세 지향적인 인물로 나타난다. 따라서 시민적 안정성을 추구하는 엘리자베트는 어머니의 뜻에 따라 에리히에게서 자신의 안식처를 발견한다. 예술가적인 심미성을 추구하는 라인하르트의 세계와, 시민적인 출세와 안정적 현실을 추구하는 에리히의 세계는 '교양을 추구하는 시민'과 '시민적인 기업가'의 대립으로 해석되며, 결국 예술성에 대한 시민성의 승리로 끝나게 된다.

멀어져 가는 두 연인 사이의 대화는 더디고 어긋나거나, 침묵하고, 노래가 대신한다("어머니의 뜻이었어요"). 두 사람의 소원해져 가는 관계는 구체적이지 않고 논리 정연하지 않다. 그 대신에 작가는 상징적인 수법을 활용하고 있다. 라인하르트가 선물한 '홍방울새'가 죽자 에리히가 엘리자베트를 위해 보내 준 노란색 카나리아가 그 자리를 대신한 것이다.

> 네가 보내 준 홍방울새도 지난 일요일에 죽었어. 그래서 나는 몹시 울었지. 항상 새를 정성껏 돌봐 줬거든. 새는 태양이 비치는 오후면 늘 노래를 하곤 했지. 목청껏 노래를 하면, 새를 조용히 시키시려고 어머니가 종종 그 위에 수건을 덮으셨다는 걸 너도 알고 있지.

어머니의 뜻에 따라 라인하르트를 상징하는 홍방울새는 죽음을 맞게 되는데 그와 더불어 라인하르트가 대변하는 예술적 세계의 동경과 꿈과 환상도 역시 현실적 시민성에 의해 억압된다. 그 대신 에리히를 상징하는 화려한 카나리아가 엘리자베트의 새장을 차지한 것이다.

라인하르트는 엘리자베트와 "어머니의 뜻이었어요"라는 노래를 같이 낭독하고 나서 엘리자베트가 정원으로 나가자, 그녀를 찾아 나왔다가 호숫가를 혼자 거닐게 된다. 그때 호수 위에 떠 있는 하얀 수련을 발견하고 그것에 접근해 보려고 하지만 결국은 다다르지 못하고 체념해 버리고 만다.

> 라인하르트는 계속 호숫가를 따라 걸었다. 돌을 던지면 닿을 수 있는 거리에 하얀 수련이 피어 있었다. 가까이에서 수련을 보고 싶다는 충동이 갑자기 생겼다. 그는 옷을 벗어 던지고 물로 뛰어들었다. 〔…〕 하지만 그와 수련 사이의 거리는 좀처럼 가까워지지 않는 것 같았다.

라인하르트는 아무리 다가가려 해도 다가갈 수 없는 수련을 종국에는 포기하고 뭍으로 올라온다. 뭍에서 돌아보자 수련은 여전히 아련하고 외롭게 어두운 수면 위에 피어 있었다. 임멘 호수 위에 떠 있는 하얀 수련은 가까운 것처럼 보이지만, 잡히지 않는 행복일 수도 있고, 좌절된 삶의 동경과 꿈일 수도 있으며, 삶의 내밀한 신비일 수도 있을 것이다.

이 작품의 마지막 부분에서 라인하르트와 엘리자베트가 마지막으로 호숫가를 산책할 때, 라인하르트는 어렸을 때 두 사람이 소풍을 가서 길을 잃고 딸기를 찾지 못했던 일을 기억하며 엘리자베트에게 이렇게 말한다.

> "저 푸른 산 뒤에 우리의 젊은 시절이 있었어. 그 시절은 어디로 간 걸까?"
>
> 그녀는 아무 말도 하지 않았다. 두 사람은 말없이 나란히 호수로 내려왔다.

젊은 날의 행복했던 꿈은 시간과 함께 사라져 버리고, 다시 돌아올 수 없지만, 라인하르트는 자신의 운명을 받아들이고 길을 떠난다.

바깥세상은 신선한 아침 햇살로 가득했고 거미줄에 걸린 이슬방울은 이른 햇빛을 받아 반짝이고 있었다. 그는 뒤를 돌아보지 않고 발걸음을 재촉했다. 등 뒤로는 고요한 농장이 점점 모습을 감췄고 그의 앞에는 넓은 세상이 떠오르고 있었다.

과거가 아무리 아파도 내일이 오듯이, 거친 시간의 물결 속에 젊은 날의 사랑은 가도, 임멘 호수의 수면 위에 호젓이 떠 있는 하얀 수련처럼, 문뜩 펼쳐 든 옛 일기장 사이의 마른 에리카 꽃잎처럼 그의 기억 속에 남아 있다.

2. 백마의 기사

〈백마의 기사Der Schimmelreiter〉는 슈토름의 마지막 작품이자 필생의 대작으로 평가받고 있는 노벨레이다. 슈토름은 어린 시절부터 슐레스비히-홀슈타인Schleswig-Holstein(독일의 주)의 유령 이야기들에 매료되어 있어서 이 이야기들을 묶어서 책으로 출간할 계획을 가지고 있었다. 이러한 소망은 살아생전 이루어지지 않았지만 1991년에 비로소《새로운 유령 이야기*Neues Gespensterbuch*》로 출판되었다. 〈백마의 기사〉는 이 책에 포함되어 있지는 않지만 이 작품의 소재 역시 1838년 4월 14일《단치히 증기선*Danziger Dampfboot*》에 실린〈벗나무골의 전설〉이라는 유령 기사의 이야기이다. 슈토름은 이 전설이《파페의 함부르크 선집*Pappes Hamburger Lesefrüchte*》에 재수록된 것을 읽고 북프리슬란트를 배경으로 새로운 이야기를 창작한다.

이 작품은 세 겹의 액자로 구성되어 있다. 우선 첫 번째 액자의 화자 '나'는 작가와 비슷한 시점을 취하면서 일찍이 이 이야기를 접하게 된 경위를 독자에게 전해 준다.

> 여기서 전하려는 이야기는 오십여 년 전, 시의원 페테르젠의 부인이었던 증조할머니의 집에서 알게 된 것이다. 나는 그 당시 안락의자에 앉아서 푸른색 표지로 장정된 잡지를 읽고 있었다.《라이프치히 선집》을 읽고

> 있었는지 아니면《파페의 함부르크 선집》을 읽고 있었는지는 분명치 않다. 하지만 여든 살이 넘었던 할머니가 잔잔한 손길로 증손자의 머리를 미끄러지듯 쓰다듬어 주셨던 기억은 아직도 너무 생생해서 전율이 느껴질 정도이다. 그러나 증조할머니도 그리고 그 시절도 이미 오래전에 세월 속에 묻히고 말았다. 그 후에도 나는 그런 잡지들을 찾아보았지만 허사였다. 그래서 누군가 이 이야기가 사실이 아니라고 반박한다면, 내가 아무리 사실이라고 우기고 싶어도, 그 진실 여부는 장담할 수 없다. 다만 분명한 것은 이 이야기가 개인적으로 새삼 곱씹어 볼 별다른 기회가 없었음에도 불구하고, 사라지지 않고 기억 한 켠에 선명하게 남아 있다는 것이다.

그 다음부터는 액자 속 이야기가 진행된다. 두 번째 액자의 화자는 '잡지 속의 서술자'로서 친구를 방문하고 고향으로 돌아가는 길에 폭풍우 속에서 백마를 만나게 된다. 자신도 말을 타고 제방 위를 달려가고 있는데 다른 말발굽 소리가 들려서 뒤돌아보니 아무도 없는 것이다. 하지만 돌연 그림자 같은 것이 그의 옆을 스쳐 지나가는 것을 본다. 이것은 자신의 백마와 함께 성난 북해의 파도 속으로 뛰어들었던 기사의 혼령인 것이다. 화자는 멀리서 주점의 불빛을 보고 그곳에 들러 자신이 겪은 이야기를 한다. 그러자 그곳에 있던 손님들은 술렁이기 시작하고, 나이 든 선생—세 번째 액자의 화자—가 하우케 하이엔의 이야기를 들려준다. 하지만 이 세 번째 액자의 이야기 사이사이에 선생과 두 번째 액자의 화자인 '잡지 속의 서술자' 간의 대화가 삽입되면서, 하우케 하이엔 이야기의 긴장감이 고조된다. 결국 첫 번째 액자는 불완전한 이야기로 끝나는 반면, 두 번째 액자의 이야기는 작품의 마지막에서 현재 제방 감독관과 두 번째 액자의 화자 간의 대화로 마무리된다.

본 이야기인 백마의 기사 이야기의 주인공은 하우케 하이엔이다. 그는 측량 기사 테데 하이엔의 아들로서 북프리슬란트의 한 갯마을에서 성장하는데 어린 시절부터 제방 건축에 남다른 관심을 보인다. 그러다가 제방 감독관의 집에 하인으로 들어가게 되고 계산을 잘하고 제방에 대한 지식도 많을뿐더러, 부단히 노력한 결과 제방 감독관의 이상적인 후임으로 보이게 된다. 그 자신도 제방 감독관이 되어 마을에서 영향력을 행사하려는 공명심을 가져 보지만, 제방 감독관이 되기에는 그가 가진 재산이 턱도 없이 부족했다.

하지만 늙은 제방 감독관이 죽고 나서, 하우케는 감독관의 딸인 엘케 폴커츠와 결혼하고, 마을에서 가장 높은 자리인 제방 감독관이 된다. 그러나 그의 적수들이 그가 "아내 덕분에" 제방 감독관의 자리에 올랐다고 비웃자, 자신이 제방 감독관에 적임자라는 것을 보여 주기 위해, 거대한 새 제방 프로젝트를 기획하고, 여러 사람들의 반대에도 불구하고 새 제방 건축을 밀고 나간다. 이 과정에서 마을 주민들의 뿌리 깊은 미신에 부딪히게 되고, 주민들은 마지못해 권위적인 제방 감독관의 말에 복종한다. 게다가 그가 타고 다니는 섬뜩한 백마 때문에 그는 정체 모를 백마의 기사로 마을에서 두려움의 대상이 된다.

습지 농부들로서는 새로운 간척지와 안전이 보장되는 새로운 제방이 성공적으로 건축되었지만, 재앙의 징후들이 나타나기 시작했다. 제방 감독관의 부인인 엘케가 아이를 낳고 나서 산욕열로 거의 죽을 뻔했을 뿐만 아니라, 태어난 여자 아이는 백치였다. 게다가 마을에서는 도도하고 엄격한 제방 감독관에 대한 반감이 날로 증폭되어 갔다. 어느 날 하우케는 옛 제방의 결함 부위를 발견하게 되지만, 병의 후유증으로 쇠약해진 그는 적수인 올레 페터스의 악의적인 충고에 따라, 옛 제방의 결함 부위를 임시방편으로만 수리한다. 이러한 직무상의 태만으로 제방 감독관은 치명적인 수해를 겪게 되고, 이때 부인 엘케와 아이마저 죽게 된다. 자신의 과오에 대한 속죄와, 사랑하는 가족을 잃은 절망감에서 하우케 하이엔은 백마와 함께 미쳐 날뛰는 파도 속으로 달려간다.

하지만 하우케의 혁신적인 제방은 여전히 건재하고, 수해의 위험이 있을 때마다 제방 위에 나타나는 유령 같은 백마의 기사가 마을 주민들의 미신적인 이야기 속에서 계속 전해지고 있다.

이 작품에는 여러 가지 대립적인 테마들이 갈등의 구조

로 나타난다. 우선 개인과 사회와의 대립을 얘기해 볼 수 있다. 하우케 하이엔은 어린 시절부터 외톨이였다. 특별한 기술적인 재능과 수학적 능력을 가진 소년으로서, 마을 사람들과 구별되었고, 동년배들에게는 도통 관심이 없었다. 개인주의자 하우케 하이엔에게 중요한 것은 오직 자신의 목표와 이상을 실현시키는 것이었다. 그의 적수인 올레 페터스의 방해도 그의 삶의 목표를 바꿔 놓지는 못했으며, 엘케의 도움으로 사회적이고 경제적인 약점을 극복한다. 하우케는 자기 가족들과 단출하고 평화롭게 지내지만, 가차 없이 엄격하고 매몰찬 성격으로 인해 마을에서는 점점 더 고립되어 간다. 하지만 결국에는 마을 주민들의 정신적인 나태함을 돌파하고, 하우케 하이엔 제방을 건설한다. 이로써 하우케의 제방 건축 기술이 승리한 듯이 보인다.

두 번째 갈등 구조는 이성과 미신의 대립이다. 하우케 하이엔은 마을 사람들의 의식 속에 뿌리 깊게 박힌 미신을 거부한다. 소년 하우케가 바다 안개 속에서 피어나는 유령 같은 형체를 두려워하기는 했지만, 이내 그런 두려움을 극복한다. 또한 트린 얀스의 고양이를 때려죽인 후, 노파가 그의 등에 대고 퍼붓는 마녀 같은 저주도 단지 잠시 동안만 그를 혼란스럽게 했을 뿐이었다. 이성적인 인간 하우케 하이엔과 미신적인 마을 주민들의 대결 구도는 일꾼들이 강아지 한 마리를 산 채로 제방에 묻으려는 장면에서 최고조에 달한다. 마을 사람들은 그렇게 해야만 제방이 바다의 위력을 견뎌 낼 수 있다고 믿었던 것이다. 하우케가 억지로 개를 빼앗자, 마을 사람들은 마지못해 그의 명령에 따르지만, 그는 그들의 마음속에 꺼지지 않는 망령된 믿음까지는 쫓아내지 못한다. 사람들은 오히려 그를 정체 모를 백마의 기사로 악마화시키고, 그를 귀신 들린 인물로 몰아간다. 그의 하인 카르스텐 욘은 제방 감독관의 백마를 예버스 모래섬에 출몰하는 썩은 말뼈와 동일시하고, 이러한 미신적인 이야기를 퍼뜨려 그에 대한 공포와 거부감을 부채질한다. 또한 마녀처럼 묘사되는 트린 얀스 역시 미신적인 인어 이야기로 하우케의 백치 딸 빙케를 불안하게 만든다. 하우케는 평생에 걸쳐 이러한 망령된 믿음과 싸워야만 했다.

세 번째로 대결 구조는 자연에 대항하는 인간으로서, 이 작품의 결말을 비극적 대단원으로 이끈다. 하우케에게 바다는 위협적이지만 이성적으로 가늠해서 극복할 수 있는 적으로 의인화된다. 그와 마을 주민들이 언제나 노출되어 있는, 자연이 주는 실존적 위험 때문에, 그는 기술적으로 완벽한 제방을 축조하고자 한다. 마을 사람들은 반대를 하지만, 이를 무릅쓰고 자신의 계획을 강행하고, 처음에는 하우케의 노력이 보상을 받는 듯 보인다. 새 제방이 완공되고, 마을의 소유지와 마을 사람들의 생명이 자연의 폭력으로부터 보호되는 것 같았다. 하우케 하이엔은 승리감에 도취되어서 예측할 수 없는 자연을 제어할 수 있는 자신의 제방을 바라다본다. 하지만 바다를 통제하는 것은 인간의 이성과 기술로는 불가능했다. 결국은 옛 제방의 결함을 임시방편으로 수리만 하고, 옛 제방을 완전히 혁신하지 못한 하우케의 태만으로 인해, 옛 제방은 하루아침에 허물어진다. 게다가 하우케의 사랑하는 부인과 아이마저 광포한 파도에 희생된다. 이성적으로 사고하며 자연을 인간의 손으로 제어할 수 있다고 장담한 하우케의 오만불손은 자연에 의해 무참히 짓밟히고, 자기 자신도 백마와 함께 가족을 삼켜 버린 파도 속으로 뛰어든다. 종국에 가서는 인간이 이룩

한 이성적인 기술의 상징인 옛 제방은 무너지고, 바다는 갯마을과 제방 감독관의 가족들을 집어삼킨다. 이렇게 이성으로 자연에 대항했던 한 인간의 노력은 좌절되고 만다.

그럼에도 불구하고 마지막 장면에서 오랜 세월이 지난 후에도 황금빛 햇살을 받으며 건재해 있는 하우케 하이엔 제방은, 모든 인간에게 섬뜩한 위협으로 존재하는 자연의 위력에 대항하는 인간의 이성적 힘과 미래에 대한 일말의 믿음을 남겨 두고 있다. 하지만 백마의 기사 이야기의 화자인 '선생'처럼 계몽주의자인 하우케가, 훗날 수해가 날 때마다 제방 위로 말을 달리는 혼령으로 후손들의 입에 회자된다는 것은 아이러니가 아닐 수 있다. 인간의 이성과 기술이 자연을 정복할 수는 있어도, 하우케가 평생을 싸웠지만 끝까지 쫓아내지 못했던 마을 사람들의 미신, 그들의 의식 속에 결코 꺼지지 않는 망령된 믿음은 자연의 위력보다 더 질긴 생명력을 과시하고 있는지도 모르겠다.

|작가 소개|

테오도어 슈토름은 1817년 9월 14일 독일 후줌에서 변호사인 요한 카시미어 슈토름(1790-1874)와 부인 루치 슈토름(1797-1879)의 장남으로 태어났다. 어머니는 상업 도시 후줌의 옛 명문 귀족 문화에 친숙한 가문 출신이었지만, 슈토름의 부모는 종교적으로는 냉담했다. 슈토름은 1826년에서 1835년까지 후줌의 김나지움을 다녔다. 열여섯 살 때 처음으로 시를 창작했는데 그 당시 인기를 끌었던 문예주간지의 시풍을 모방한 것이었다. 또한 학교를 다니며 모범적인 고대 문학을 공부하고 첫 번째 산문을 쓰기도 했다. 그래서 네 편의 시와 서너 편의 기사가 《후줌의 주간지 *Husumer Wochenblatt*》에 게재되기도 했다. 뤼베크에서 페르디난트 뢰제를 알게 되고 그를 통해 동시대의 문학에 흥미를 가지게 되었다. 슈토름은 주로 괴테의《파우스트*Faust*》, 하이네의《노래의 책*Buch der Lieder*》, 아이헨도르프의 산문과 서정시에 몰두했다. 그 후 킬과 베를린 대학에서 법학을 전공했는데 이때 테오도어와 티코 몸젠 형제와 교류했다. 그들과 함께 슐레스비히-홀슈타인 주의 노래와 동화, 전설 등을 모아서 1843년에는《세 친구의 시집*Liederbuch dreier Freunde*》이라는 책을 출판했다. 같은 해에 고향인 후줌으로 돌아와 변호사 사무실을 열었다. 1846년에 슈토름은 열여덟 살 된 사촌 여동생 콘스탄체 에스마르히와 결혼하여 일곱 명의 자녀를 두었다. 하지만 안타깝게도 부인은 마지막 아이를 낳다 죽는다. 부인이 죽은 후, 신혼 때 슈토름과 정열적인 사랑에 빠졌던 도로테아 옌젠과 재혼한다.

1850년 덴마크와 프로이센 사이의 평화 협정에도 불구하고 슈토름은 덴마크에 대해서 적대적인 입장을 취했다. 그러한 이유로 1852년 슐레스비히 장관이었던 덴마크인 프리드리히 페르디난트 틸리슈에 의해 변호사 면허를 박

탈당한다.

1853년에는 포츠담 지방 법원에 무급 일자리를 소개받았다. 이 시절에 1849년에 창작된 단편 소설 〈임멘 호수Immensee〉가 출판되었지만 슈토름은 그 당시 직업상의 어려움과 경제적인 궁핍에 시달려야 했다. 게다가 뤼틀리에 있던 예술 모임에는 테오도어 폰타네와 프란츠 쿠글러가 속해 있었는데, 공화주의를 꾀했던 슈토름은 그들 사이에서조차 프로이센의 보수주의로부터 차츰 고립되었다.

1856년 그는 튀링겐의 하일리겐슈타트에서 지방법원 판사로 임명되었다. 1864년 독일과 덴마크의 전쟁에서 덴마크가 패하고 슈토름은 후줌에서 시민들에 의해 주지사로 당선되었다.

1865년 콘스탄체 슈토름이 죽자 슈토름은 연작시 〈깊은 그림자Tiefe Schatten〉로 슬픔을 표현했다. 학생들이 즐겨 읽는 〈잿빛 해변, 잿빛 바다에서Am grauen Strand, am grauen Meer〉 또는 〈해안호에 갈매기가 날다Ans Haff nun fliegt die Möwe〉 이외에도 이 연작시는 오늘날 슈토름의 시 중에서 가장 잘 알려진 시에

속한다.

1866년 슈토름은 서른여덟 살의 도로테아 옌젠과 하츠 슈테트에서 재혼했다. 1867년에는 슐레스비히-홀슈타인이 프로이센에 합병된 후 행정 개혁 과정에서 지방법원 고문으로 임명되었다. 1870년 즈음에 그 당시 열다섯 살이었던 페르디난트 퇴니스가 그의 원고를 교정해 주기 위해 슈토름의 집에 오게 되는데 나중에는 슈토름의 친구로서 사회학의 창시자가 되었다. 1874년에는 슈토름의 아버지가 죽고 1878년에는 어머니가 세상을 떠났다. 슈토름은 1880년에 은퇴를 하고 하데마르센으로 온다. 1888년 사월에는 슈토름의 마지막 노벨레 작품《백마의 기사*Der Schimmelreiter*》가 출간된다. 1888년 7월 4일 하데마르센에서 위암으로 사망해서 후줌의 '성 유르겐 묘지'에 묻혔다.

19세기 독일 시적 사실주의 문학의 대표적인 작가인 테오도어 슈토름은 다른 사실주의 작가들과 마찬가지로 낭만주의로부터 출발했다. 따라서 초기의 소설과 서정시들은 아련한 시적 정조를 띠고 애수 어린 감상의 세계로 독자들을 이끈다. 이 시절의 대표작으로는 〈임멘 호수〉(1852), 〈늦장미Späte Rosen〉(1860), 〈대학 시절Auf der Universität〉(1862) 등이 있다. 특히 〈임멘 호수〉는 그 당시 주목받던 문인들이었던 테오도어 폰타네와 파울 하이제 등에게 최고의 걸작이라는 찬사를 받기도 했다. 슈토름은 그 밖에도 서정적이고 감상적인 전설이나 동화 등도 창작했다.

창작 인생의 중반부에 이르러서는 사실적인 심리 묘사에 주력하게 되면서 시적 사실주의를 작품 속에서 실험하게 된다. 이 시기의 대표적인 작품으로는 〈바다의 건너편에서Von jenseits des Meeres〉(1865), 〈삼색 제비꽃Viola tricolor〉(1874) 등이 있다. 만년에 이르러 창작한 작품에서는 스케일이 더 웅장해지고 인물 또한 북독일인의 강한 성격을 드러내고 있다. 또한 사회의 현실적인 문제가 작품 속에 등장하며, 그러한 사회 현실에서 개인의 개인 간의 갈등이나 사회와 개인 간의 반목 속에서 좌절하는 개인의 모습이 그려지기도 한다. 만년의 대표적 작품으로는 〈한스 키르히와 하인츠 키르히Hans & Heinz Kirch〉(1882), 〈백마의 기사〉(1888) 등이 있는데 특히 〈백마의 기사〉는 마지막 대작으로 평가되고 있다.

슈토름의 작품 안에서 묘사된 북독일의 웅장한 자연 묘사는 그의 고향인 후줌에 뿌리를 둔 것으로, 그의 작품에서 종종 등장하는 파도 높은 북해, 쓸쓸한 광야와 음산한 늪, 자작나무 숲과 목장, 꼬불꼬불한 시골 길 등의 묘사에서는 구체적인 자연 묘사와 더불어 인물의 심리 상태와 비극적 정서를 느낄 수 있다. 이것은 시적 사실주의의 정조이기도 한데 독일의 장르 연구가 오토 루트비히에 의해 정의된 시적 사실주의는 일반적으로 19세기 후반기 독일 사실주의의 특성을 잘 표현하고 있다. 시적 사실주의는 기존의 낭만주의와 자연주의가 융합된 문학적 경향으로서, 객관적이고 세밀한 묘사를 통해 그 뒤에 숨겨진 인간의 심리와 영원한 인간성, 그리고 그 정신을 문학화하고자 했다. 또한 슈토름의 작품은 형식적인 면에서도 시점의 다양한 변화와 서술 방식의 다양성을 추구함으로써 기존의 문학 형태에 안주하지 않았다. 테오도어 슈토름은 북독일의 치밀한 자연 묘사와 현실 묘사를 통해, 적나라한 현실 묘사나 객관적인 자연 묘사에 멈추지 않고, 인간의 내면성을 탐구하고 표현한 작가로서, 전원성과 비극성 사이를 오가며 씨줄과 날줄을 뽑아 혼이 담긴 현실이라는 피륙을 짜냈다.

|작가 연보|

1817 9월 14일 북독일 후줌Husum에서 변호사였던 요한 카시미어 슈토름과 명문 귀족의 딸이었던 루시 슈토름 사이에서 장남으로 태어남.

1821 초등학교에 입학.

1826 후줌의 김나지움에 입학. 여동생 루시 사망.

1833 엠마 퀄과 사귐. 7월 17일 첫 번째 시 〈엠마에게An Emma〉.

1834 후줌의 주간지에 처음으로 글을 게재(〈시인의 저녁 노래Sängers Abendlied〉).

1835 뤼베크의 카타리나 김나지움으로 전학.

1836 베르나 폰 부한과 함부르크에서 처음으로 만남.

1837 킬Kiel 대학 법학과에 진학. 엠마 퀄과 약혼.

1838 파혼. 베를린 대학으로 옮김. 드레스덴Dresden 여행.

1839 킬 대학으로 돌아옴. 몸젠 형제와 교류.

1840 잡지에 〈갈매기Die Möwe〉를 비롯한 초기 시 발표.

1842 베르타 폰 부한에게 청혼했으나 거절당함. 몸젠 형제와 함께 슐레스비히-홀슈타인의 동화와 전설 수집. 킬에서 국가시험을 치르고 후줌으로 돌아옴.

1843 아버지의 변호사 사무실에서 일함. 40여 편의 시를 담은 《세 친구의 노래*Liederbuch dreier Freunde*》 출판.

1844 콘스탄체 에스마르히와 약혼.

1846 결혼.

1847 도로테아 옌젠과 사랑에 빠짐. 여러 편의 연애 시와 첫 산문 〈마르테와 그녀의 시계Marthe und ihre Uhr〉가 《1848년 민속 이야기 책*Volksbuch auf das Jahr 1848*》에 발표됨.

1848-52 슈레스비히-홀슈타인의 민중 봉기에 참여. 이로 인해 슈토름의 변호사 자격이 덴마크 정부에 의해 취소됨. 산문 〈강의실에서Im Saal〉와 시 〈부활절Ostern〉, 〈시월의 노래Oktoberlied〉. 시 〈멀리에서Abseits〉 발표.

1849 아들 한스를 위한 동화 〈꼬마 해벨만Der Kleine Häwelmann〉.

1850 슐레스비히-홀슈타인 군이 덴마크에 패배. 뫼리케와 서신 교환 시작.

1851 동화 〈힌첼마이어Hinzelmeier〉와 〈여름 이야기와 노래들Sommergeschichten und Lieder〉을 발표.

1852 프로이센의 법률 업무를 위해 베를린으로 이주. '슈프레 강을 건너는 터널Tunnel über die Spree'이라는 문학 모임에 참여하여 폰타네를 만남. 킬에서 〈도시에서Die Stadt〉, 〈히아신스Die Hyazinthe〉 등이 수록된 첫 시집 발간.

1853 프로이센의 사법관 시보로 임명되어 포츠담으로 이주. '망명 생활' 시작. 파울 하이제와 서신 교환 시작. 문학 모임 '터널'에 영향을 받아 담시 〈혈연Geschwisterblut〉.

1854 아이헨도르프를 알게 됨. 노벨레 〈푸른 잎Ein grünes Blatt〉, 〈햇빛을 받으며Im Sonnenschein〉 외에 여러 편의 시를 발표.

1855 슈투트가르트에서 뫼리케를 방문. 노벨레 〈안젤리카Angelika〉 탈고.

1856 지방 법원 판사에 임명되어 하일리겐슈타트로 이주.

1860 노벨레 〈늦장미Späte Rosen〉 발표.

1862 전설, 괴기담 모음집 《벽난로 가에서*Am Kamin*》와 노벨레

〈대학 시절Auf der Universität〉, 〈전나무 아래서Unter dem Tannenbaum〉 발표.

1863 노벨레 《외딴 곳에서*Abseits*》 출간.

1864 덴마크가 전쟁에 패배하자, 후줌으로 돌아와서 후줌의 주지사로 당선. 폰타네 방문. 동화 〈불레만의 집Bulemanns Haus〉과 〈레겐트루데Regentrude〉, 〈프쉬케의 거울Der Spiegel des Cyprianus〉 발표.

1865 딸 게르트루트를 낳다가 부인 사망. 바덴바덴으로 여행을 가서 투르게네프를 만남. 노벨레 〈바다 저편에서Von Jenseits des Meeres〉 발표.

1866 도로테아 엔젠과 재혼.

1867 노벨레 〈성 위르겐에서In St. Jürgen〉, 〈화가의 작업Eine Malerarbeit〉 탈고.

1868 지방 법원 판사로 임명.

1870 《마티아스 클라우디우스 이래의 독일 시인 전집*Hausbuch aus deutschen Dichtern seit Matthias Claudius*》을 함부르크에서 출간.

1872 잘츠부르크 여행. 뮌헨에서 파울 하이제와 만남. 노벨레 〈저 멀리 황야 마을에서Draußen im Heidedorf〉 발표.

1873 회고집 《레나 뷔스*Lena Wies*》 발표.

1874 최고법원 판사로 임명됨. 노벨레 〈삼색 제비꽃Viola tricolor〉

과 〈꼭두각시 폴레Pole Poppenspäler〉, 〈숲 언저리Waldwinkel〉 발표.

1875 노벨레 〈조용한 음악가Ein stiller Musikant〉, 〈프쉬케Psyche〉 발표.

1876 뷔르츠부르크로 여행. 노벨레 〈익사Aquis Submersus〉 발표.

1877 켈러와 서신 교환 시작. 뷔르츠부르크로 여행 가서 에리히 슈미트와 사귐. 〈에두아르트 뫼리케에 대한 단상Meine Erinnerungen an Eduard Mörike〉 발표.

1878 노벨레 〈후견인 카르스텐Carsten Curator〉, 〈레나테Renate〉 발표.

1879 지방법원 지원판사로 임명. 노벨레 〈에켄호프Eckenhof〉 발표.

1880 판사 직에서 은퇴. 하데마르셴의 노후를 보낼 별장으로 이사. 노벨레 〈시의원의 아들들Die Söhne des Senators〉 발표.

1882 노벨레 〈한스 키르히와 하인츠 키르히Hans & Heinz Kirch〉 발표.

1883 노벨레 〈침묵Schweigen〉 발표.

1884 베를린으로 여행. 노벨레 〈그리스후스의 연대기Zur Chronik von Grieshuus〉 발표.

1885 노벨레 《존 류*John Riew*》, 《하더스레프후스의 축제*Ein Fest auf Haderslevhuus*》 출간.

1886 바이마르로 여행. 〈백마의 기사Der Schimmelreiter〉 집필 시작. 10월에 위암에 걸린 사실을 알게 됨. 12월에 장남인 한스가 알

코올 중독으로 사망. 노벨레 〈도플갱어 Ein Doppelgänger〉.

1888 마지막 노벨레 《백마의 기사》 출간. 쓰기 시작한 〈빈민의 장례식 종소리 Die Armesünderglocke〉는 미완으로 끝남. 7월 4일 하데마르셴의 저택에서 사망. 후줌의 성 위르겐 묘지에 묻힘.

이은희
고려대학교 독어독문학과를 졸업, 동 대학원에서 석사 및 독어독문학 문학박사 학위를 취득했다. 독일 뮌스터 대학에서 수학 후 현재 고려대학교 독어독문학 강사로 출강하고 있다. 역서로 《세상에서 가장 아름다운 꽃과 나무 이야기》, 《진화는 진화한다》, 《내 인생을 바꿔준 괴테의 말 한마디》 등이 있으며, 논문으로는 〈브레히트 서사극에서의 희극성에 대한 연구〉, 〈Eine Untersuchung des Theaters B. Brechts aus dem Blickwinkel der Theatersemiotik(연극기호학적 관점에서 브레히트 연극에 대한 연구)〉 등이 있다.

임멘 호수 · 백마의 기사 | 고려대학교청소년문학시리즈 010
초판발행 · 1쇄 2008년 7월 1일 | 지은이 테오도어 슈토름 | 옮긴이 이은희
펴낸곳 고려대학교출판부 | www.kupress.com kupress@korea.ac.kr
136-701 서울특별시 성북구 안암동 | Tel 02-3290-4230, 4232 Fax 02-923-6311
찍은곳 한국컴퓨터인쇄정보
값 8,000원 ISBN 978-89-7641-662-9 04850 | ISBN 978-89-7641-639-1 (세트)
* 잘못 만들어진 책은 바꿔드립니다.